謝朓詩の研究

——その受容と展開——

石　　碩著

研文出版

謝朓詩の研究——その受容と展開——

目次

謝朓詩の研究——その受容と展開——

序章　本書の課題と構成

一　先行研究と本書の課題

本書は、中國南齊の詩人・謝朓（四六四―四九九）の詩について、その宣城期の表現的特徴と、後世における受容・展開の様相を明らかにするものである。とくに盛唐の李白（七〇一―七六二）をはじめとする唐代の詩人が謝朓の詩を如何に解釋し、その表現を詩中に取り入れたのか、そしてそのことが謝朓詩の受容および謝朓像の確立にどのような影響を與えたのか、ということを中心に分析することにより、從來の研究では見落とされていた、謝朓詩の受容と展開の特質を浮き彫りにすることを目的とする。

はじめに、謝朓の傳記と先行研究について、簡潔に確認しておきたい。[1] 謝朓、字は玄暉、その家系は陳郡陽夏の謝氏である。謝氏は琅邪の王氏と竝ぶ當時の門閥貴族で、謝安・謝玄・謝靈運ら著名な政治家・文人を多く輩出しており、謝朓はその傍流の血筋にあたる。謝朓は南齊の都・建康に生まれ、若いころから學問を好み、周圍からの評判が高く、その文學は清々しく同時に流麗であったという。[2] 永明年間には、竟陵王（蕭子良、四六〇―四九四、武帝の第二子）の主導のもと、「竟陵八友」の一員として、蕭衍・沈約・王融・蕭琛・范雲・任昉・陸倕らとともに、建康郊外にある鶏籠山の西邸に招かれ、詩文の巧みさを競い合った。[3] また、隨郡王（蕭子隆、四七四―

四九四、武帝の第八子）が荊州刺史に任ぜられると、謝朓はその功曹となり、次いで文學に轉じ、ともに荊州へ赴いた。荊州では、文才によって隨郡王の寵愛を受けるが、幕僚の王秀之の讒言に遭い、永明十一年（四九三）に都へ歸還させられてしまう。(4)

建康へ歸還後、謝朓の政治人生に大きな轉機が訪れる。王室傍系にあたる蕭鸞（後の明帝、四五二―四九八）が輔政の地位に就いたことを契機に、謝朓はそれまでの武帝派を離れて、蕭鸞の幕下で文章の起草などを掌り、さらには中書郎に任ぜられる。そして建武二年（四九五）、かつて明帝が統治していた宣城郡に太守として着任し、一年ばかりこの地に滯在する。永泰元年（四九八）には武帝派の舊臣であった王敬則（四三五―四九八）の謀反を朝廷に告發。(5)明帝が病死すると、後繼の爭いに卷き込まれて、三十六歳の若さで獄死した。

現存する謝朓詩は百七十首近くあり、(6)前半生の作品は奉和・應制の詩や唱和詩、また聯句がその大半を占め、自然の風物や自身の情感を詠じ込んだ詩は、太守として宣城郡へ遷任した期間、すなわち建武二年（四九五、三十二歳）から翌建武三年の閒に多く作られている。それまでの、社交的な付き合いが中心であった建康（竟陵八友として）や荊州（隨郡王の幕下で）とは異なり、自らが長官を務める宣城という土地で、謝朓は自身を代表する詩風を大成させたと言ってよい。

謝朓に關する先行研究を見て行くと、中國では近年の魏耕原『謝朓詩論』(7)と孫蘭『謝朓研究』(8)がある。魏氏の論著は、南齊詩壇の傾向を分析した上で、謝朓詩のもつ言語的特徵を論じており、謝靈運詩との比較や、盛唐の王維の詩に見える謝朓の影響などにも言及している。孫氏の論著は、謝朓の家世、詩風、そして歷代の評價を調査・分析しており、總合的な謝朓詩論と言える。一方、日本では、はやくに網祐次『中國中世文學研究――南齊永明時代を中心として』(9)が謝朓詩の表現技巧・聲律の特徵を多く取り上げており、とくに附錄の「謝朓の傳記と作品」では、謝朓の作品をその生涯に沿って分析している。また、佐藤正光『南朝の門閥貴族と文學』[10]は、謝朓の専論ではないものの、謝氏一族の文學的特徴を明らかにしており、謝朓の文學の系譜を理解する上で有用である。なお、謝朓詩の譯注としては、森野繁夫『謝宣城詩集』[11]があり、文末に謝朓の年譜を付している。

個別的な研究としては、（一）謝朓詩の表現的特徴を論ずるもの[12]、（二）謝朓詩に現れた隱逸の意識について論ずるもの[13]、（三）謝朓と謝靈運との比較を論ずるもの[14]、（四）永明體または竟陵八友の繋がりの中で謝朓を論ずるもの[15]、（五）宣城期の謝朓詩および謝朓の思想を中心に論ずるもの[16]、（六）謝氏の家系を中心に論ずるものなど[17]がある。

上記の先行研究は、總じて、謝朓の詩文や傳記を對象として取り上げ、謝朓の文學がどのような特質を持っているのか、そしてそれがどのような背景・環境のもとで形作られたのか、という問題の解明を目的としている。

この中でも、本書に深くかかわるものとして、（五）の内容について詳しく觸れておきたい。謝朓に關連する研究のほとんどが、時期を區切らずに作品を總合的に考察し、その傾向を分析しているのに對して、佐藤正光「宣城時代の謝朓」および森野繁夫「謝朓研究——宣城郡における謝朓」の二つの研究は、宣城時期に限定して、謝朓の詩やその思想について論じており、特に注目に値する。また、佐藤氏・森野氏のいずれも、宣城期の謝朓を論じる際に、當時の政治情勢と謝朓の進退に重點を置いている點にも留意しなければならない。佐藤論文では、謝朓の宣城赴任を、明帝の政權下において政治的手腕を期待された昇進の一段階であったと指摘する。また宣城時の作品に現れた「隱遁」と「仕官」という矛盾する心情については、左遷の經驗を持つ族兄・謝靈運（三八五―四三三）に對する強い意識から、謝朓の理想像（隱遁の志）と現實の状況（政治的な野心）にギャップが生じた結果として解釋する。一方、森野論文では、謝朓が明帝への感謝の念から郡政に勵む一方で、武帝側の人々を裏切った罪悪感から隱遁に思いを寄せ、その閒で心が搖れ動いていたと指摘する。兩氏の研究は、いずれも宣城期の謝朓の心理に變化が生じたことを指摘し、その原因となる政治的背景を探るものと言ってよい。

その一方で、兩氏の指摘する詩人の心的變化が、宣城期の謝朓の實作にどのような影響を與えたのか、という問題については、なお檢討の餘地がある。謝朓詩の總數が限られていることも影響してか、宣城期の作品を中心に据えて謝朓詩を分析する研究は極めて少ない[18]。しかし、宣城赴任の前後において、詩人謝朓の心理に大きな變化が生じたとすれば、その變化は、詩中の個別的表現にも影響を及ぼしているに違いない。宣城以前と宣城以降の謝朓詩の比較分析は、謝朓詩研究に殘された重要な課題であり、本書はこれを一つ目の研究課題として掲げる。

次に、後世における謝朓詩の受容をテーマに扱う先行研究を見て行きたい。南宋の嚴羽『滄浪詩話』詩評[19]に「謝朓の詩、已に全篇 唐人に似たる者有り。當に其の集を觀て方《はじ》めて之を知るべし（謝朓之詩、已有全篇似唐人者。當觀其集方知之）」とあり、また明の胡應麟『詩藪』[20]に「世の玄暉を目して唐調の始めと爲すは、精工流麗の故を以てなり（世目玄暉爲唐調之始、以精工流麗故）」とあるように、はやい時期から、謝朓の詩は唐詩の風格を備えていると評されてきた。こうした言說に基づき、たとえば先行研究の陳慶元「玄暉詩變有唐風」[21]は、謝朓詩が聲律・對偶などの面において、すでに唐律の要素をある程度備えていたことを指摘しており、また魏景波「謝朓詩的特質及其對唐詩的影響」[22]は、謝朓詩の抒情・敍景の手法が唐人に影響を與えたことを論じている。他にも、前出の魏耕原『謝朓詩論』は、盛唐の王維らの詩の構造や表現技巧に、謝朓詩の影響の痕跡を認めている。

こうした研究の中でも、特に注目に値するのが、盛唐の李白と謝朓の關係を論じる諸研究である。たとえば松浦友久「李白における謝朓の像——白露垂珠滴秋月」[23]は、謝朓の「玉階怨」詩や「遊東田」詩などを例に擧げて、謝朓詩の基本的な性格を「清麗」「清俊」「清新」にあると定義し、その上で李白と謝朓の閒に「内的な強い一體感が感じられる」と指摘する。同様の研究として、中國國内の李白と謝朓に關する論文を集めて編纂された茆家培・李子龍主編『謝朓與李白研究』[24]は、謝朓の文學が李白にどのような影響を與えたのか、またなぜ李白は謝朓を敬愛したのか、という問題を主題としている。さらに鹽見邦彦「大暦十才子と謝朓」[25]、蔣寅『大暦詩風』[26]などは、中唐大暦年間の詩人が謝朓の「吏隱」の態度に共鳴し、理想像として尊崇したことを指摘しており、やはり特筆すべき研究成果と言える。

これらの研究は、いずれも李白をはじめとする唐代の詩人が謝朓の文學からどのような影響を受けたのか、ということを様々な角度から論じており、謝朓詩の受容・評價の狀況の一端をうかがい知ることができる。その一方で、右に擧げた先行研究は、あくまで「受容する側」である後世の詩人に焦點を當てて、個別的な事例に卽して謝朓の影響を論じているため、謝朓の詩文や人物像の受容・展開の經緯や過程を系統的に明らかにすることは困難であった。

この問題について、前出の孫蘭『謝朓研究』は第八章「謝朓在文學史上的地位和歷代對他的接受」の中で、南朝から淸代に至るまで、歷代の詩に見える謝朓への言及を取りあげ、その內容と傾向を述べており、比較的體系だった研究と言える。ただし孫氏の見解は、各時代の表面的な傾向分析に終始しており、たとえば唐代における謝朓詩の受容を扱う箇所に限って見ても、「…人們以良吏的觀點部分接受了謝朓」「…人們稱引謝守、不是特指爲官、而是多和郡齋・靑山聯繫在一起」のように、唐詩の中に現れ出た謝朓のさまざまな側面を實作とともに例示するのみで、その經緯や實態——謝朓はなぜ良牧の姿で唐詩人に愛好されたのか、靑山はなぜ謝朓とゆかりある地として見なされたのか——などの問題については必ずしも解明を試みていない。孫氏の研究もまた、唐詩の中に謝朓の詩作や思想の影響を見出す他の論文と同じく、「受容する側」の立場に立脚しており、謝朓詩および謝朓像の受容・展開の經緯・過程を明らかにするものではない。

無論、受容史・評價史研究において、「受容する側」の立場に立脚することは、缺くことのできない重要な視點である。孫蘭『謝朓研究』が歴代の謝朓評價を總括して、「不同時期人們對謝朓的接受顯示出鮮明的時代特點」と述べるように、ある特定の作家や文學作品が、その後、個別の時代にどのようにとらえられていたのか、という問題は、否應なく、その時代の社會・思想・文化のありように左右されており、受容の實態を解明するということは、つまるところ、「受容する側」の實態を浮き彫りにすることに他ならないからである。(27)

しかし、謝朓に關していえば、「受容される側」、すなわち謝朓研究の立場に立脚して、受容・展開の様相を見てゆくこともまた必要不可缺と思われる。なぜならば、謝朓の詩に對する評價や、謝朓の人物像に對する見方は、文學史の緩やかな時間的經過によって段階的に築き上げられたものではなく、また各時代の風潮を反映して多様にその姿を變化させていったものでもない、という特徵を持っているからである。前出の孫蘭『謝朓研究』は、その第八章第四節「魂兮有句重吟否、謝朓山孤月轉坳——宋朝對謝朓的接受」の中で、「…謝朓在宋代正慢慢變成一個被稱引的象徵——山水詩人和宣城太守吏隱形象」と述べ、續く第五節「已識關中遷大姓、誰知天際有歸舟——元明清對謝朓的接受」の中で、「…小謝在這一時期詩歌創作中的接受幾乎被湮沒。人們只是在山水吟詠時有意無意提起他、將之作爲山水詩創作的符號」と總括しているが、これは、謝朓に對する見方が、唐代においてすでにある程度確立され、その後は大きく變化していないことを暗に示している。謝朓の受容・展開に劇的な變化をもたらしたのは、唐代の詩人、とりわけ盛唐の李白であり、謝朓の受容・展開を考える上で、李白の存在は看過し得ない大きなものである。

李白による謝朓の愛好は、謝朓に對する後人の理解を大きく決定づけることとなり、李白が指し示す方向に從って謝朓の文學は解釋され、受容されることになる。本書の中で詳しく述べるが、李白が足しげく通い、その地で謝朓に思いを寄せる詩文を多く殘したことで、謝朓は「宣城の詩人」となったのであり、中唐以降、謝朓の文學と詩人像は宣城時期を中心に理解されるようになる（第四章）。また、宣城への道中に詠じられた謝朓の代表作「晩登三山還望京邑」詩の「澄江靜如練」句は、李白「金陵城西樓月下吟」詩に「澄江淨如練」の形で引用されて以降、李白の詩的世界に呑み込まれ、元來の夕暮れではなく、李白詩の背景である月下の光景としてその印象を上書きされてしまう。さらに李白による引用は、謝朓詩全般を、特定の優れた一句によって評價する風潮を生み出すことにもつながる（第三章）。その一方で、いまの安徽省馬鞍山の當塗縣にある「青山」という山は、ながらく謝朓の別業が存在した地として見なされていたが、これは實際には、晩唐のころに「李白による謝朓の愛好」が典故として廣まり、擴大解釋される過程で、李白の墳墓（青山）が謝朓にむりやり關連づけられた「誤解」である可能性が高い（第六章）。

　このように、謝朓の文學に對する理解や、その詩人像は、李白の手によって一擧に方向づけられたものであり、中晩唐の詩人は李白の見方を受け繼いで、謝朓に對する理解をさらに掘り下げた。謝朓はまさしく、李白によって「發見」され、唐代の詩人によって「發展」させられた六朝詩人と言ってよい。謝朓の文學の實像を理解するためには、李白をはじめとする唐詩人の解釋が果たした役割を愼重に檢討しなければならず、「受容される側」である謝朓に立脚して、その受容・展開の樣相を明らかにすることは極めて有效な手法と考えられる。これが、本書の掲げる第二の研究課題である。

　さきにも述べたように、謝朓の詩風は宣城期に確立されており、宣城期の作品には謝朓の心理的變化が大きく反映されている。また李白以降、謝朓は「宣城の詩人」として、その文學を理解されてゆくようになる。そうであるとすれば、本書の第一の課題――宣城期の謝朓詩の特徴を明らかにすることと、第二の課題――唐代における謝朓詩の受容・展開の様相を明らかにすることは、密接なつながりをもって、相互の論を補強することができるのではないか。すなわち、宣城期における謝朓詩の特徴を踏まえることで、李白をはじめとする唐詩人の謝朓愛好の意味はよりいっそう鮮明に浮かび上がってくるだろうし、宣城期の謝朓に對する唐詩人の理解は、謝朓の文學の實像を明らかにする上で大きな手掛かりになると思われるからである。本書では上記の視點にたち、謝朓詩の誕生・受容・展開を總合的に考えていきたい。

二　初唐以前の謝朓の評價と受容について

前節で述べた本書の課題を踏まえ、さきに初唐以前の謝朓の評價と受容狀況について見ていきたい。

史書の記載も含め、謝朓はあまり多くの逸話を持たない。三十六歳という短命に終わったことに加え、おりしも明帝・蕭鸞の即位をめぐる政變に巻き込まれて、その一生は終始、政權闘争に翻弄されていた。最も精力的に山水詩を著した一年餘りの宣城赴任期（四九五～四九六）についても、『南齊書』謝朓傳に「出でて宣城太守と爲る（出爲宣城太守）」とあるだけで、個別の逸話は檢し得ず、その詩文から詩人の思いを汲み取ることしかできない。謝朓と同時代を生きた鍾嶸（四六八―五一八）の『詩品』[28]を見ると、その序文には「謝朓 今古獨步す（謝朓今古獨步）」とあり、また同書の中品「齊吏部謝朓詩」には「後進士子の嗟慕する所と爲るに至る（至爲後進士子之所嗟慕）」とあるように、謝朓はその存命中から詩文によって名を轟かせ、その詩風も大變流行していたことが分かる。謝朓の文學活動に關する具體的な言及を見ていくと、たとえば『南齊書』謝朓傳[29]には以下のようにある。

子隆 荊州に在り、辭賦を好み、數々僚友を集む。朓 文才を以て、尤も賞愛せられ、流連晤對して、日夕を捨《お》かず。（子隆在荊州、好辭賦、數集僚友。朓以文才、尤被賞愛、流連晤對、不捨日夕）

右の一節は、謝朓が隨郡王に從って荊州へ赴いた時期の活動の樣子を記したもので、隨郡王の庇護のもと、謝朓は荊州の宴會などの場で、僚友らとともに詩作活動を行っていたことがうかがえる。また、さきにも觸れたように、謝朓は永明年閒、竟陵王・蕭子良の西邸に出入りし、「竟陵八友」として文學創作を行っていた。『梁書』武帝本紀(30)には以下のようにある。

竟陵王子良 西邸を開き、文學を招き、高祖 沈約・謝朓・王融・蕭琛・范雲・任昉・陸倕等と竝遊す。號して曰はく八友と。（竟陵王子良開西邸、招文學、高祖與沈約・謝朓・王融・蕭琛・范雲・任昉・陸倕等竝遊焉。號曰八友）

次に擧げる梁の簡文帝（蕭綱）「與湘東王書」(31)にも、當時の詩壇を牽引していた竟陵八友の一員として、謝朓に言及した發言が見えている。

近世の謝朓・沈約の詩、任昉・陸倕の筆の如きに至りては、斯れ實に文章の冠冕、述作の楷模なり。（至如近世謝朓沈約之詩、任昉陸倕之筆、斯實文章之冠冕、述作之楷模）

このように、謝朓に對する同時代の評價の多くは、集團の一員としての活躍を念頭に置いたものであったことがうかがえる。この時點では、宣城期の謝朓の作詩活動が特別注目された形跡は見られない。

續く陳・隋、そして唐代の初期に至るまで、謝朓に對する直接的な言及はほとんど見られず[32]、その內容も前に擧げた贊辭と大きくは異ならない。ただし、次のように、謝朓詩の表現を踏襲するものや、語彙を引用する作品が散見するようになる。たとえば陳の陰鏗「晩出新亭」詩（『陳詩』卷一[33]）の冒頭には、

大江一浩蕩　　大江　一《いつ》に浩蕩
離悲足幾重　　離悲　足ること幾重

とあり、雄大な長江の流れに客人の悲しみを重ね合わせる表現は、謝朓「暫使下都夜發新林至京邑贈西府同僚」詩（卷三[34]）の冒頭二句「大江　日夜に流れ、客心　悲しみ未だ央《や》まず（大江流日夜、客心悲未央）」を彷彿とさせる。このような表現手法は、謝朓詩の他に據るべき用例を檢し得ず、表現の踏襲は明らかである。また初唐の喬知之「長信宮中樹」詩（卷八十一[35]）には、

餘花鳥弄盡　　餘花　鳥　弄し盡くし
新葉蟲書遍　　新葉　蟲　書すこと遍し

とあり、漢代の長信宮を描寫する際に、謝朓の「遊東田」詩（卷三）の「魚　戲れて新荷動き、鳥　散じて餘花落つ（魚戲新荷動、鳥散餘花落）」の二句を踏まえている。他にも、陳祚明『采菽堂古詩選』[36]は、陳の後主（陳叔寶）「同江僕射遊攝山棲霞寺」詩（『陳詩』卷四）について「其の源は宣城より出づ（其源出於宣城）」と述べ、また隋の楊素「山齋獨坐贈薛內史二首」其二（『隋詩』卷四）について「其の源もまた謝宣城より出づ、稍《やや》 靜氣有り（其源亦出於謝宣城、稍有靜氣）」と評し、謝朓詩の影響を指摘する。

謝朓の詩句や用語に對する後人の注目は、唐初の逸話からも見て取ることができる。謝朓の「懷故人」詩（巻三）には「芳洲に杜若有り、以て佳期を慰むるべし（芳洲有杜若、可以慰佳期）」とあり、これは『楚辭』九歌「雲中君」[37]の「芳洲の杜若を采り、將に以て下女に遺らんとす（采芳洲兮杜若、將以遺兮下女）」という一節を踏まえた表現である。ところが、芳しい草の茂る中洲を指す「芳洲」の語が、誤って「坊州」（今の陝西省中部縣）として傳わり、その結果、本來は杜若（やぶみょうが）を生産しない坊州で杜若を採取する、という誤解を生んだ。[38]『全唐文』巻一六二の尹伊「尙藥局牒省索杜若省符下坊州供送判」[39]には、以下のようにある。

坊州 本は杜若無し、天下 共に知る。…應に謝朓の詩に由りて誤てり。（坊州本無杜若、天下共知。…應由謝朓詩誤）

また、南宋の葛立方『韻語陽秋』巻五[40]には以下のようにある。

貞觀中、尙藥 杜若を求め、敕 下り、度支の省郎 判じて坊州に送りて之を貢がしめ、本州の曹官 判じて云ふ「坊州 杜若を出ださず、應に謝朓の詩を讀みて誤てり。郎官 此くの如く事を判ずるは、豈に二十八宿の人を笑ふを畏れざらんや」と。余 屈平の「九歌」を觀るに、曰はく「芳洲の杜若を采る」と。謝朓の詩は乃ち九歌の語を用ふ。…曹官 徒だ謝朓の詩有るを知りて九歌の有るを知らず。（貞觀中、尙藥求杜若、敕下、度支省郎判送坊州貢之、本州曹官判云「坊州不出杜若、應讀謝朓詩誤。郎官如此判事、豈不畏二十八宿笑人邪」。余觀屈平「九歌」、曰「采芳洲兮杜若」。謝朓詩乃用九歌語。…曹官徒知有謝朓詩而不知有九歌）

なお、問題となっている謝朓の「懷故人」詩は『文選』に收録されておらず、當時は謝朓の別集も廣く讀まれていたことが見て取れる[41]。

同時に、初唐の、六朝詩を排斥する風潮の中で、永明期に多くの唱和詩・詠物詩を殘した謝朓もまた、宮廷詩壇の一員として批判の對象と見なされていたようである。たとえば初唐の王勃「上吏部裴侍郎啓[42]」に「沈・謝爭ひ鶩すと雖も、適に齊梁の危きを兆すに足れり（雖沈謝爭鶩、適足兆齊梁之危）」と見えている。とは言え、この段階では、數量・質ともに見ても、謝朓に對する注目は決して高いとは言えない。人々は專ら謝朓の片言隻句に關心を抱いており、具體的な詩人像が形成されるには至っていない。

こうした狀況は、盛唐の李白の出現によって、劇的に變化することとなる。李白は謝朓をこよなく尊崇し、詩中にたびたびその名を詠じ込んだ[43]。これにより、それまでは必ずしも注目されていなかった謝朓個人の足跡や思想などに人々の關心が集まるようになり、結果として中唐以降の謝朓詩流行をもたらすこととなる。これは、初唐以前の、謝朓の限定的な詩句や表現のみに對する注目を一變させる事態であった。李白の言及により、謝朓は文學集團の一員という限定された肩書から解放され、獨立した個別の山水詩人として認識されるようになり、その詩人像を確立する。

さらに、李白は謝朓ゆかりの地である宣城をたびたび訪れて、多くの作品を殘している。李白詩に見える「謝朓」の語（謝玄暉・謝公などを含む）十五例のうち、實に九つもの作品が宣城の地で詠まれたもの、もしくは謝朓の宣城赴任を意識した作品である。李白の謝朓に對する傾倒は、專ら宣城の地で熟成され、宣城は謝朓と李白の兩者にとって重要な場所となったのである[44]。これにより、宣城期の謝朓詩は一段と注目を浴び、謝朓は「宣城の詩人」として理解され、宣城は謝朓ゆかりの地として、李白以降の詩文創作の重要な題材となる。このこともまた、謝朓を文學集團の一員として捉えていた從來の評價を大きく覆す、劇的な變化であった。李白以降、謝朓は

「宣城の詩人」として、その魅力を新たに發見されてゆくのである。

『全唐詩』を概觀すると、謝朓を詠じる詩のうち、「謝朓」（三十四例、「謝朓樓」「謝朓城」「謝朓家」などを含む）や「（謝）玄暉」（二十六例）に比べて、宣城の太守であったことを强調する「謝宣城」「謝守」「謝太守」（四十三例）などの呼稱が最も多く、宣城の往來をテーマとする詩や、謝朓の代名詞として「宣城」が用いられる作品も數多く見られる。また、「樓閣」「郡齋」「山」「眺望」など、明確に宣城を詠わずとも宣城を想起させる語彙と謝朓の名稱との併用も多くみられ、謝朓その人を詠じる際に喚起されるイメージが、大きく宣城に偏っていたことが見てとれる。中唐の耿湋「賀李觀察禱河神降雨」詩（卷二六九）の「若し敬亭山下に出でて作らば、何人か敢へて謝玄暉に和せん（若出敬亭山下作、何人敢和謝玄暉）」や、同じく中唐の柳宗元「答劉連州邦字」詩（卷三五二）の「遙かに憐む　郡山の好《よ》きを、謝守　但だ窗に臨む（遙憐郡山好、謝守但臨窗）」、そして晚唐の杜牧「自宣城赴官上京」詩（卷五二二）の「謝公の城畔　溪　夢を驚かし、蘇小の門前　柳　頭を拂ふ（謝公城畔溪驚夢、蘇小門前柳拂頭）」などはその代表的な例である。

その一方で、謝朓個人を詠じる際に、史書にも記載され、文學史においても重視される「竟陵八友」としての活動や、「永明體」確立の功績などに注目する詩句は、唐代にはほとんど見られなくなることも注目されよう。「竟陵」や「荊州」など、宣城以外で謝朓とゆかりある地名を取り上げる詩句もごく少數である[45]。この傾向は、宋代になっても大きく變わることはなく、謝朓は終始、宣城とともに語り繼がれることとなる。たとえば北宋の張耒「山暝孤猿吟」詩[46]の「空齋　謝守を懷ひ、空しく復《ふたた》びす　昔時の音（空齋懷謝守、空復昔時音）」や、南宋の陳與義「題趙少隱青白堂三首」其一[47]の「小謝　州を爲《おさ》めるも詩を廢めず、庭中の草木　光輝有り（小謝爲州不廢詩、庭中草木有光輝）」などが例として擧げられる。

このように、謝朓はまさしく李白によってその魅力を發見され、「宣城の詩人」として定義されたと言える。李白による謝朓の愛好、そして唐詩人による謝朓詩・謝朓像の發展は、その後の謝朓の受容と展開の方向を大きく決定づけることとなったのである。

三　本書の構成

本書の構成は以下のとおりである。

序　章　本書の課題と構成
第一章　詩人「謝宣城」の誕生　——謝朓詩における荊州と宣城
第二章　謝朓詩における「窓」の風景　——遠景描寫の一手法
第三章　「李白と謝朓」再考　——「澄江淨如練」句の受容と展開
第四章　謝朓像の確立をめぐって　——李白から中晩唐へ
第五章　「小謝」の變遷　——李白「中閒小謝又清發」をめぐって
第六章　李白「志在青山」考　——謝朓別業の存在をめぐって
第七章　敬亭山の印象　——謝朓から李白へ
終　章　謝朓詩の受容と展開

序章では、謝朓の略傳と先行研究を踏まえた上で、研究の課題と本書の構成について述べた。謝朓に對する關心は、盛唐の李白の登場により、大きく轉換する。それまで文學集團の一員として見なされていた謝朓は、李白以降、「宣城の詩人」として理解されるようになり、その後の唐詩の中でますますその魅力を發見されてゆく。本書は、宣城期における謝朓詩の特徴と、唐代における謝朓詩・謝朓像の受容と展開の様相を明らかにすることを目的とする。

第一章では、「『思歸』の場所――荊州における望鄉・望京の詩」、「『旅人』の心情――宣城における異鄉の詩」、「『集團の詩人』から『謝宣城』へ」の三つの部分に分けて、謝朓が赴いた二つの異鄉、荊州と宣城における望鄉の詩句を比較し、謝朓が「集團の詩人」から獨立した「個の詩人（謝宣城）」へと成長する經緯を明らかにした。

第二章では、宣城期の謝朓詩の表現的特徴を論ずるために、「窓」の語を一例として取り上げた。「謝朓以前の詩中の『窓』」では謝朓以前の詩中における「窓」表現を〈建築〉〈閨室〉〈光・風〉〈近景〉〈遠景〉の五つの用法に分類し、「謝朓詩における『窓』表現の概況」では謝朓詩における「窓」表現の用法を概括し、「謝朓詩の『窓』表現と遠景描寫の手法」では謝朓詩に見える「窓」表現の特徴とそうした表現が誕生した原因について論じた。

第三章では、宣城赴任の道中に詠じられた謝朓の代表作「晚登三山還望京邑」詩の一句「澄江靜如練」が、從來の用法に逸脫する形で李白の詩に取り込まれ、「李白と謝朓」の合作として後人に受容され、展開していく樣子を考察した。具體的には、「謝朓『澄江靜如練』句の成立とその特徵」、「李白詩における『澄江淨如練』とその特徵」、「『李白と謝朓』――『澄江淨如練』句の受容と展開」、「秀句の詩人、謝朓」の四つの部分に分けて、謝朓詩の誕生・受容・展開・評價を總合的に論じた。

第四章では、李白以降、中晚唐の詩に現れた謝朓の人物像を明らかにした。「李白から中唐へ――『謝朓を憶う』詩の廣まり」においては、李白以降、「謝朓を憶う」を主題とする作品が多く作られ、謝朓に對する理解が深まったことを明らかにし、つづけて「中唐詩における謝朓――呼稱の多樣化」では中唐期に多樣化する謝朓の呼稱について、「『李白と謝朓』の典故化――晩唐における謝朓の像」では晩唐の「李白と謝朓」の典故化の現象についてそれぞれ分析を行った。

第五章では、第四章を踏まえて、謝朓の別稱として知られる「小謝」の語を中心に分析し、本來は謝惠連を指す呼稱であった「小謝」の語が、實際にはいつから謝朓を指すようになったのか、という問題を論じた。具體的には、「『池塘生春草』句と『小謝』謝惠連」、「唐詩における『小謝』」、「李白『中閒小謝又清發』をめぐって」の三つの部分に分けて、「小謝」の元來の用法と唐詩における謝惠連・謝朓の印象を確認し、「小謝」が謝朓を指すようになった最初の用例と見なされる李白の詩に對して、從來とは異なる解釋の可能性を示した。

第六章では、「李白による謝朓の愛好」が引き起こした文化現象の一事例として、今日まで自明視されている、李白墓のある當塗「靑山」に謝朓の別業が存在するという言說の眞否を論じた。具體的には、「李白墓遷移の經緯ならびに謝朓別業に關する記述」において、李白墓と謝朓別業の關連について確認し、「謝朓詩における『靑山』と謝朓別業の存在」では、謝朓の詩風と南齊當時の行政區畫に基づいて謝朓別業の實態を見直した。そして「李白詩における『靑山』」、「李白『志在靑山』の解釋について」の二つの部分では、李白の詩語に對する分析から、その遺言の內容を再解釋した。

第七章では、謝朓によって見いだされた宣城の敬亭山が、謝朓詩・唐詩・李白詩の中でどのように詠じられてゆくのか考察した。「謝朓の敬亭山の詩」では、謝朓の敬亭山詩の特徴を分析し、つづけて「唐詩における敬亭山」では、唐代の詩人の多くが官吏の立場から謝朓の詩を受容したことを指摘し、「李白と敬亭山」では、李白の敬亭山詩の特異性とその原因について分析を行った。

終章では、序章において提示した研究の課題、すなわち「謝宣城」は如何に誕生し、發見され、受容と展開を迎えるのか、という視點から本書の各章を振り返り、謝朓詩の受容と展開の特徴を結論づけた。

（1）謝朓の傳記は、『南齊書』巻四十七、及び『南史』巻十九に收錄される。

（2）『南齊書』巻四十七・謝朓傳に「朓少好學、有美名、文章淸麗」とある（中華書局、一九七二年）。

（3）『梁書』巻一・武帝本紀に「竟陵王子良開西邸、招文學、高祖與沈約・謝朓・王融・蕭琛・范雲・任昉・陸倕等竝遊焉、號曰八友」とある（中華書局、一九七三年）。

（4）前揭『南齊書』謝朓傳に「子隆在荊州、好辭賦、數集僚友、朓以文才、尤被賞愛、流連晤對、不捨日夕。長史王秀之以朓年少相動、密以啓聞。世祖敕曰『侍讀虞雲自宜恆應侍接。朓可還都』」とある。

（5）前揭『南齊書』謝朓傳に「啓王敬則反謀、上甚嘉賞之。遷尙書吏部郎。…朓初告王敬則、敬則女爲朓妻、常懷刀欲報朓、朓不敢相見。…朓臨敗歎曰『我不殺王公、王公由我而死』」とある。義父の謀反を密告したことによって謝朓は妻に憎まれ、本人もまた罪の意識を感じていたようである。

（6）現存する謝朓の詩は、四言詩二十八首、五言詩百三十三首、聯句七首の計百六十八首である。曹融南校注『謝宣城集校注』附錄一「佚文」（上海古籍出版社、一九九一年）は、さらに「蒲生行」「別王僧孺」「春遊」「至潯陽詩」「失題」の五首（缺落あり）を記錄するが、本書では扱わない。

（7）魏耕原『謝朓詩論』（中國社會科學出版社、二〇〇四年）。

（8）孫蘭『謝朓研究』（齊魯書社、二〇一四年）。

（9）網祐次『中國中世文學研究――南齊永明時代を中心として』（新樹社、一九六〇年）。

（10）佐藤正光『南朝の門閥貴族と文學』（汲古書院、一九九七年）。

（11）森野繁夫『謝宣城詩集』（白帝社、一九九一年）。

（12）興膳宏「謝朓詩の抒情」（『東方學』第三十九輯、一九七〇年）、古田敬一「謝朓の對句表現——その自然描寫における抒情性」（『日本中國學會報』第二十四集、一九七二年）、張宗原「謝朓詩歌藝術簡論」（『文學評論』、一九八四年第六期）、森野繁夫「謝朓詩の自然表現」（『安田女子大學大學院文學研究科紀要』第八集、二〇〇二年）などがある。

（13）陳慶元「論謝朓詩歌的思想性」（『西南師範學院學報（人文社會科學版）』、一九八四年第四期）、査正賢「論謝朓詩的隱逸及其詩體范式意義」（『浙江社會科學』、二〇〇六年第五期）などがある。

（14）洪順隆「謝朓の作品に對する其の先祖の投影」（『東方學』第五十二輯、一九七六年）、乾源俊「謝靈運と謝朓」（『集刊東洋學』第五十九集、一九八八年）、森野繁夫「謝朓と謝靈運——謝朓における謝靈運の存在」（『六朝學術學會報』第二集、二〇〇一年）などがある。

（15）中森健二「謝朓の唱和詩について」（『立命館文學』白川靜博士古稀記念中國文史論叢、一九八一年）、聶大受「試論『竟陵八友』文學集團的特點——『竟陵八友』論之二」（『甘肅社會科學』、一九九七年第五期）などがある。

（16）佐藤正光「宣城時代の謝朓」（『日本中國學會報』第四十一集、一九八九年）、森野繁夫「謝朓研究——宣城郡における謝朓」（『中國中世文學研究』第二十二號、一九九二年）などがある。

（17）小松英生「六朝門閥陳郡陽夏謝氏の系譜とその周邊」（『中國中世文學研究』第十五號、一九八一年）などがある。

（18）たとえば森野繁夫・山田小百合「謝朓詩覺書——『風』と『光』の表現」（『山本昭教授退休記念中國學論集』、二〇〇〇年）や、前掲興膳宏「謝朓詩の抒情」などは、いずれも謝朓詩の表現的特徴について論じているが、時期を定めることはせず、全作品を対象としている。

（19）南宋・嚴羽著、張健校箋『滄浪詩話校箋』（上海古籍出版社、二〇一二年）。

（20）明・胡應麟撰『詩藪』（上海古籍出版社、一九七九年）。

（21）陳慶元「玄暉詩變有唐風」（『南京師大學報（社會科學版）』、一九八三年第四期）。

（22）魏景波「謝朓詩的特質及其對唐詩的影響」（『陝西師範大學學報（哲學社會科學版）』、二〇〇〇年）。

（23）松浦友久「李白における謝朓の像——白露垂珠滴秋月」（『中國古典研究』第十三號、一九六五年）。

(24) 茆家培・李子龍主編『謝朓與李白研究』（人民文學出版社、一九九五年）。
(25) 鹽見邦彦「大暦十才子と謝朓」（『文化紀要』第十三號、一九七九年）。
(26) 蔣寅『大暦詩風』（上海古籍出版社、一九九二年）。
(27) 稲畑耕一郎「宋玉をめぐって——宋玉文學への一視點」は「一人の詩人・一篇の詩文に對する評價は、最終的には、評價する個人の文學觀・文學嗜好やその思想に歸せられることが妥當であろう」と指摘する（『古代研究』第三號、一九七二年）。
(28) 梁・鍾嶸著、曹旭集注『詩品集注』（上海古籍出版社、一九九四年）。
(29) 前掲『南齊書』巻四十七。
(30) 前掲『梁書』巻一。
(31) 清・嚴可均校輯『全上古三代秦漢三國六朝文』「全梁文」巻十一（中華書局、一九五八年）。
(32) 謝朓に對する直接的な言及として、現在確認できるのは、「全梁文」巻六十六「書品論六中之下」の「謝朓劉繪、文宗書範、近來少前」、そして「全後周文」巻十七「周故大將軍趙公墓誌銘」の「公…翩翩書記、則阮瑀陳琳。荏苒風流、則王濛謝朓。語其百發、弓絕于猿吟。論其百中、劍深于雁陣」の二例のみ。
(33) 唐以前の詩の引用は、一部を除き、逯欽立輯校『先秦漢魏晉南北朝詩』（中華書局、一九八三年）に據る。本書の中で唐以前の詩を引用するときは、詩題の後ろに時代と巻數を記す。また、他のテキストに據って文字を改める場合にはその旨を注記する。
(34) 謝朓詩の引用は、前掲『謝宣城集校注』に據り、適宜『謝宣城詩集』（四部叢刊初編所收・上海涵芬樓景印明依宋鈔本、商務印書館、一九一九—一九二三年）を參照する。本書の中で謝朓の詩を引用するときは、詩題の後ろに巻數を記す。
(35) 唐詩の引用は、一部を除き、清・彭定求等編纂『全唐詩』（中華書局、一九六〇年）に據る。本書の中で唐代の詩を引用するときは、詩題の後ろに巻數を記す。また、他のテキストに據って文字を改める場合にはその旨を注記する。
(36) 清・陳祚明評選、李金松點校『采菽堂古詩選』（上海古籍出版社、二〇〇八年）。

(37) 北宋・朱熹撰、蔣立甫校點『楚辭集注』巻二「九歌」（上海古籍出版社、二〇〇一年）。

(38) 南宋・周煇撰、劉永翔校注『清波雜志校注』巻一「潁川郡王」（中華書局、一九九四年）に「神宗初出閤、封潁川郡王。既卽位、陞潁州爲節鎭。久之覺其非、遂以許州爲潁昌府、人比之『坊州生杜若』」とあり、「芳洲生杜若」もしくは「坊州生杜若」は、場所が正しくないことを表す慣用表現として用いられるようになったことが分かる。

(39) 清・董誥等編『全唐文』巻一六二（中華書局、一九八三年）。

(40) 南宋・葛立方撰『韻語陽秋』巻五（『歴代詩話』所收、中華書局、一九八一年）。

(41) 『隋書』巻三十五・經籍四に「齊吏部郎謝朓集十二巻、謝朓逸集一巻（梁又有王巾集十一巻、亡）」と記録されている（中華書局、一九七三年）。

(42) 北宋・李昉等編『文苑英華』巻六五六（中華書局、一九六六年）。

(43) 謝朓に言及する李白詩は以下の通り。うち、＊は宣城に關連する作品。なお、李白詩の引用は、清・王琦注『李太白全集』（中華書局、一九七七年）に據る。本書の中で李白の詩を引用するときは、詩題の後ろに巻數を記す。また、他のテキストに據って文字を改める場合にはその旨を注記する。

「金陵城西樓月下吟」詩：解道澄江淨如練、令人長憶謝玄暉。

＊「詶殷明佐見贈五雲裘歌」詩：謝朓已沒青山空、後來繼之有殷公。

＊「贈宣城宇文太守兼呈崔侍御」詩：曾標橫浮雲、下撫謝朓肩。

＊「新林浦阻風寄友人」詩：明發新林浦、空吟謝朓詩。

＊「遊敬亭寄崔侍御」詩：我家敬亭下、輒繼謝公作。

＊「寄崔侍御」詩：高人屢解陳蕃榻、過客難登謝朓樓。

「三山望金陵寄殷淑」詩：三山懷謝朓、水澹望長安。

「送儲邕之武昌」詩：諾謂楚人重、詩傳謝朓淸。

「答杜秀才五松見贈」詩：聞道金陵龍虎盤、還同謝朓望長安。

＊「秋登宣城謝朓北樓」詩：誰念北樓上、臨風懷謝公。

＊「登敬亭北二小山余時客逢崔侍御竝登此地」詩：送客謝亭北、逢君縱酒還。

＊「秋夜板橋浦汎月獨酌懷謝朓」詩：玄暉難再得、灑酒氣塡膺。

＊「謝公亭」詩：謝亭離別處、風景每生愁。

「姑熟十詠」謝公宅：青山日將暝、寂寞謝公宅。

「題東溪公幽居」詩：宅近青山同謝朓、門垂碧柳似陶潛。

(44) 寺尾剛「李白における宣城の意義―『詩的古跡』の定着をめぐって―」は「李白が、潛在的・生來的に持っていた美意識・感覺的基調が、中晩年に至って、この皖南地區、とりわけ宣城という土地に出會うことによって、一層、花開くことになった。そして、たまたまその地が、謝朓と關わり深い地であったがために、謝朓の詩への意識・理解が高まり、それにつれて、自らの美意識の共感者としての謝朓の像を強く認識することになり、同時に、彼に對する憧憬・敬慕の情も不動のものとなった」と指摘する（『中國詩文論叢』第十三集、一九九四年）。

(45) 例を擧げると、司空曙「送史澤之長沙」詩の「謝朓懷西府、單車觸火雲」は謝朓が讒言に遭って荊州を離れる際の情景を踏まえている。また、盧象「追涼歷下古城西北隅此地有清泉喬木」詩の「謝朓出華省、王祥貽佩刀」、また李端「送別駕赴晉陵卽舍人叔之兄」詩の「謝朓中書直、王祥別乘歸」などは、建康任官期の謝朓に言及している。

(46) 北宋・張耒撰、李逸安・孫通海・傅信點校『張耒集』卷十九（中華書局、一九九〇年）。

(47) 南宋・陳與義撰、吳書蔭・金德厚點校『陳與義集』卷二十六（中華書局、一九八二年）。

第一章　詩人「謝宣城」の誕生
――謝朓詩における荊州と宣城

一　はじめに

謝朓は建武二年（四九五）の夏から翌三年の初冬にかけての一年餘り、宣城郡の太守を務めた。宣城期の詩は三十五首（うち聯句六首）が現存しており、その多くは山水の描寫や隱逸への志向を詠じたものである。その後、宣城を離れた謝朓は、政爭の中に身を投じること三年にして、三十六歳という若さでこの世を去る。後世の人々が「謝宣城」の名で謝朓を慕うのは、謝朓を代表する數々の文學創作が、宣城の地において行われたからに他ならない。

宣城期の謝朓に關してはすでに個別の先行研究があり、その主な着眼點は當時の政治情勢と謝朓の進退に關する問題である。(1) 南齊の武帝（蕭頤、四四〇―四九三）の死後、卽位した鬱林王（蕭昭業、四七三―四九四、武帝の孫）を補佐したのは、竟陵王（蕭子良、四六〇―四九四、武帝の第二子）と蕭鸞（四五二―四九八、武帝の從弟）であった。蕭鸞は竟陵王の帝位繼承を阻止し、更には鬱林王を謀殺、その弟である海陵王（蕭昭文、四八〇―四九四、武帝の孫）を卽位させて自身は輔政となる。次いで武帝の弟にあたる鄱陽王（蕭鏘、四六九―四九四）と武帝の第八子である隨郡王（蕭子隆、四七四—四九四）もその手にかかり、蕭鸞は終に海陵王を廢して自ら明帝として帝位に卽いた（四九四、十月）。

このような政治的動亂を、謝朓は南齊の都・建康で目の當たりにしている。かつて謝朓が出入りした文學集團の提唱者である竟陵王・蕭子良が王融（四六七—四九三）の畫策した反亂に失敗し、荆州における謝朓の文學活動を支持した隨郡王・蕭子隆が蕭鸞の手にかかって命を落とす中、謝朓は蕭鸞の配下に下る形で、蕭鸞府の文筆、中書省の詔誥等を歴任する。そして政變の混亂冷めやらぬ建武二年に、明帝の命を受けて太守として宣城へ赴任する。明帝の信賴と拔擢に對する感謝の念か、それとも長引く政亂への失望と嫌氣か。「仕官」と「隱遁」という二つの矛盾する心情が入り混じる宣城赴任は、謝朓にとって、單なる地理的環境の變化にとどまらず、政治的進退をも伴う大きな轉機であった。

一連の政變は、詩人謝朓の文學にも大きな變化を與えた。佐藤正光[2]はこの時期の謝朓詩について、「…作品の內容がそれまでの宮廷詩壇における奉和・贈答などの詩から、山水詩の創作へと變わり、印象的な詩作へと質的に高まった」と指摘している。では、謝朓の詩は宣城の前後で具體的にどのように變化したのか。異鄉である宣城の地は、謝朓の詩作にどのような影響を與えたのだろうか。

謝朓の生涯に着眼した時、都の建康を離れて異鄉に滯在し、かつ、その時期の作品が現存しているのは、主に隨郡王に從って荆州へ赴任した永明八年から永明十一年までの閒（四九〇—四九三）と、先述の宣城期（四九五—四九六）の二つの時期がある。奇しくもこの二つの時期は、先に述べた南齊を搖るがす政治的動亂の直前と直後に位置しており、詩人の心情の變化が顯著に現れていると推測される。荆州期と宣城期という二つの異鄉における詩作を比較することによって、宣城における謝朓の作風の特徵は、より一層、浮き彫りとなるに違いない。

そこで本章では、荆州と宣城における望鄕の詩句を比較し、謝朓詩に描かれる望鄕の思いがどのように變化したのか、そして何故そのような變化が生じたのか、ということについて論じる。(3) これにより、謝朓が「集團の詩人」から獨立した「個の詩人（謝宣城）」へと成長する經緯を明らかにしたい。

二 「思歸」の場所——荆州における望鄕・望京の詩

謝朓の家系は陳郡陽夏の謝氏にあたる。父の謝緯は、兄弟（謝綜・謝約）の謀反に連座して廣州への徙刑に處されるが、孝建年間（四五四―四五六）に都への歸還を許され、泰始年間（四六五―四七一）には正員外郎となる。(4) 謝朓が誕生したのは、謝緯が正員外郎に着任する前後の四六四年、幼少年時代を過ごしたのは、南齊の都・建康であった。後に宣城へ赴く途次に作られた「京路夜發」詩（卷三）に、「故鄕は邈《とほ》くして已に敻《はる》かに、山川は脩《なが》くして且つ廣し（故鄕邈已敻、山川修且廣）」と詠じるように、謝朓は建康を都としてのみならず、自身の故鄕としても認識していた。外地にあっても、故鄕や友人の居所として建康の地を想う詩句が多く見られている。

さて、長江中流域にある荆州は、下流の建康から一五〇〇キロ以上離れた場所に位置しており、魏晉以來、西の軍事上の重鎭であった。永明八年（四九〇）、それまで荆州刺史をつとめていた巴東王（蕭子響、四六九―四九〇、武帝の第四子）が帝意に背いた罪で討伐され、かわって隨郡王・蕭子隆が鎭西將軍・荆州刺史に任命された。蕭子隆は武帝の第八子にあたり、『南齊書』隨郡王子隆傳(5)は「有文才」と評した上で、以下のように記している。

上 子隆の能く文を屬るを以て、儉に謂ひて曰はく、我が家の東阿なりと。儉 曰はく、東阿重ねて出づ、實

に皇家の蕃屛たりと。（上以子隆能屬文、謂儉曰、我家東阿也。儉曰、東阿重出、實爲皇家蕃屛）

蕭子隆は輔國將軍・南琅邪彭城二郡太守・會稽郡太守・中書令などを歴任し、尙書令王儉の娘を妻に迎え、ひときわ武帝に愛されていた。謝朓はその蕭子隆の鎭西功曹となり、次いで文學に轉じて荊州へ赴き、再び建康へ戻る永明十一年（四九三）までの期間をこの地に滯在する。荊州時期の詩は計三十八首あり、制作の場面によって分類すると以下のようになる。

①應制の作品：二十四首
「鼓吹曲十首」、「奉和隨王殿下十六首（荊州での作はうち十四首）」
②唱和應酬の作品：九首
「答王世子」、「冬緖羇懷示蕭諮議虞田曹劉江二常侍」、「和別沈右率諸君」、「和王長史臥病」、「和伏武昌登孫權故城」、「和王著作融八公山」、「夏始和劉孱陵」、「和宋記室省中」、「和劉西曹望海臺」
③その他：五首
「江上曲」、「懷故人」、「春思」、「望三湖」、「同羇夜集」

荊州における謝朓の文學創作について、『南齊書』謝朓傳(6)には以下のようにある。

子隆　荊州に在り、辭賦を好み、數々僚友を集む。朓　文才を以て、尤も賞愛せられ、流連晤對して、日夕を捨《お》かず。（子隆在荊州、好辭賦、數集僚友。朓以文才、尤被賞愛、流連晤對、不捨日夕）

記錄からは、謝朓が文才によって、ひときわ隨郡王の愛顧を受けていたことが見て取れる。これは專ら、謝朓が隨郡王に唱和した①の作品羣に對して爲された評價と見るべきであろう。これらの作品は宴會などの場で制作されており、隨郡王を讃える內容からなる、いわば公務としての文學創作として位置付けられる。

さて、荊州期の謝朓の望鄕の詩句は、主に②と③の詩中に見られ、友との別離に對する嘆きが多く描かれている。たとえば以下に擧げる「懷故人」詩（卷三）は、荊州で建康の友人を思い起こし、離別の嘆きを詠じた作である。

芳洲有杜若　　芳洲に杜若有り
可以慰佳期　　以て佳期を慰むるべし
望望忽超遠　　望望　忽ち超遠となる
何由見所思　　何に由《よ》りてか　所思を見ん
我行未千里　　我の行くや　未だ千里ならざるに
山川已間之　　山川　已に之を間《へだ》つ
離居方歲月　　離居すること　方に歲月
故人不在茲　　故人　茲《ここ》に在らず
清風動簾夜　　清風　簾を動かすの夜
孤月照窗時　　孤月　窗を照らすの時
安得同攜手　　安《いずく》んぞ得ん　同《とも》に手を攜へて

酌酒賦新詩　　酒を酌み 新詩を賦するを

芳しい中洲に杜若が咲いている。それは佳き人を慰めるのにふさわしい花。私は惜しみながらもにわかに故郷を離れ、遠くへ來てしまった。どうすれば思う人に會うことができるだろうか。まだ千里も行っていないが、山川は私たちの閒を隔ててしまった。離れて暮らすのも今や歳月がたち、あなたはここにはいない。清風が簾を動かす夜、孤月が窓を照らす時、どうして共に手を取り合って、酒を酌み交わして新詩を賦することができようか――。

詩中の「芳洲」「杜若」「佳期」「忽超遠」「所思」「離居」の語は、すべて『楚辭』「九歌」に基づく[7]。男女の情愛を多く歌う「九歌」の言葉を多用することで、友との離別は、傳統的な語彙に裏付けられた深刻な悲しみとして表現される。そして最後の二句「安んぞ得ん 同に手を攜へて、酒を酌み 新詩を賦するを」によって、かつて友人と酒を酌み交わし、詩を詠じあった情景と、現在ひとり荊州で友を想う謝朓の姿は克明に對比され、異鄕の孤獨はいっそう强調されることになる。

謝朓が念頭におく、詩を賦しあう友人とは誰か。荊州への赴任が決定し、謝朓の周邊では送別の宴が複數回催された。そこでは文學の仲閒が集まり、謝朓との別れを惜しんで次に擧げる詩が詠じられている。

i「同沈右率諸公賦鼓吹曲名先成爲次」
（「芳樹」沈右率約、「當對酒」范通直雲、「臨高臺」朓時爲隨王文學、「巫山高」王伊丞融、「有所思」劉中書繪）

沈約・范雲・謝朓・王融・劉繪

ii 「同前再賦」(i の詩題を入れ替えて詠じたもの)
(「芳樹」朓、「同前」融、「臨高臺」約、「有所思」融、「巫山髙」繪、「同前」雲)

謝朓・王融・沈約・劉繪・范雲

iii 「離夜」(江丞、王常侍)

江考嗣・王常侍(名は未詳)

iv 「餞謝文學」(沈右率、虞別駕、范通直、王中書、蕭記室、劉中書)

沈約・虞炎・范雲・王融・蕭琛・劉繪

送別の集まりに參加していた者のうち、沈約・范雲・王融・蕭琛はいわゆる「竟陵八友」の一員であり[8]、また劉繪・江考嗣・王常侍・虞炎らについても、『南齊書』[9]劉繪傳に「永明の末、京邑の人士 盛んに文章の談義を爲す。皆 竟陵王の西邸に湊《あつ》まる(永明末、京邑人士盛爲文章談義。皆湊竟陵王西邸)」と記載されるように、當時、詩文に通ずるものに廣く門戸を開いた竟陵王・蕭子良の西邸に集う人士であった。荊州赴任以前の謝朓の詩には、以上に擧げた人々との應酬が多く、先に擧げた離別時の作の他にも、「同詠樂器」(謝朓「琴」)、「同詠坐上器玩」(謝朓「烏皮隱几」)、「同詠坐上所見一物」(謝朓「席」)、聯句「阻雪」、「奉和竟陵王同沈右率過劉先生墓」などの詩がこの時期の作品にあたる。同賦や聯句などの創作形式では、同一のテーマに基づきながら、如何に突出した語彙や表現を用いるのかが課題となる。竟陵王の主導による文學サロンは、競作によって互いの作詩技巧を披露しあう場であり、またほぼ固定的なメンバーによって構成されるため、文學創作の空間として歸屬意識の持てる場所であったと考えられよう。

その一方で、荊州期の場合には、隨郡王の配下として、すなわち職務の一環としての赴任であり、文學創作を目的として建康中の人士を廣く招いた竟陵王の西邸とは根本的に狀況が異なっていた。現存する作品を見ても、謝朓と荊州の幕僚との閒で、かつてのように同詠・聯句の詩が詠じられた形跡はなく、「鼓吹曲十首」や「奉和隨王殿下十六首」のように、專ら隨郡王に唱和する作品がその活動の中心を占めている。また、荊州赴任に際しては幾度となく建康時の友人を思慕する詩句を口にしていながら、荊州赴任終了後（幕僚の讒言による失意の歸還という事情があるにせよ）、荊州期の同僚に宛てた詩は極めて少ない[10]。

さらに、荊州赴任を契機として、謝朓は隨郡王の政治權力を強化しようと考えていたようである。森野繁夫「謝朓『奉和隨王殿下』をめぐって」[11]は、謝朓が都に歸還してから作った「奉和隨王殿下十六首」（卷五）の第十一首と第十二首に、隨郡王を政權の中樞に位置させんとする謝朓の願いが色濃く表れており、謝朓は讒言を受けて都へ強制送還されてなお、隨郡王の歸還を心待ちにしていたと指摘する。すなわち、荊州で行われていた活動は、極めて政治性の強いものであり、文學活動はその合閒に行われたにすぎないのである。

こうした事情もあって、謝朓は荊州において、かつての建康の詩友との閒に繰り廣げられた樣な文學の切磋琢磨などは望むべくもなかったと思われる。網祐次は「謝朓の傳記と作品」[12]の中で、以下のように指摘する。

> この時期の謝朓は、文壇の最大の支援者なる竟陵王…のサロンから離れて、隨王…のサロンの中心人物となつたのである。そこに加はれる者は、謂ふ所の鄒馬の客には及びもつかぬのは固よりのこと、竟陵王の西邸の諸子よりも、遙かに劣る。かれには其のことが物たりなかつたであらう《ママ》。

このように、荊州における文學活動は、政治的色彩を帶びたものであり、謝朓にとっては、詩友との交遊と呼ぶには遙か及ばない類のものであった。謝朓が身を置く環境は、集團における文學活動を中心とする建康から、隨郡王をめぐる政治活動を主軸とする荊州へと質的な變化を遂げており、荊州において、謝朓が懐かしんでいたのは、かつて竟陵王のもとに集った文士との交流そのものだったのである。

　これらの事情を踏まえて、荊州における望鄉の詩句を讀み進めてゆくと、故鄉、すなわち都へ歸還したいという願望が、時に過剩な程までに直截に述べられている作品が多いことに氣づく。たとえば「和宋記室省中」詩（卷四）の五句目・六句目には、

懐歸欲乘電　　歸を懐ひて電《いなづま》に乘らんと欲し
瞻言思解翼　　瞻言《せんげん》して翼を解かんことを思ふ

とあり、歸りたいと願う心を表現する「乘電」、そして鄉里に戻って羽を休めたいことを意味する「解翼」は、いずれも謝朓の造語である。また、「和王長史臥病」詩（卷四）の十五句目・十六句目には、

日與歲眇邈　　日は歲と眇邈《べうばく》たり
歸恨積蹉跎　　歸恨は積もりて蹉跎《さた》たり

とあり、歸りたい痛切な思いを「歸恨」という、やはり謝朓獨自の言い回しで表現している。同様の表現として、「春思」詩（卷三）の九句目・十句目、

夢寐藉假簧　　夢寐《むび》に假簧《かくわう》に藉《よ》り

思歸頼倚瑟　　歸を思ひては倚瑟《いしつ》に頼る

そして建康から荊州へ赴く道中に詠じられた「將發石頭上烽火樓」詩（卷三）の七句目・八句目、

歸飛無羽翼　　歸飛せんとするも羽翼《うよく》無し
其如離別何　　其れ離別を如何せん

などがあり、これらの作品にも、謝朓が歸心を表す語にことさら工夫を凝らした痕跡を見て取ることができる。先の考察を敷衍して分析するならば、荊州の地で謝朓が詠じる異鄕の悲しみには、在りし日の文學活動と文學仲間を懐かしむ思いが根底にあったと考えられる。荊州期の作品に見られる「相思」（「和別沈右率諸君」詩）、「離別」（「將發石頭上烽火樓」詩）、「離居」（「懐故人」詩）などの語彙は、具體的な對象（建康の文學仲間）や狀況（赴任直前の送別）を思い起こした上で詠じられていたと考えるべきだろう。

そして同時に、荊州期の謝朓が、依然として「文才」によって名を知られる、當時の詩壇を牽引する存在であったことにも留意しなければならない。謝朓と同時代の鍾嶸『詩品』中品「齊吏部謝朓詩」[13]に、「後進士子の嗟慕する所と爲るに至る（至爲後進士子之所嗟慕）」とあるように、謝朓は存命中より、卓越した詩人として、周圍に認識されていた。荊州期に作られた作品もまた、建康の人士の目に觸れる可能性が高いことを考えた時、謝朓が讀者として想定するのは、自身との別れを惜しんで送別の宴に集った、竟陵の文士たちだったのではないか。そうであればこそ、友人に向けた望鄕の思いを如何に切實に表現するのか、ということは、荊州期における謝朓の文學創作上の重要な課題となったのであろう。

荊州期の謝朓詩に見える「歸心」の指し示す建康とは、すなわち竟陵王のもとに形成された文學集團であり、謝朓は荊州にあっても、常にかつての文學仲間を意識していたものと思われる。隨郡王のもとで公務の色彩を帶びた文學創作を行うほどに、往時の建康における記憶は、謝朓の鄕愁を驅り立てていたことであろう。

ただし、かつての建康と荊州とでは作詩の環境に明らかな質的相違こそあれ、この時點において、謝朓の文學は依然として「集團の一員」の手によるものであったということにも留意しなければならない。特定の讀み手を意識した荊州期の詩作の數々がそれを物語っており、また當時の文學活動における主導權が依然として皇子（隨郡王）の手にあったこともこれを裏付ける。荊州は、謝朓にとっての異鄕でありながら、同時に强大な支持者によって保護された、新たな活躍の場でもあった。かつて所屬していた文學の集團にたいする懷舊、そして新たな政治的集團へ埋沒してゆく感傷。荊州における謝朓の望鄕の詩句には、舊來の集團から新たな集團への移動を餘儀なくされた詩人の哀愁が內包されている。

三 「旅人」の心情——宣城における異鄕の詩

謝朓が宣城へ赴任する經緯については、本章の冒頭に示したとおり、明帝・蕭鸞の命によるものであった。そしてそれは、荊州期の鎭西功曹や文學のような屬官ではなく、太守という一地方を統べる上官の地位に就くものであった。しかしながら、建康を離れる際に詠じた「京路夜發」詩（前出）に「擾擾《ぜうぜう》として夜裝を整へ、肅肅として徂兩《そりやう》を戒む（擾擾整夜裝、肅肅戒徂兩）」とあるように、宣城への出發は匆匆たるものであり、荊州時のように送別の宴會などが行われた樣子もない。武帝の死後、明帝に卽位した蕭鸞によって武帝の直系は次々と弑せられており、殺伐とした建康は、もはや文士が集って詩を賦し合う空間ではなくなっていたのだろう。

宣城期の謝朓について、『南齊書』謝朓傳には「出でて宣城太守と爲る（出爲宣城太守）」とあるのみで、その作詩環境に關して窺い知ることはできない。詩の總數は荆州期とほぼ變わらず、制作場面によって分類すると以下のようになる。

①聯句：六首

「還塗臨渚」、「紀功曹中園」、「閑坐」、「侍筵西堂落日望鄉」、

「祀敬亭山春雨」、「往敬亭路中」

②唱和應酬の作品：九首

「與江水曹至濱干戯」、「郡內高齋閑望答呂法曹」、「和劉中書入琵琶峡望積布磯」、

「在郡臥病呈沈尙書」、「和何議曹郊遊二首」、「落日同何議曹煦」、「和紀參軍服散得益」、「新治北窗和何從事」

③送別の作品：四首

「送江水曹還遠館」、「送江兵曹檀主簿朱孝廉還上國」、「臨溪送別」、

「忝役湘州與宣城吏民別」

④その他：十六首

「秋竹曲」、「之宣城郡出新林浦向板橋」、「始之宣城郡」、「宣城郡內登望」、

「冬日晚郡事隙」、「後齋迥望」、「落日悵望」、「遊山」、「賽敬亭山廟喜雨」、「祀敬亭山廟」、

「遊敬亭山」、「賦貧民田」、「將遊湘水尋句溪」、「京路夜發」、

「晩登三山還望京邑」(14)、「高齋視事」

荊州期と比較すると、他者の存在を介する詩（①②③）の數量に目立った增減は見られないものの、敍景や抒情を主題とする詩（④）の割合が突出して多いことに氣づく。また、その詩中には隱遁への願望が多く描かれており、洪順隆「謝朓の作品に現われた『危懼感』」(15)は、謝朓の作品のうち、隱逸思想を含む詩句の四割が宣城期に集中していることを指摘している。

また、宣城期に作られた聯句の相手には、史錄に殘らない人物が多く、謝朓の配下にあった無名の文人が中心だったようである。このことからも、宣城において、文學創作の主導權が太守たる謝朓自身の手に移ったことがうかがい知れる。これは、竟陵八友期や荊州期とは異なり、如何なる外的要因にも影響されることのない、獨立した文學空間が獲得されたことを意味している(16)。

宣城期においては、荊州期に比べて作詩の場面が固定化していることも指摘される。大きく二分すると、それは官舍內部からの視線と遊山の所感であり、前者の場合には主に郡齋の窓を媒介として外の世界を詠じ(17)、後者は宣城郡の山水の描寫を中心とする(18)。一つの場所に長く留まって詩を作る、もしくは特定の場所から幾度も詩を詠じることは、視線の先にある風景や觸發される感慨を如何に差異化し文面化するか、という創作技法の推敲へと繫がる。たとえば宣城の郡齋で詠まれた「落日悵望」詩（卷三）の一節に、

寒槐漸如束　寒槐《かんくわい》は漸《やうや》く束ねたるが如く　（季節の推移）
秋菊行當把　秋菊は行くゆく當に把《いだ》くべし　（季節の推移）
借問此何時　借問す　此れ何れの時ぞ

凉風懷朔馬　凉風　朔馬《さくば》を懷はしむ　（望鄉）
已傷慕歸客　已に慕歸の客を傷ましめ
復思離居者　復た離居の者を思はしむ　（望鄉）

とあり、同じく郡齋から詠じられた「後齋迥望」詩（卷三）には、

夏木轉成帷　夏木は轉た帷《とばり》を成し　（季節の推移）
秋荷漸如蓋　秋荷は漸く蓋《かさ》の如し　（季節の推移）
鞏洛常睠然　鞏洛《きょうらく》　常に睠然《けんぜん》として　（望鄉）
搖心似懸旆　搖心　懸旆《けんはい》に似たり　（望鄉）

と見える。前者は秋から冬にかけて、後者は夏から秋にかけての季節に詠じられた詩であるが、その構造は酷似しており、いずれも郡齋から見える景色の描寫によって季節の推移を詠じ、それに觸發されて望鄉の思いを述べている。(19)これほどまでに表現が重なるのは、疑似的なシチュエーションにおいて詠まれた詩であるからに他ならない。

宣城において、作詩の場面が固定化されることにより、表現技法は單なる反復を避けるために細部において練磨され、謝朓獨自のものとして定着してゆく。建康・荊州で行われた奉和・應制の詩、もしくは同賦・聯句の創作では、如何に他者の詩句と差異化をはかるか、ということが問題となっていたのに對し、宣城においては、如何に自分自身の詩句と差別化するのか、そして如何に山水の光景や自身の心情を掘り下げて的確に表現するのか、

ということが謝朓の課題となったのである。

さて、宣城における望鄕の詩句を見ると、荊州期に比べて、表現はむしろ婉曲的になっていることに氣付く。その典型的な事例として、自らが主體となって直截的に「歸」を望むのではなく、「客」の語を用いることで、自己をいったん客體化する手法が多く見られる。たとえば「落日悵望」詩（前出）の九句目・十句目には、

已傷慕歸客　已に慕歸の客を傷ましめ
復思離居者　復た離居の者を思はしむ

とあり、宣城を訪れた江某を見送る際に詠じられた「送江水曹還遠館」詩（卷三）の三句目・四句目には、

上有流思人　上に流思の人有り
懷舊望歸客　舊《むかし》を懷ふ　望歸の客

とあり、同じく客人を見送る「送江兵曹檀主簿朱孝廉還上國」（卷三）の三句目・四句目には、

安知慕歸客　安んぞ知らん　慕歸の客
詎憶山中情　詎《なん》ぞ憶す　山中の情

とあり、また何某と郊外に遊んだ際に詠じられた「和何議曹郊遊二首」其二（卷四）の一句目・二句目には、

江皋倦遊客　江皋《かうこう》　遊に倦みたるの客

薄暮懷歸者　　薄暮　歸を懷ふの者

とある。これらの作品に見える「慕歸客」「離居者」「流思人」「望歸客」「倦遊客」「懷歸者」の語は、いずれも謝朓以前には見られず、獨自の言い回しとして宣城期の作品に集中的に用いられている。特に「客」「者」「人」などの語を多用することで、個人的な悲しみであった望鄉の念は、「流浪する旅人」という普遍的な悲しみへと昇華されている。こうして流浪そのものに對する一般的な悲しみが强調されることで、相對的に「故鄉（＝建康）に歸りたい」という個別の目的意識が薄れている點も、宣城期の望鄉詩に見られる大きな特徵と言えるだろう。

また、宣城期には歸心の程度を强調するのではなく、異鄉における自身の鬱屈した感情そのものを詠じることが多い點にも注意が必要である。特に自身の心情を表す語として、謝朓は「倦」の語を好んで用いている。「倦」の語は、早くは魏詩に用例が見え、當初は主に肉體的・精神的な疲勞や怠惰を指して用いられていた[20]。その後、南朝宋の鮑照「翫月城西門解中」詩[21]に、

客遊厭苦辛　　客遊は苦辛を厭ひ
仕子倦飄塵　　仕子は飄塵に倦む
休澣自公日　　休澣《きうくわん》　公よりするの日
宴慰及私辰　　宴慰　私に及ぶの辰《とき》

とあるように、仕官すること全般に對する嫌氣を表す語彙として用いられるようになる。そんな中、謝朓の詩に見える「倦」字の用例は七首と當時では最も多く[22]、またその制作時期も明らかな傾向を示している。

A　誰識倦遊者（「臨高臺」詩）　建康
B　行矣倦路長（「京路夜發」詩）　宣城
C　旅思倦搖搖（「之宣城郡出新林浦向板橋」詩）　宣城
D　結髮倦爲旅（「宣城郡内登望」詩）　宣城
E　江皐倦遊客（「和何議曹郊遊二首」其二）　宣城
F　弱齢倦簪履（「忝役湘州與宣城吏民別」詩）　宣城
G　疲策倦人世（「移病還園示親屬」詩）　建康

Aの詩は、謝朓が荊州へ赴く前に樂府題を用いて沈約らと唱和した「臨高臺（同沈右率諸公賦鼓吹曲名先成爲次）」詩（巻二）の一節「誰か識らん 遊に倦みし者の、此の故郷の憶ひに嗟《なげ》くを（誰識倦遊者、嗟此故鄉憶）」であり、Gの詩は明帝の沒後に故園で作られた「移病還園示親屬」詩（巻三）の「策《むち》に疲れて人の世に倦み、性を斂《おさ》めて幽蓬《いうはう》に就く（疲策倦人世、斂性就幽蓬）」である。上記二首がいずれも建康の近邊で作られた作品であるのに對し、その他のBからFまでの詩は、すべて宣城赴任期に集中的に詠まれている。

その代表的な例として、宣城へ向かう道中に詠じられたCの「之宣城郡出新林浦向板橋」詩（巻三）を見てみたい。

江路西南永　　江路は西南に永《なが》く
歸流東北鶩　　歸流は東北に鶩《は》す
天際識歸舟　　天際に歸舟を識り

雲中辨江樹　　雲中に江樹を辨《みわけ》り
旅思倦搖搖　　旅の思ひは倦みて搖搖《えうえう》たり
孤游昔已屢　　孤游は昔より已に屢《しばしば》なり
既懽懷祿情　　既に祿を懷ふの情を懽《よろこ》ばしめ
復協滄洲趣　　復た滄洲の趣に協《かな》ふ
囂塵自茲隔　　囂塵《がいぢん》茲《こ》れより隔て
賞心於此遇　　賞心 此に於て遇《あ》はん
雖無玄豹姿　　玄豹《げんぺう》の姿無しと雖も
終隱南山霧　　終には南山の霧に隠れん

新林浦は建康の西南に位置し、牛頭山に源を發して長江に注ぐ川。板橋までは南におおよそ十里の距離であり、本詩はその路次にて詠じられた。江路は南西の方角に遙か遠く、長江は北東へ流れて海に注ぐ。水平線のあたりに建康へ戻る船を確認し、雲（霧）の中にぼんやりと江邊の木々が見える。旅の思いはうんざりして落ち着かず、孤遊は昔から何度も經驗してきた。（此度の宣城赴任は）俸祿についての思いを滿たし、また隱棲の志にもかなう。世俗の喧しさからは今より隔たり、賞心を知る人にこれから遇うのだろう。自分はかの玄豹の姿をしていないが、終には南山の霧に隱れ棲みたいものだ――。

本詩は前半と後半に分けて解釋され、前半六句では謝朓が目にした景色と旅に對する鬱屈とした思いが詠われており、後半六句では一轉して、宣城の地で行われる隱遁にも似た生活に期待を寄せている。

前半を見ると、一句目から四句目までの敍景は、「西南」「東北」「天際」「雲中」の語を竝べて、旅路の果てしなさを表現しており、それによって續く五句目の「旅思」の情感を高めている。その「旅思」とは、疲れと嫌氣を含み（「倦」）、そして心が落ち着かず、不安であるさま（「搖搖」）をいう。「倦」の語は、單なる身體的な疲れにとどまらず、謝朓の精神的な苦痛を示唆する言葉としても機能している點に注目したい。

詩人がこのような感情を抱くのは、此度の赴任が、六句目にいう「孤游（孤遊）」であるからに他ならないが、謝朓はその不安と孤獨について、ただ敍景をまじえて抽象的に詠じるだけで、敢えて具體的な別離の悲哀や歸鄕の願望を詠み込むことはしない。かつて建康から荊州へ向かう途次に詠じた「將發石頭上烽火樓」詩（前出）の尾聯で、「歸飛せんとするも羽翼無し、其れ離別を如何せん」と率直に嘆いたのとは、極めて對照的であると言えよう。そうして七句目以降、今度は一轉して宣城への赴任に期待を寄せる發言を連ねて本詩の結びとしている。ここに、望鄕の念を率直に言葉にできない、宣城へ赴任する謝朓の葛藤を見ることができる。

謝朓の詩では、「倦」の語は他にも、「京路夜發」詩（前出）の十三句目・十四句目、

行矣倦路長　　行かん　路の長きに倦むも
無由稅歸鞅　　歸鞅を稅くに由無し

また宣城郡内で詠まれた「宣城郡内登望」詩（卷三）の十三句目・十四句目、

結髮倦爲旅　　結髮してより旅《たびびと》と爲るに倦み
平生早事邊　　平生　早に邊《へん》を事とす

さらに「和何議曹郊遊二首」其二（前出）の一句目・二句目、

江皐倦遊客　江皐 遊に倦みたるの客
薄暮懐歸者　薄暮 歸を懐ふの者

そして宣城太守の任を離れる際に吏民に別れを告げた「忝役湘州與宣城吏民別」詩（巻三）の一句目・二句目、

弱齢倦簪履　弱齢にして簪履《しんり》に倦み
薄晩忝華奥　薄晩 華奥《くわあう》を 忝《かたじけな》くす

などに見える。宣城赴任期にこれらの用例が集中していることからも、謝朓詩における「倦」の語は、旅路や仕官すること一般に対して抱く感情を述べているのではなく、宣城期に限定して生じた、特殊な心象を寫照した語彙であったと見るべきだろう。

望郷と別離の嘆きを率直に主題として詠じる荊州赴任期の作品と比較すると、宣城期は明らかにより掘り下げた、自己の内心を表現することに重點が置かれている。それでは、同じく異郷にありながら、なぜ宣城では直截に望郷の思いを述べる詩句が減少し、かわって自身を客體化する「客」の語や、複雑な心情を表す「倦」の語が多用されたのか。この心情の變化は、如何にして生じたのだろうか。

四　「集團の詩人」から「謝宣城」へ

右に見てきたような謝朓の詩に現れた變化は、宣城への赴任を直接的な契機とするものの、決して唐突に生じた現象ではない。ここで、謝朓が荊州から建康へ歸還して再び宣城へ赴くまでの期間について、詩人が體驗した文學環境の變化に注目してみたい。

謝朓の文學活動が行われた地點は、竟陵王西邸（建康）から隨郡王府（荊州）、そして宣城へと變化している。より嚴密に言えば、荊州から建康へ歸還後、宣城へ赴任するまでには少し時間があるものの、さきに述べたように、武帝の死に起因する政亂の最中にあって、都で安定した文學活動が繰り廣げられた形跡はない。

さて、謝朓が荊州から建康に歸還したのは永明十一年（四九三）の秋頃である。『南齊書』謝朓傳[23]に「長史の王秀之　朓の年　少《わか》くして相ひ動かすを以て、密かに以て啓聞す。世祖　敕して曰はく、侍讀の虞雲　自ら宜しく恆に侍接に應ずべし。朓は都に還るべしと（長史王秀之以朓年少相動、密以啓聞。世祖敕曰、侍讀虞雲自宜恆應侍接。朓可還都）」とあるように、これは幕僚であった王秀之の讒言に端を發する強制送還であった。武帝の命に從って建康へ歸還する謝朓は、「大江は日夜流れ、客心　悲しみは未だ央きず（大江流日夜、客心悲未央）」から詠い起す「暫使下都夜發新林至京邑贈西府同僚」詩（巻三）を殘し、失意の歸京を嘆いている。さきに述べたように、荊州を離れることは、謝朓が支持しようとしていた隨郡王のもとを離れることであり、これは謝朓の政治的進退にもかかわる一大事に他ならなかった。ここに、荊州期から宣城期にかけて謝朓に生じた第一の變化、すなわち所屬していた文學・政治集團からの離脱が見て取れる。

そもそも荊州への赴任自體が、永明期に形成された竟陵王の文學集團から、荊州における隨郡王の配下へと活躍の場を移行させることを意味していた。建康に居る詩友との離別の悲しみを乘り越えることができたならば、荊州では新たな活躍の場が謝朓を待ち受けていたのである。しかし荊州から建康への歸還は、いわば所屬集團からの追放であり、また、强力な支持者であった隨郡王との別離を意味する。謝朓はここにおいて、文學的にも、政治的にも、「集團」からの離脱を餘儀なくされる。

謝朓の文學環境に影響を與えたと思われる第二の變化は、竟陵王・蕭子良と隨郡王・蕭子隆の死である。兩者はいずれも謝朓が所屬した文學集團の主導者であり、文學創作の支持者であった。竟陵王は西邸に謝朓・沈約をはじめとする「竟陵八友」らを招いて詩文を競わせ、また荊州における隨郡王下の文學活動についてはさきに論じた通りである。ところが竟陵王は武帝の後繼爭いに失敗して沒し（四九四年、死因は不明）、同年、隨郡王は帝位を目論む蕭鸞の手によって謀殺されている。竟陵王の死は、建康における文學集團の實質的な消滅を意味し、隨郡王の死は、謝朓が期待を寄せていた政治集團の崩壞を意味していた。兩者の死により、謝朓の文學創作の形は、大きく轉換せざるを得なくなる。これが謝朓の文學環境に生じた第二の變化、すなわち支持者の喪失である。

第三の變化は、詩友の死または不遇である。明帝の卽位をめぐる政變の當事者には、竟陵八友の一員である王融も含まれていた。『南齊書』王融傳(24)によれば、王融は武帝の死後、竟陵王を卽位させようと企圖するも失敗し、蕭鸞らに擁立されて卽位した鬱林王によって、四九三年に死を賜っている。謝朓が尙書省を出て、蕭鸞の幕下で驃騎諮議・領記室として仕えた時の作である「始出尙書省」詩（卷三）には、「零落して友朋を悲しみ、歡娛して兄弟と宴せん（零落悲友朋、歡娛宴兄弟）」とあるが、失意のうちに亡くなった友とは、時期的にみて、おそらくは王融をさすのであろう。また、謝朓とともに竟陵八友の一人に數えられる任昉（四六〇―五〇八）は、當時、文章の巧みさを高く評價されていたが、彼が手がけた「爲齊明帝讓宣城郡公第一表」は蕭鸞の不興を買い、そのため明帝の在位中は昇進することができなかったという[25]。これもまた謝朓が目の當たりにした、かつての文學仲間の蹉跌である。

このような狀況下で、謝朓は宣城へ赴くことになる。道中に詠じられる「行かん路の長きに倦むも、歸軑を税くに由無し」（前出「京路夜發」詩）の句は、まさに踵を返すことを許されぬ謝朓自身の進退を投影しており、荆州期のように率直に歸りたいと思う心を詠じられないのは、そもそも自身が歸屬していた集團を失ってしまったからに他ならない。宣城期における異鄕の心情を詠う詩は、歸るべき故鄕を喪失した詩人によって行われた、新たな文學創作の形と見るべきだろう。

その一方で、過去の文學空間の喪失は、新たな空間を開拓するための契機ともなった。皇子の文學集團に所屬し、競作に耽っていた頃には宮廷詩人の一人に過ぎなかった謝朓は、政亂を經驗し、宣城へ赴任することによって、搖れ動く自身の胸中を表現するべく、その文學に更なる磨きをかける。謝朓はここにおいて、集團の中の詩人から、獨立した個性の詩人へと變貌を遂げたのである。

五　結　び

本章では、謝朓詩の異鄕における心情の表現を比較分析することで、謝朓の詩が宣城期に新たな局面を迎えたことを論じた。

荆州における謝朓は、建康時の詩友との離別を悲しみ、新たなる政治活動に身を投じた。それまでの文學活動に比べて質的な變化は生じたものの、隨郡王の保護のもと、謝朓は依然として「集團の詩人」であり、他者との應酬、もしくは他者に對する意識が作詩の根本にあった。この時期の望鄕の思いは、集團の變化に對する戶惑いであり、建康の詩友に對する思慕の念である。詩人が純粹に「歸」を希求することができたのは、建康に歸着する場所が存在していたからに他ならない。

一方、宣城期に詠じられる孤獨感は、荊州のそれとは質を異にするものであり、單なる望鄕の念によって說明付けられるものではない。文學集團・政治集團からの離脫、竟陵王・隨郡王ら支持者の死、そして詩友の不遇などによって、謝朓の直面する文學環境は大きく變化する。それまでの創作空間と文學の同志を失ったことは、歸還する場所の喪失を意味していた。宣城期の詩に「隱遁への志向」が頻出する背景には、故鄕喪失者の抱く孤獨感が少なからず影響している。ある意味で何時の旅路にも共通する「望鄕」がテーマであった荊州期とは異なり、宣城においては歸るところそのものを失った孤獨な「客」の愁いが謝朓を支配していたのである。

まさにこのような失意こそが、「集團の詩人」であった謝朓を獨立した「個の詩人（謝宣城）」へと成長させる。宣城の山水は、詩人謝朓の葛藤を慰め、その山水詩人としての才能を開花させることになる。

（1）この問題に關する先行研究として、佐藤正光「宣城時代の謝朓」（『日本中國學會報』第四十一集、一九八九年）及び森野繁夫「謝朓研究——宣城郡における謝朓」（『中國中世文學研究』第二十二號、一九九二年）がある。
（2）前揭佐藤正光「宣城時代の謝朓」。
（3）謝朓詩の編年は、森野繁夫『謝宣城詩集』付錄「謝朓年譜」に據る（白帝社、一九九一年）。

（4）『宋書』巻五十二・謝景仁傳に「三子、綜・約・緯。綜有才藝、善隷書、爲太子中舍人、與舅范曄謀反、伏誅。約亦坐死。緯尙太祖第五女長城公主、素爲約所憎、免死徙廣州。孝建中、還京師。方雅有父風。太宗泰始中、至正員郎中」とある（中華書局、一九七四年）。

（5）『南齊書』巻四十（中華書局、一九七二年）。

（6）前掲『南齊書』巻四十七。

（7）北宋・朱熹撰、蔣立甫校點『楚辭集注』巻第二「九歌」の「雲中君」に「采芳洲兮杜若」とあり、「湘君」に「與佳期兮夕張」とあり、「湘夫人」に「將以遺兮離居」とあり、「河伯」に「折芳馨兮遺所思」とあり、「山鬼」に「平原忽兮路超遠」とある（上海古籍出版社、二〇〇一年）。

（8）『梁書』巻一・武帝本紀に「竟陵王子良開西邸、招文學、高祖與沈約・謝朓・王融・蕭琛・范雲・任昉・陸倕等竝遊焉。號曰八友」とある（中華書局、一九七三年）。

（9）前掲『南齊書』巻四十八。

（10）謝朓詩のうち、荊州の同僚に宛てたと思しきものは「冬緒羈懷示蕭諮議虞田曹劉江二常侍」詩（蕭衍・虞田曹・劉常侍・江常侍）、「和王長史臥病」詩（王秀之）、そして「答張齊興」詩（張欽泰）の三首がある。（　）内は詩の相手。このうち、荊州赴任終了後の作と考えられるのは「答張齊興」詩の一首のみである。

（11）森野繁夫「謝朓『奉和隨王殿下』をめぐって」（『中國中世文學研究』第四十一號、二〇〇二年）。

（12）網祐次『中國中世文學研究――南齊永明時代を中心として』「補篇」第三章「謝朓の傳記と作品」（新樹社、一九六〇年）。

（13）梁・鍾嶸著、曹旭集注『詩品集注』（上海古籍出版社、一九九四年）。

（14）「晩登三山還望京邑」詩について、森野氏は建康時の作品として繋年するが、詩題の「三山」の地理や詩中の表現などから、本論では宣城赴任道中の作品に含める。

（15）洪順隆「謝朓の作品に現われた『危懼感』」（『日本中國學會報』第二十六集、一九七四年）。

（16）前掲網祐次「謝朓の傳記と作品」は宣城期の謝朓について「これまでのやうに、都に在ると、地方に在るとを問はず、すべて直接には他に仕へて、それに依存した生活とは異なり、ともかくも、己れが主となつて、事を處理する立場に在る。…而して其のやうな環境が彼れの心に、強く響き、それが又《ママ》、作品にも現はれて、山水風物を述べるにしても、そこに眞率なる情を託し、幽人的傾向が濃厚になつたのである」と指摘する。

(17) 宣城期には、特に官舎内から窓を通して景色を眺める表現が多く見られ、遠景を描寫する一つの手法として確立されている。詳しくは第二章を參照。

(18) 謝朓は宣城において、しばしば郡内の敬亭山を訪れて詩を賦している。詳しくは第七章を參照。

(19) 古田敬一「謝朓の對句表現——その自然描寫における抒情性」は謝朓詩の特徴について「自然の風景の中に、自己獨自の心象を付與する」と指摘する（『日本中國學會報』第二十四集、一九七二年）。

(20) 例えば曹植「應詔」の「騑驂倦路、載寢載興」、そして張華「遊獵篇」の「馳騁未及倦、曜靈俄移晷」に見える「倦」の語は、いずれも身體的・精神的な疲勞を表している。また、潘岳「河陽縣作詩二首」其一の「昔倦都邑游、今掌河朔徭」、そして謝混「誡族子」詩の「微子基微尙、無倦由慕藺」は、いずれも惰性・怠惰の意味で「倦」の語が用いられている。ただし謝靈運の詩では、例外的に、具體的な行爲・對象に對して抱く「滿足感に起因する飽き」の心情を、「倦」字によって詠じている。例えば「登江中孤嶼」詩の「江南倦歷覽、江北曠周旋」、そして「遊赤石進帆海」詩の「周覽倦瀛壖、況乃陵窮髮」などがこれにあたる。

(21) 逯欽立輯校『先秦漢魏晉南北朝詩』「宋詩」巻九（中華書局、一九八三年）は詩題の「解」字を「廨」字に作る。本論では李善注『文選』巻三十（上海古籍出版社、一九八六年）の用字に従い、「解」字を用いた。

(22) 謝靈運の六首、鮑照の六首がこれに續く。

(23) 前掲『南齊書』巻四十七。

(24) 前掲『南齊書』巻四十七・王融傳に「世祖疾篤暫絶、子良在殿內、太孫（筆者注：鬱林王）未入、融戎服絳衫、於中書省閤口斷東宮仗不得進、欲立子良。上既蘇、太孫入殿、朝事委高宗。融知子良不得立、乃釋服還省。歎曰、『公誤我』。鬱林深忿疾融、即位十餘日、收下廷尉獄、…詔於獄賜死。時年二十七」とある。

(25) 前掲『梁書』巻十四・任昉傳に「初、齊明帝既廢鬱林王、始爲侍中・中書監・驃騎大將軍・開府儀同三司・揚州刺史・錄尚書事、封宣城郡公、加兵五千、使昉具表草。其辭曰…。…帝惡其辭斥、甚慍、昉由是終建武中、位不過列校」

とある。

第二章　謝朓詩における「窓」の風景
――遠景描寫の一手法

一　はじめに

宣城赴任期の謝朓の作品には、「遊敬亭山」詩や「遊山」詩のように、詩人が自然の中を散策して詠じた詩と竝んで、「郡內高齋閑望答呂法曹」詩や「後齋迥望」詩など、建物內部から見える自然の景色を詠じた詩が多數存在している。それらの詩では、「詩人が身を置く室內」と「室外の風景」の閒に「窓」が介在しており、宣城期の謝朓詩において「窓」の語が重要な役割を果たしていることが推測される。それでは、謝朓の詩に見える「窓」表現にはどのような特徵があるのか。またそれらの表現はどのようにして生み出されたのか。本章では、唐代以前の詩中の「窓」の語を分類しつつ、謝朓詩に描かれる「窓」の特徵を明らかにし、あわせて宣城期における謝朓詩の遠景描寫の手法について論じる。

なお、建物の一部としての窓、窓邊の光景、窓を通して見る景色、これらすべてを考察の對象とし、それらに關わる表現を便宜的に「窓」表現と呼ぶ。また考察の對象は、「牕」「囧」「牎」「窗」「窻」「囱」「囪」などの「窓」の異體字、また「窓」の類義語である「牖」「軒」「向」などの語とする。(1)

二　謝朓以前の詩中の「窓」

古來より、人が居住する建築には、窓が備え付けられてきた。窓の機能を端的に定義するならば、それは內と外の調整であり、實質的な效果として、換氣・採光・眺望がある。(2) 建物內部に造られた空閒は、通常、祕められたもの、閉ざされたもの、私的なものであることが多く、その一方で、外界に廣がる空閒は、自然や社會のように、開放的なもの、公的なものであることが多い。「窓」は兩者の閒に存在する透視的な境界として、「內」と「外」を連結、もしくは分離するための特殊な裝置と言えるだろう。

中國古典詩歌における「窓」表現は、最も古くは『詩經』に見え、當初は建物の一部として言及されていた。たとえば『詩經』國風・召南「采蘋」(3) には、

　于以奠之　　于《ここ》に以て之を奠《お》く
　宗室牖下　　宗室の牖《いう》下《か》に
　誰其尸之　　誰か其れ之を尸《つかさど》る
　有齊季女　　齊《うるは》しき季女有り

とあり、ここでは供物を配置する特定の場所として「窓」表現（「牖下」）が用いられている。また『詩經』國風・豳風「鴟鴞」(4) には、

迨天之未陰雨　天の未だ陰雨せざるに迨《およ》びて
徹彼桑土　彼の桑土を徹し
綢繆牖戸　牖戸《いうこ》を綢繆《ちうびう》す
今女下民　今　女《なんぢ》　下民
或敢侮予　敢へて予を侮るや

とあり、陰雨（に擬えた災厄）が入り込む門戸と同等の意味で「窓」表現（「牖戸」）が用いられている。『詩經』の用例は、いずれも「窓」本體に對する注目とは言えないが、次に擧げる「古詩十九首」其五[5]は、より詳細に窓そのものについて描寫する。

西北有高樓　西北に高樓有り
上與浮雲齊　上は浮雲と齊し
交疏結綺牕　交疏せし結綺《けつき》の牕
阿閣三重階　阿閣　三重の階

西北に高樓があり、その高さは雲にも竝ぶ。窓にはあや模様の格子が施され、四つのひさしを備えた樓閣は三層からなる――。はじめに建築の全體像（方角・高さ）を述べ、次第に部分的な装飾（窓・ひさし）に焦點が絞り込まれる。本詩はこのあとに、「上に絃歌の聲有り、音響　一《いつ》に何ぞ悲しき（上有絃歌聲、音響一何悲）」と續き、寡婦の嘆きを詠う詩であることが判明するが、上に擧げた冒頭四句の段階では、あくまで建物の修飾に重點が置かれていることに注目したい。窓を修飾する表現は、次に擧げる南朝宋の鮑照「代陳思王京洛篇」（『宋詩』巻七）にも見られる。

鳳樓十二重　　鳳樓　十二重
四戸八綺窗　　四戸　八綺窗
繡桷金蓮花　　繡桷《しようかく》　金の蓮花
桂柱玉盤龍　　桂柱　玉の盤龍

儀鳳樓（翔鳳樓）(6)は十二層、四つの戸に八つの綾模様の窓が施されている。漆塗りのたるきには金の蓮の花が描かれ、桂の木でできた柱には玉をはめこんだ龍がうずくまる――。「古詩十九首」よりも更に修飾的に、建物全體の外観から詠い興し、戸・窓・たるき・柱といった建築の細部が描寫されている。

このように、建築の一部としての「窓」を修飾する用法は、漢賦の記述方法を踏襲している。後漢の王延壽「魯靈光殿賦幷序」(7)では、魯の恭王（劉餘）が作った壯麗な宮殿を稱賛して次のように述べる。

…爾《しか》して乃ち懸棟　阿を結び、天窗　綺疏《きそ》あり。圓淵《えんえん》　方井《ほうせい》ありて、反《さかしま》に荷蕖《かきよ》を植えたり。（…爾乃懸棟結阿、天窗綺疏。圓淵方井、反植荷蕖）

高く懸かった棟木が四隅で繋がり、高い窓が透かし彫りで飾られている。天井には、圓形の池や方形の井戸に、蓮の花が下に向かって植えられたような装飾が施されている――。建物の莊嚴な様を描寫する際に窓を取り上げるため、こうした詩句には措辭の華麗さが求められる。このような「窓」表現を、便宜上〈建築〉と分類する。

一方、建物の一部として窓を取り上げて、その内部に起居する人物の存在を暗示する「窓」表現も古くから存在する。こと中國の古典詩において、窓内へと導かれた視線の先には、常に女性の姿がある。「古詩十九首」其二（『漢詩』巻十二）には次のようにある。

青青河畔草　　青青たる河畔の草
鬱鬱園中柳　　鬱鬱たる園中の柳
盈盈樓上女　　盈盈たる樓上の女
皎皎當窗牖　　皎皎として窗牖に當る　…（中略）
蕩子行不歸　　蕩子　行きて歸らず
空牀難獨守　　空牀　獨り守ること難し

河のほとりには草が青青と生えており、屋敷の庭の中には柳が生い茂っている。樓の上には美しい女性が、色白の姿で窓邊に佇んでいる。…あの人は遠くへ行ったまま戻ってこない。このままひとり寝を續けるのはなんと耐えがたいことよ――。矢嶋美都子「樓上の思婦――閨怨詩のモチーフの展開」(8)は、「漢代に出現した〝樓〟にまつわる女性は、相當上流階層に屬する家の美しい婦（倡家出身の場合もある）で、廣範な男性の憧れの的、いわば高嶺の花的存在というイメージが得られる」と指摘し、本詩を「樓上の思婦」という閨怨詩の一モチーフの鼻祖として定義している。矢嶋氏の説に補足するならば、本詩で女性が身を置くのは「樓上」であり、より具體的には、その「窓邊」であったことに注目しなければならない。女性が窓邊に佇むのは、愛しい人の歸りを待ちわび、彼のいる方角を眺めるためであろう。窓は「樓上の女」と「歸らぬ蕩子」とを結びつける唯一の接點であり、女性のいる閨室と夫のいる外界は、窓によって繫がりを持つ。

その一方で、閨室の「窓」表現は、女性が閨室から外へは出られない存在であることを讀者に示唆する。そもそも「獨り空牀を守る」必要があるのは、女性が婚姻もしくは愛情によって精神的に縛られており、さらには建物によって身體的にも閉じ込められているからに他ならない。外界と可視的に接する唯一の出入り口である「窓」を取り上げることで、女性が身を置く空間の閉塞性はいっそう際立つ。讀者は「窓」という装置を通して、その密閉された内部の空間と隠された女性の姿を垣間見ることになる。ここに、窓の持つ「内外の結合と分離」という相反する性質がよく現れている。

室内の女性を描く「窓」表現は、その後、『玉臺新詠』に多く収められ、閨怨詩を構成する重要な要素となる。ここでは、同様の「窓」表現を〈閨室〉と分類して論を進める。

さて、窓の重要な機能の一つである「採光」は、それ自體が詩中で描かれることは少なく、窓を通して室内に差し込む光が何らかの情景もしくは詩人の心情を描く上で暗示的な働きをする場合が多い。たとえば西晉の潘岳「悼亡詩三首」其二（『晉詩』巻四）には次のようにある。

皎皎窗中月　　皎皎たる窗中の月
照我室南端　　我が室の南端を照らす
清商應秋至　　清商は秋に應じて至り
溽暑隨節闌　　溽暑《じよくしよ》は節に隨つて闌《つ》く　…（中略）
歳寒無與同　　歳寒　與《とも》に同じくするもの無きに

朗月何朧朧　　朗月　何ぞ朧朧たる
展轉眄枕席　　展轉して枕席を眄《み》れば
長簟竟牀空　　長簟　牀に竟《わた》りて空し

窓を通して室内に差し込む白々とした月明かりは、初秋の夜の靜けさを際立たせ、孤獨に月を見上げる作者の姿を照らし出す。ここでは「窓」は月光と室内を媒介するだけでなく、「窓」から差し込む光によって、潘岳に今は亡き妻の姿を思い出させ、悼亡の念を增幅させる效果を發揮している。

窓のもう一つの重要な機能である「通氣」もまた、室内の空氣を入れ替えるという本來の目的からはややはずれて、「窓」から吹き込む風が作者の注意を喚起する場面で使用されることが多い。「秋歌十八首」其十七（「晉詩」卷十九）には次のようにある。

秋風入窗裏　　秋風　窗裏に入り
羅帳起飄颺　　羅帳　起こりて飄颺《へうやう》す
仰頭看明月　　頭を仰がしめて明月を看
寄情千里光　　情を寄す　千里の光に

秋風が窓のうちに吹き込み、うすぎぬを垂らした帳が風にあおられて翻る。頭を上げて明月を仰ぎ見て、千里の彼方へ想いを寄せる――。窓を通して部屋に吹き込む風は、詩人の意識を外へと向かわせ、「情を寄す」發端となっている。このように、窓から室内に差し込む（吹き込む）光や風を通して、何らかの情感を搔き立てる

「窓」の用法を〈光・風〉と分類する。

最後に、視界・眺望を得る開口部としての窓の機能に注目してみたい。次に擧げる東晉の陶淵明「停雲」(9)詩には、

（第一節）靜寄東軒　靜かに東軒に寄り
春醪獨撫　春醪《しゅんらう》 獨り撫す
良朋悠邈　良朋 悠邈たり
搔首延佇　首を搔きて延佇《えんちょ》す …（中略）
（第二節）有酒有酒　酒有り 酒有り
閑飲東窗　閑《しづ》かに東窗に飲む
願言懷人　願ひて言《われ》 人を懷へども
舟車靡從　舟車 從ふ靡し
（第三節）東園之樹　東園の樹
枝條載榮　枝條 載《はじ》めて榮え
競用新好　競ひて新好を用ひて
以怡余情　以て余が情を怡《たの》しましむ …（中略）

とあり、第一節の「東軒に寄り」、第二節の「東窗に飲む」の句が「窓」表現にあたる。それぞれの句に續く「良朋 悠邈たり、首を搔きて延佇す」（第一節）、「願ひて言 人を懷へども、舟車 從ふ靡し」（第二節）は、どちら

も遠方の友人を想い、會いに行く手立てがないことを嘆く。そこで陶淵明は仕方なく、窓の外に美しく咲き競う木々の花を眺めて心を慰める（第三節）。

本詩では、第一節・第二節で窓邊に佇む作者の姿が示されるが、實際に窓外の景色が詠じられるのは第三節に入ってからである。そのため、讀者は情報をつなぎ合わせて、陶淵明が東の窓から庭先の草木を眺めている光景を思い描くことになる。ここでの「窓」表現は、やや間接的ではあるものの、陶淵明の目線が窓外の景色に向けられていることを示している。その景色とは「東園」の中の景色であり、作者から比較的近い位置にある景色（近景）である。

「窓」表現を含む陶淵明の詩には、他に「擬古九首」其一[10]の「榮榮たり窗下の蘭、密密たり堂前の柳（榮榮窗下蘭、密密堂前柳）」と、「問來使」詩[11]の「我が屋 南窗の下、今 生ず 幾叢の菊（我屋南窗下、今生幾叢菊）」の二首があり、いずれも窓邊にある風景を描いている。先の「停雲」詩と合わせて、これらの用法を〈近景〉と分類する。

一方で、窓から見える比較的遠くの景色を描寫した「窓」表現は、南朝宋の謝靈運詩に至って初めて現れる[12]。謝靈運の詩には「窓」表現が計三例確認できるが、うち一首は閨室の窓を描寫したものであり[13]、中景・遠景の描寫がなされたものは二首であった。そのうちの一首目、「石壁立招提精舍」詩の最後の四句には次のようにある。

絶溜飛庭前　　絶溜は庭前に飛び
髙林映窗裏　　髙林は窗裏に映ず
禪室棲空觀　　禪室に空觀棲み
講宇析妙理　　講宇にて妙理を析《わか》たん

瀧は庭先に飛び散り、高い林は窓越しに美しく續く。やがてこの禪室に僧侶たちを住まわせ、講堂では彼らの精妙なる佛理が議論されるようになるだろう――。詩題の「招提精舍」とは、謝靈運が僧侶のために建てた修行・宿泊の施設を指し、右に擧げた四句は、精舍の完成を待ち望み、その様子を詠じた部分にあたる。

庭先の瀧の飛沫と、窓の中に映る高い林。前二句では、近景と遠景の對比がなされており、その遠景は「窗裏に映ず」という語によって、周圍の景色からフレーミングされて讀者の眼前に現れる。先の陶淵明詩とは異なり、明らかに眺望を得るという用途で「窓」の語が用いられている點、そしてその眺望が中景・遠景に向けられている點が謝靈運詩の特徴である。ただし本詩の場合、「絕溜」「高林」の一聯はあくまで佛舍を彩るための對句表現であり、窓からの眺望そのものを主題としているわけではない。謝靈運は、建物に備えられる窓の機能として、遠景の眺望を念頭に置いており、それを詩中に詠じ込んだと考えるべきだろう。

謝靈運のこのような認識は、「窓」表現によって遠景を描寫した二首目「田南樹園激流植援」詩にも當てはまる。

卜室倚北阜　室を卜しては北の阜に倚《よ》り
啓扉面南江　扉を啓きては南の江に面《むか》ふ
激澗代汲井　澗を激ぎて汲井に代え
插槿當列墉　槿を插《う》ゑて列墉に當《あ》つ
羣木既羅戸　羣木は既に戸に羅なり
衆山亦對窓　衆山も亦た窓に對す

詩題のとおり、田南に園を作り、流れを引き入れて周りに樹を植えた時の作。右に擧げたのは、七句目から十二句目に當たる部分、(このたびは) 北の岡に倚って家を定め、南の江に面して扉を開いた。谷川の水を引き入れて井戸に代え、槿を植えて周りの垣根とした。樹々は門の邊りに連なって生えており、山々は窓に向かい合っている――。

「衆山亦對窓」の句について、『文選』巻三十[14]は「對」の字に作るが、『古詩紀』巻之四十八[15]は「對」を「當」に作る。「當」字の場合も同様に、窓と山々が向かいあっている、という意味で解釋される。

本詩の場合も、主題は造園であり、家屋を彩る一つの成分として、窓からの眺めを取り上げていることに注目したい。先の「石壁立招提精舍」詩と比較すると、その使用場面は酷似しており、遠景を眺める窓は、謝靈運が建物に求める必要不可缺な要素であったことが分かる。また謝靈運の詩では、窓は額縁のように「高林」や「衆山」を映し出す裝置として描かれており、詩人の動的な眺望は描かれていない。そのため、遠景はまさしく一幅の繪畫のように、「窓」を介して、平面的かつ靜的に、讀者に示されることになる。

遠景描寫の「窓」表現は、謝靈運の詩にはじまり、後述する謝朓に至るまで作例を確認できない。ここではこうした「窓」表現を〈遠景〉と分類する。

以上、整理すると、謝朓以前の中國古典詩歌における「窓」表現は大きく以下の五つに分類できる。

〈建築〉　建築の一部としての窓を描寫する
〈閨室〉　閨室の窓を描寫し、女性を連想させる
〈光・風〉　窓から室内に差し込む (吹き込む) 光・風を描寫する

〈近景〉　窓を通して見える近景・窓邊の景色を描寫する
〈遠景〉　窓を通して見える中景・遠景を描寫する

無論、實際には複數の效果を期して用いられた「窓」表現も多く存在するが、本論ではより重點的に描寫されたものに從って分類した。續けて、謝朓詩における「窓」表現を見ていきたい。

三　謝朓詩における「窓」表現の概況

謝朓詩に見える「窓」表現を用法ごとに整理し、その詩題と該當箇所を以下に示した。

〈建築〉……………三首
　巻三「直中書省」　玲瓏結綺錢、深沈映朱網　A
　巻三「治宅」　闢館臨秋風、敞窗望寒旭　B
　巻五「奉和隨王殿下」其三　嚴氣集高軒、稠陰結寒樹　C
〈閨室〉……………二首
　巻三「秋夜」　北窗輕幔垂、西戶月光入　D
　巻四「贈王主簿二首」其一　日落窗中坐、紅妝好顏色　E
〈光・風〉……………二首
　巻三「懷故人」　清風動簾夜、孤月照窗時　F

巻五「奉和隨王殿下」其七　雲生樹陰遠、軒廣月容開　G

〈近景〉……………四首

巻二「秋竹曲」　嬋娟綺窗北、結根未參差　H

巻五「詠竹」　前窗一叢竹、靑翠獨言奇　I

巻五「遊東堂詠桐」　孤桐北窗外、高枝百尺餘　J

巻五「閑坐」　紫葵窗外舒、靑荷池上出　K

〈遠景〉……………六首

巻三「冬日晩郡事隙」　颯颯滿池荷、翛翛蔭窗竹…

蒼翠望寒山、崢嶸瞰平陸　L

巻三「後齋迥望」　高軒瞰四野、臨牖眺襟帶　M

巻三「落日悵望」　落日餘淸陰、高枕東窗下　N

巻三「郡内高齋閑望答呂法曹」　窗中列遠岫、庭際俯喬林　O

巻四「夏始和劉孱陵」　對窗斜日過、洞幌鮮飇入　P

巻四「新治北窗和何從事」　闢牖期淸曠、開簾候風景…

池北樹如浮、竹外山猶影　Q

「窓」表現を含む詩は全部で十七首見られ、百七十首近く現存する謝朓詩の約十分の一にあたる。これは謝朓以前の詩人に比べて際立って多く、(16) 謝朓が「窓」表現を特に重視していたことを示している。その具體的な使用場面を見ると、〈建築〉〈閨室〉〈光・風〉〈近景〉の分布に著しい數量的偏りは見られないものの、最後に列擧した〈遠景〉が相對的に最も多く、全體の約三分の一を占めていることが分かる。さらに、「窓」表現を含む謝朓詩の制作時期を、現在概ね認められている說[17]に從って整理したところ、他四つの用法が各時期に平均的に分布しているのに對し、〈遠景〉のみは、謝朓が宣城太守を務めた時期に集中していることが、次頁の表によって分かる。

建武二年（四九五）の夏、謝朓は明帝の命を受けて都の建康を離れ、南に二百キロ餘り離れた宣城郡へと赴いた。そして翌年の秋に建康へ戻るまでの一年間餘りを、太守としてこの地で過ごしている。宣城期に多く見られる〈遠景〉の「窓」表現には、どのような特徵があるのか。また、なぜこれらの作品が出現することとなったのだろうか。

四　謝朓詩の「窓」表現と遠景描寫の手法

宣城期に見られる謝朓の「窓」表現は、主に執政の樓（郡齋）から詠まれている。「冬日晚郡事隙」（卷三）には次のようにある。

案牘時閒暇　　案牘《あんとく》 時に閒暇あり
偶坐觀卉木　　偶々坐して 卉木《きぼく》を觀る
颯颯滿池荷　　颯颯たり 池に滿つるの荷

謝朓詩における「窓」表現の概況

謝朓詩の「窓」表現 / 作詩の時期（年齢）	〈建築〉	〈閨室〉	〈光・風〉	〈近景〉	〈遠景〉
482年～490年（19歳～27歳） 出仕～竟陵八友（概ね建康）					
490年～493年（27歳～30歳） 荊州刺史の功曹、文學（荊州）	C		F　G		P
493年～495年（30歳～32歳） 驃騎諮議・領記室、中書郎（建康）	A	E			
495年～496年（32歳～33歳） 宣城太守（概ね宣城郡）				H　K	L　M　N O　Q
496年～497年（33歳～34歳） 中書郎（建康）					
497年～498年（34歳～35歳） 南東海太守（南東海郡）					
498年～499年（35歳～36歳） 尚書吏部郎（建康）	B				
不明		D		I　J	

※アルファベットは62～63頁の詩に對應

翛翛蔭窗竹　翛翛《しうしう》たり　窗を蔭ふの竹
簷隙自周流　簷隙《えんげき》は自ら周流し
房櫳閑且肅　房櫳《ばうろう》は閑にして且つ肅
蒼翠望寒山　蒼翠　寒山を望み
崢嶸瞰平陸　崢嶸《さうくわう》　平陸を瞰《なが》む
已惕慕歸心　已に慕歸の心を惕《うれ》へしめ
復傷千里目　復た千里の目を傷ましむ
風霜旦夕甚　風霜　旦夕に甚だしく
蕙草無芬馥　蕙草《けいさう》　芬馥《ふんふく》たる無し
云誰美笙簧　云誰《いかん》ぞ　笙簧《しやうくわう》を美とせん
孰是厭薖軸　孰《いづ》れか是れ　薖軸《くわじく》を厭はん
願言追逸駕　願《ね》言《が》はくは逸駕を追ひ
臨潭餌秋菊　潭に臨んで秋菊を餌《くら》はん

書類仕事の合間に少し暇になったので、そこに座ったまま草や木に目をやる。風は池いっぱいに廣がる荷にさっと吹きつけ、窓を覆う竹をさやさやと動かしている。建物のひさしはぐるりと巡って續いており、部屋はゆったりとしていて、また静かである。深くみどり色に寒山が望まれ、高々と平陸が見おろされる。私はいつも故郷へ歸りたい心を憂えさせており、また千里の果てを見ながら悲しみに沈む。風と霜は朝に夕に嚴しく、香草には馥郁たる薫りも無い。いったい誰が君主による優遇を願おうか、[18] また誰が隱遁による困病を厭うだろうか。[19] 願わくは官位を退き、[20] 江潭に臨んで秋菊を食らい、隱遁生活に耽りたいものだ[21]——。

問題となる「窓」表現は、四句目の「窗を蔭ふの竹」に登場し、一見すると窓邊の景色〈近景〉を描寫しているようである。しかし讀み進めてゆくと、七句目の「望寒山」、八句目の「瞰平陸」もまた、同じ窓から見た風景であることに氣づく。詩人の視線は、窓を通して窓邊の竹をくぐり拔け、近くの景色から次第に遠くの景色へと廣がってゆく。遠景とともに近景を配することによって、謝靈運詩では描寫し得なかった空間の奥行きが表現されていることが謝朓詩の特徴の一つと言えよう。

もう一つ留意すべき點は、窓を通して見える遠景が、「望む」「瞰む」などの、能動的な動詞とともに使われていることである。先の謝靈運詩が、窓の中に「映る」遠景を詠じたのとは對照的に、謝朓は自ら積極的に視線をめぐらせて、遠くの景色を「眺め」ている。望鄉の想いや隱遁への憧れといった、詩の後半に描かれる感慨は、こうした視線の移動と、遠方へと廣がってゆく風景によって喚起されたものに他ならない。

こうした表現の特徴は、次の「後齋迥望」詩（巻三）において更にはっきりと確認できる。

高軒瞰四野　　高軒より四野を瞰め
臨牖眺襟帶　　牖に臨みて襟帶《きんたい》を眺む
望山白雲裏　　山を望む　白雲の裏
望水平原外　　水を望む　平原の外
夏木轉成帷　　夏木は轉た帷《とばり》を成し

秋荷漸如蓋　秋荷は漸く蓋《かさ》の如し
葦洛常晻然　葦洛《きようらく》常に晻然として
搖心似懸旆　搖心 懸旆《けんはい》に似たり

窓のある長廊から四方の野を見下ろし、窓から郡境の山川を眺める。白雲の中にある山々を望み、平原の彼方にある川を望む。夏の木立は葉が茂って次第にとばりのようになり、秋の荷は大きくなってまるでかさのようである。故郷はいつも戀しくおもわれ(22)、搖れる心は懸けられた旗のように落ち着かない――。

本詩の「窓」表現は、二句目の「牖に臨みて襟帶を眺む」がこれにあたる。建物の「高軒」の「牖」から山(白雲)や川(平原)といった遠景を眺めた後、木や荷などの近景・中景によって季節の移り變わりを感じ、最後に望鄕の想いが詠じられている。さらに、一句目の「瞰む」、二句目の「臨む」「眺む」、三句目・四句目の「望む」など、能動的な動詞も多く見られる。これらの語が用いられることで、作者が主體的に眺望を得ようとしていることはいっそう强調される。そうしてあちらこちらに視線を移し、身近な植物の變化から季節の經過を確認することで、謝朓の鄕愁は更に增幅される。

謝朓の「窓」表現には、先の謝靈運詩を受け繼ぎ、獨自に發展させた用法も見られる。次に擧げるのは、宣城期の謝朓の代表作「郡内高齋閑望答呂法曹」詩(卷三)である。

結構何迢遞　結構 何ぞ迢遞《てうてい》たる
曠望極高深　曠望《くわうばう》 高深を極む
窗中列遠岫　窗中に遠岫を列ね

庭際俯喬林　庭際《ていさい》に喬林を俯しながむ
日出衆鳥散　日 出でて 衆鳥は散じ
山暝孤猨吟　山 暝れて 孤猨は吟《な》く
已有池上酌　已に池上の酌有り
復此風中琴　復た此の風中の琴あり
非君美無度　君が美の度《はか》る無きに非ざれば
孰爲勞寸心　孰《たれ》か爲に寸心《すんしん》を勞せん
惠而能好我　惠《いつく》しみて能く我を好《よみ》し
問以瑤華音　問《おく》るに瑤華の音を以てす
若遺金門歩　若し金門の歩みを遺《す》てなば
見就玉山岑　玉山の岑《みね》に就くを見ん

此の建物はなんと高いことか。遠くをながめると、山や川がすべて見渡せる。窓の中には遠くの山々が連なり、庭の邊りからは、高い林が見おろされる。朝日が昇ると、衆鳥は飛び立ってゆき、山が暮れると、孤猿がなきはじめる。ここには池のほとりに用意された酒宴があるし、また風に吹かれて鳴る琴もある。あなたのように、はかりしれない心の美しさを持つ人でなければ、いったい誰が私などを心にかけてくれようか。あなたは恵み厚く私に好意を寄せられて、瑤華のごとき詩を遣ってくださった[23]。もし宮中での勤めをおやめになりましたら、敬亭山を有するここ宣城のまちにどうぞおいでください——。

「窓」表現を含む三句目・四句目「窓中に遠岫を列ね、庭際に喬林を俯しながむ」は、さきに取り上げた謝靈運「田南樹園激流植援」詩の「羣木は既に戶に羅なり、衆山も亦た窓に對す」の構造に酷似しており、窓中の景色を一幅の繪畫のように描く手法を參考したものと思われる[24]。その一方で、謝靈運詩があくまで平面的な描寫に終始していたのに對して、謝朓詩は遠景（遠岫）に中景（喬林）を配し、更に「俯す」という奥行きのある動作によって、立體的な描寫を實現している[25]。山と川、遠景と近景、朝と夕、鳥と猿、酒と音樂など、詩中に描かれた景物は、謝朓が眺望によって實際に目にした景色と、心の中に想像した光景とが混在しており、詩人が思い描く理想的な宣城の姿でもある。窓は詩人の視線を外の世界に誘導し、同時に、その精神世界をも解放するのである。

謝朓の「窓」表現は、室外の風景を媒介するという役割の他に、「官舍の中に居る自己」を「外界」へと向かわせ、繋げてゆく機能をも備えている。先に擧げた二首を見ると、「冬日晚郡事隙」詩は窓外への眺望から鄉愁と隱棲の思いが喚起され、「後齋迥望」詩は窓を通して見える季節の經過から歸心を募らせる。兩詩に共通するのは、思慕する對象（場所）が遠くに存在すること、そして詩人の願望は、今いる場所（官舍の中）では實現し得ない、ということである。宣城の執政の樓にあって、唯一、外の世界と繫がりを持てる空間。窓は、官舍の中（現實）から官舍の外（願望）へと、詩人の意識を轉換させる裝置として機能していたのである。「窓」表現は謝朓詩において、風景の描寫と敍情の導入という二重の役割を果たしていると言えよう。

最後に、謝朓が郡齋に新しく北窓を作り、友人の詩に和した「新治北窗和何從事」詩（卷四）を見て行きたい。

國小暇日多　　國小にして暇日《かじつ》多く

民淳紛務屏　民 淳《あつ》くして紛務《ふんむ》屏《しりぞ》く
闢牖期清曠　牖《まど》を闢きて清曠《せいくわう》を期し
開簾候風景　簾を開きて風景を候《ま》つ
泱泱日照溪　泱泱《あうあう》として日は溪を照らし
團團雲出嶺　團團《だんだん》として雲は嶺を出づ
苕嶤蘭橑峻　苕嶤《てうげう》として蘭の橑《たるき》は峻《たか》く
駢闐石路整　駢闐《べんてん》として石路は整ふ
池北樹如浮　池北に樹は浮かぶが如く
竹外山猶影　竹外に山は猶ほ影のごとし
自來彌弦望　自來 弦望を彌《わた》り
及君臨箕潁　君の箕潁《きえい》に臨むに及ぶ
清文蔚且詠　清文 蔚《うつ》として且つ詠じ
微言超已領　微言 超として已に領す
不見城壕側　見えず 城壕の側《ほと》り
思君朝夕頃　君を思ふ 朝夕の頃
迴舟方在辰　舟を迴《かへ》すは方に辰《あした》に在り
何以慰延頸　何を以て頸を延《ひ》くを慰めん

宣城は小さなまちなので、太守であるわたしには暇な日が多く、民はみな純朴なので、面倒な政務はおこらない。窓を開けてさわやかな氣持ちになりたくて、簾を開いて景色を眺めた。太陽は廣々と小川を照らし、雲は一つまた一つと嶺から出てくる。木蘭のたるきは髙々と聳え、石の路は長く連なって整っている。池の北には樹々がまるで浮かんでいるように立っており、竹林の向こうには山が影のように見えている。窓ができてから月が弦から望になるまで經って、あなたがこの箕潁の地においでくださることになった。(26) あなたの淸らかな詩文は内容が豊富でさらに情感が込められており、あなたの言葉は俗情を超えて物事の本質を理解している。この宣城の城のほとりで、わたしは朝に夕べにあなたのことを思っている。あなたが舟を返して去るのはまさに明日のあさ、頸を伸ばして見送る私の悲しみを、どうやって慰めればよいのだろう――。

窓外へ向けられた詩人の視線は、比較的身近な風景である「溪」から遠くの「雲」「峰」へと廣がり、再び近景の「蘭の橑」「石の路」に視點を戻し、「池」「樹々」「竹林」の中景を經て、(27) 再度遠景の「山」へと巡らされる。窓外の様々な景色を描き終えた所で、何従事に對する惜別の念を詠い、舟を返す友人を見送る自身の姿で締めくくる。

詩題に見える「窓を作る」という行爲(「治窓」)を詩中に詠むのは、謝朓詩の他に前例がなく、また後の唐詩にも用例は確認できない。謝朓が新しく窓を作った具體的な經緯は不明であるが、詩中では、さわやかな氣持ちになることを願い(「淸曠を期す」)、窓外に廣がる自然の風光を迎える(「風景を候つ」)ためとしている。このことからも、謝朓が眺望のための窓をことさら好んだことが見て取れるだろう。

また同時に、これらの「窓」表現による遠景描寫の手法が、あくまで宣城という地において生み出されたものであることにも留意しなければならない。太守として官舍の中に身を置くからこそ、詩人は窓外に眺望をのぞむのであり、閉ざされた執政の樓にあることで、鄕愁や隱棲への思いはいっそう募る。「窓」の內から外へ、という意識は、謝朓の宣城詩に見られる大きな特徵と言えよう。

五　結び

謝朓詩における「窓」表現は、先に述べたように、風景の描寫と敍情の導入という二重の役割を果たしている點にその特徵があった。こうした用法は、謝朓と同時代の南齊、そして續く梁代において、必ずしも一般的だったとは言えず、謝朓による遠景描寫の一つの開拓であったと見てよい。たとえば謝朓と同じく南齊の詩壇に活躍した王融「臨高臺」詩（『齊詩』卷二）には、

井蓮當夏吐　　井の蓮　夏に當りて吐《ひら》き
窗桂逐秋開　　窗の桂　秋を逐ひて開く

とあるが、これは窓邊の風景を描く〈近景〉に分類される。また、梁の沈約「直學省愁臥」詩（『梁詩』卷六）には、

愁人掩軒臥　　愁人　軒を掩《おほ》ひて臥し
高窗時動扉　　高窗　時に扉を動かす

とあり、窓に吹きつける風の音が愁いを增幅させる〈光・風〉の用法である。また、梁の武帝（蕭衍）「子夜歌

二首」其二（『梁詩』巻二）には、

朝日照綺窗　朝日　綺窗を照らし
光風動紈羅　光風　紈羅《ぐわんら》を動かす

とあり、朝日が飾り窓を照らすという表現によって、建築の美しさ（〈建築〉）と差し込む光（〈光・風〉）を描いている。梁の簡文帝「和湘東王名士悦傾城」詩（『梁詩』巻二十一）には、

粧窗隔柳色　粧窗　柳色を隔て
井水照桃紅　井水　桃紅を照《うつ》す

とあり、空閨にたたずむ美人を連想させる〈閨室〉の表現として用いられている。逯欽立輯校『先秦漢魏晉南北朝詩』に據って調査したところ、齊・梁詩のうち、遠景を描寫したと思われる「窓」表現は、謝朓を除けば、全體で二首にとどまった。一首目は梁の何遜「登禪岡寺望和虞記室」(28)詩に見える、

南望南郭門　南のかた南の郭門を望めば
拱樹稍雲密　拱樹　稍雲に密《ちか》し
北窗北湊道　北窗　北に湊《おもむ》くの道
重樓霧中出　重樓　霧の中より出づ

の表現である。作者のいる位置は明確でないものの、おそらくは寺の窓から遠くへ續く道を眺めたと考えてよい。

もう一首は、梁の呉均「山中雜詩三首」其一（「梁詩」巻十一）に見える、

山際見來煙　　山際に來煙を見たり
竹中窺落日　　竹中に落日を窺ふ
鳥向簷上飛　　鳥は簷上に向かひて飛び
雲從窗裏出　　雲は窗裏より出づ

の表現で、作者が室内で詠んだ詩と考えるならば、一句目の「見る」、二句目の「窺ふ」の語によって、詩人が「窓」を通して遠景を眺めていると解釋し得る。しかし二首ともに、謝朓詩のような、明確な傾向を示しているわけではない。

梁詩には「窓」表現が多く確認できるものの、〈閨室〉の用法が最も多かったことも特筆すべきだろう。宮體詩を多く收錄した『玉臺新詠』では「窓」表現四十七例のうち、(29)〈建築〉八例、〈光・風〉十例、〈閨室〉二十二例、〈近景〉七例であり、〈遠景〉に相當する使用例は見當たらない。謝朓詩に見える〈遠景〉の「窓」表現が、當時において極めて特殊なものであったことがうかがい知れる。

その後、謝朓の「窓」表現がさらに磨かれ、用法として定着するのは唐代になってからである。盛唐の杜甫「絕句四首」其三（巻二二八）には、

窗含西嶺千秋雪　　窗には含む　西嶺　千秋の雪
門泊東吳萬里船　　門には泊す　東吳　萬里の船

とあり、窓枠に繪畫をはめ込んだような、鮮明な景色が描かれている。同じく盛唐の李白「憶襄陽舊遊贈馬少府巨」詩（巻十）には、

開窗碧嶂滿　窗を開けば碧嶂滿ち
拂鏡滄江流　鏡を拂《はら》ひて滄江流る

とあり、窓の向こうに碧山が視界いっぱいに廣がる様が描かれている。さらに中唐の錢起「藍田溪雜詠二十二首」「窗裏山」（巻二三九）には、

遠岫見如近　遠岫　見れば近きが如し
千里一窗裏　千里　一窗の裏《うち》

とあり、窓によってフレーミングされることで、遠景もまた近景のように目に映る様が描寫されている。中唐期の州試の課題として、謝朓「郡内高齋閑望答呂法曹」詩の「窗中に遠岫を列ぬ」の一句が取り上げられ、白居易の「窗中列遠岫」詩（巻四六一）を生み出したこともまた、その後の謝朓の「窓」表現の展開を物語っている。

宣城における自身の心情を假託し得る素材として、謝朓が好んだ「窓」表現は、こうして、從來には見られなかった遠景描寫の新たな表現手法を開拓するに至ったのである。

（1）漢・許愼撰、清・段玉裁注、許惟賢整理『說文解字注』（鳳凰出版社、二〇〇七年）、漢・劉熙撰、任繼昉纂『釋名匯校』（齊魯書社、二〇〇六年）、『辭源（修訂本）』（商務印書館、一九七九年）を參照した。なお、「軒」の字は窓の意で使われる場合のみ「窓」表現に含める。また、用例を調査する際に、『中國基本古籍庫』檢索システム（北京愛如生數字化技術研究中心製作）、『文淵閣四庫全書』CD-ROM（迪志文化出版有限公司、上海人民出版社、一九九九年）、『雕龍―古籍全文檢索叢書シリーズ③（先秦漢魏晉南北朝詩／文選）』（凱希メディアサービス、二〇〇四年）、鹽見邦彥『謝宣城詩一字索引』（采華書林、一九七〇年）を用いた。
（2）青木淳建築計畫事務所『青木淳／開口部のディテール』（彰國社、二〇〇七年）を參照した。
（3）程俊英・蔣見元著『詩經注析』國風（中華書局、一九九一年）。
（4）前揭『詩經注析』國風。
（5）本詩三句目の「窓」表現について、逯欽立輯校『先秦漢魏晉南北朝詩』「漢詩」卷十二（中華書局、一九八三年）は「窗」字で記し、李善注『文選』卷二十九（上海古籍出版社、一九八六年）は「牕」字を用いている。本論では『文選』の記述に從った。
（6）清・王士禛選、清・聞人倓箋『古詩箋』引「晉宮闕名」に「總章觀・儀鳳樓一所、在觀上廣望觀之南。又別有翔鳳樓」とある（上海古籍出版社、二〇一〇年）。
（7）前揭『文選』卷十一。
（8）矢嶋美都子「樓上の思婦―閨怨詩のモチーフの展開」（『日本中國學會報』第三十七集、一九八五年）。
（9）袁行霈撰『陶淵明集箋注』卷一（中華書局、二〇〇三年）。
（10）前揭『陶淵明集箋注』卷四。
（11）前揭『陶淵明集箋注』外集。
（12）謝靈運詩の引用は、顧紹柏校注『謝靈運集校注』（中州古籍出版社、一九八七年）に據る。
（13）謝靈運「燕歌行」に「對酒不樂淚沾纓、闢窗開幌弄秦箏」とある。

（14）前掲『文選』巻三十。

（15）明・馮維訥編、興膳宏監修、横山弘・齋藤希史編『嘉靖本古詩紀』巻之四十八（汲古書院、二〇〇六年）。

（16）前掲『先秦漢魏晉南北朝詩』に據って調査したところ、謝朓以前に「窓」表現を含む詩を比較的多く残している六朝詩人は、陶淵明が三首（一二六首中）、鮑照が五首（二〇六首中）、謝靈運が三首（一〇二首中）であり、謝朓の十七首（一六八首中）が際立って多いことが分かる。なお、（ ）内は詩の總數。

（17）謝朓詩の編年は、森野繁夫『謝宣城詩集』付錄「謝朓年譜」に據る（白帝社、一九九一年）。

（18）前掲『詩經注析』小雅「鹿鳴」に「呦呦鹿鳴、食野之苹。我有嘉賓、鼓瑟吹笙。吹笙鼓簧、承筐是將。人之好我、示我周行」とあり、毛序に「燕羣臣嘉賓也。既飲食之、又實幣帛筐篚以將其厚意、然後忠臣嘉賓得盡其心」とあるのを踏まえる。

（19）前掲『詩經注析』國風・衞風「考槃」に「考槃在阿、碩人之薖。獨寐寤歌、永矢弗過。考槃在陸、碩人之軸。獨寐寤宿、永矢弗告」とあるのを踏まえる。

（20）『史記』巻八十七・李斯傳に「物極則衰、吾未知所稅駕也」とあるのを踏まえる（中華書局、一九五九年）。

（21）北宋・朱熹撰、蔣立甫校點『楚辭集注』巻第一「離騷」に「朝飲木蘭之墜露兮、夕餐秋菊之落英」とあるのを踏まえる（上海古籍出版社、二〇〇一年）。

（22）潘岳「西征賦」に「眷鞏洛而掩涕、思纏緜於墳塋」とあり、鞏・洛は潘岳の故郷のあたりの地名を指す。謝朓はこれを踏まえて、自身の故郷への思いを詠じたのだろう。

（23）前掲『楚辭集注』巻二「九歌」の「大司命」に「折疏麻兮瑤華、將以遺兮離居」とあるのを踏まえる。

（24）前掲森野繁夫『謝宣城詩集』は「窗中列遠岫、庭際俯喬林」の二句について「謝朓は、靈運の此の句（筆者注：「田南樹園激流植援」詩の「羣木既羅戸、衆山亦對窓」）を參考にして、窓の中に山なみが連なっていると、窓を額縁のように見立てた表現にしている」と指摘している。

（25）赤井益久「白詩風景小考――『竹窓』と『小池』を中心として――」は、本詩の窓の位置と立體感に注目して、「戸につらなる木々、窓からみえる山脈、謝朓の作が全體的にやや奥行きを與えるのは、作者と遠くの峰との間に窓を置き、

『俯す』という鳥瞰的な視角によると思われる」と指摘している（『國學院雜誌』九十七卷第一號、一九九六年）。

(26)「箕潁」は潁水のほとり、箕山のふもとをさす。ここでは宣城郡の比喩として用いている。

(27)清・張玉穀撰『古詩賞析』卷十八では、當該箇所について「池中水滿、岸樹如浮、竹謂茂密、猶露山影也」と評している（『漢文大系』卷十八所收、冨山房、一九一四年）。本論では「池」と「竹」を、向こうに見える「樹」と「山」の遠景を際立たせるための中間的な風景としてとらえた。

(28)前掲『先秦漢魏晉南北朝詩』「梁卷」卷九は、三句目の第四字を「溱」の字に作るが、李伯齊校注『何遜集校注（修訂本）』（中華書局、二〇一〇年）では校勘によって「湊」字に改めているため、本論でも「湊」字を採用した。

(29)清・吳兆宜注、程琰刪補、穆克宏點校『玉臺新詠箋注』（中華書局、一九八五年）に據って調べたところ、「窓」の用例は四十二首、「牖」の用例は九首（うち、「窓牖」四首）であった。

第三章　「李白と謝朓」再考

――「澄江浄如練」句の受容と展開

一　はじめに

前二章で述べたように、謝朓の詩は宣城赴任を契機として大きく變化を遂げた。しかし、謝朓が獨立した個性の詩人として注目されるまで、すなわち文學史に記される永明詩壇の文士や竟陵八友の一員という身分を脱却するためには、謝朓をことさら尊崇した李白の登場を待たなければならない。

ところで、李白と謝朓の關係に注目する、いわゆる「李白と謝朓」研究は、傳統的な研究テーマであり、これまでに様々な考察がなされてきた。その多くは李白研究の一環として謝朓を取り上げたものであり、李白が謝朓の文學から多大なる影響を受けたことを様々な角度から論證している(1)。その一方で、先ほど指摘したように、謝朓の文學もまた、李白という理解者を得ることによってその評價を確立させる。さらには、李白が指し示す方向に従って謝朓の文學は解釋され、受容されることになる。しかしながら、従來の「李白と謝朓」の關係論は、謝朓詩研究の方法として活用されることはほとんど無かった。謝朓の文學に對する解釋、そして謝朓の詩人像の成立に李白が果たした役割については、これまで十分に検討されてこなかったのである。

李白による謝朓の愛好は、謝朓に對する後人の理解を大きく決定づけることとなる。たとえば、李白が足しげく通い、その地で謝朓に思いを寄せる詩文を多く殘したことで、謝朓は「宣城の詩人」と認識されるようになったのであり、中唐以降、謝朓の文學は宣城時期を中心に理解されるようになる（第四章を參照）。一方で、「當塗の靑山＝謝朓の別業＝李白の墳墓」というよく知られる構圖は、實際には、「李白による謝朓の愛好」が典故として廣まり、擴大解釋される過程で、李白の墳墓（靑山）が謝朓に關連づけられた「誤解」である可能性が高い（第六章を參照）。謝朓の文學の實像を理解するためには、李白の解釋が果たした役割を愼重に檢討しなければならないだろう。

本章では、このような視點に立って「李白と謝朓」を再考するべく、謝朓「晩登三山還望京邑」詩の「澄江靜（淨）如練」句を取り上げて論じる。「澄江靜（淨）如練」は、謝朓を代表する名句として人口に膾炙するが、それは決して謝朓一人の力による成果ではなかった。謝朓の「澄江」句の受容と展開の諸相を明らかにすることにより、新たな角度から李白と謝朓の關係性について考察を試みたい。

二　謝朓「澄江靜如練」句の成立とその特徴

「晩登三山還望京邑」詩（卷三）は、南齊の建武二年（四九五）のころの作であり、謝朓が建康から宣城へ向かう道中、長江沿いにある「三山」から振り返って建康の方角を眺めた際に詠じたものである。(2) 從來の武帝派を一掃して帝位についた明帝・蕭鸞（四五二―四九八）の命により、謝朓は太守として宣城へ赴任する。都から宣城への道のりは、長江沿いの新林浦・板橋を經由し（謝朓「之宣城郡出新林浦向板橋」詩）、いよいよ建康への出入りの要所であった「三山[3]」にさしかかる。

灞涘望長安　灞《は》の涘《ほとり》より長安を望み
河陽視京縣　河陽より京縣を視る
白日麗飛甍　白日 飛甍《ひばう》を麗《て》らし
參差皆可見　參差《しんし》として皆 見るべし
餘霞散成綺　餘霞 散じて 綺《あやぎぬ》を成し
澄江靜如練　澄江 靜かなること 練《ねりぎぬ》の如し
喧鳥覆春洲　喧鳥《けんてう》 春洲を覆ひ
雜英滿芳甸　雜英 芳甸《はうでん》に滿つ
去矣方滯淫　去《ゆ》かん 方《まさ》に滯淫《たいいん》せり
懷哉罷歡宴　懷《おも》はるる哉 歡宴を罷めん
佳期悵何許　佳期 何許《いずれ》なるかを悵《なげ》き
淚下如流霰　淚の下ること流霰《りうさん》の如し
有情知望鄉　情有れば鄉を望むを知る
誰能鬒不變　誰か能く 鬒《くろかみ》の變ぜざらん

本詩は全十四句からなり、冒頭二句は王粲「七哀詩三首」其一（『魏詩』巻二）の「南のかた霸陵の岸に登り、首を廻らせて長安を望む（南登霸陵岸、廻首望長安）」、潘岳「河陽縣作詩二首」其二（『晉詩』巻四）の「領《うなじ》を引《のば》して京室を望む、南路 伐柯《ばっか》に在り（引領望京室、南路在伐柯）」を踏まえて、「都城を望む」という主題を提示する。續けて三句目から八句目までは三山からの眺め、夕日に照らされた甍・町並み、暮れ時の夕焼け雲の名殘り、靜かに横たわる長江の流れ、そして長江の中洲に喧しく囀る鳥と色とりどりの芳しい花々が取り上げられる。さらに九句目から十四句目までは、故鄕（建康）を懷かしみ、心を痛める詩人の姿が描かれる。旅路を急ごう、この地に長く留まりすぎた。宴はかえって望鄕の思いを募らせるだけ。再會の日はいつになるかと思うと、大粒の淚が滴り落ちる。故鄕を想うのも當然のこと、黑髮を白く變えずにおられる者などいるはずもない――。

「導入（背景の説明）―敍景（暮景）―敍情（望鄕）」という構成は、謝朓の望鄕詩における定型であり、本詩の他にも、異鄕の地で詠まれた「望三湖（荊州）」「落日悵望（宣城）」「冬日晩郡事隙（宣城）」などの作品がこの形を取る。(4)

本詩の五句目・六句目にあたる「餘霞散成綺、澄江靜如練」の一聯は、鄕愁を掻き立てる夕暮れ時の景色として空（雲）と水（長江）を描く。(5)「餘霞（夕焼け雲の名殘り）」「澄江（澄んだ長江の流れ）」はいずれも謝朓による造語であり、「散ず」と「靜かに」は夕焼け雲と長江の狀態（動と靜）が對比されている。さらに「綺（文様が織り込まれた絹織物）を成す」「練（白い無地の絹織物）の如し」は、比喩對象の素材・色彩の特徴を利用して、兩者の違いを際立たせている。(6)

ところでこの「餘霞」「澄江」の一聯は、整然とした對偶表現によって暮れ時の瞬間的な美しさを描いているが、同時に、特定の景觀に根差さない、極めて一般化された表現であることに氣づく。おおよそ黄昏時の長江沿岸であれば何處からでも目にすることのできる、典型的な江南の暮景がそこにはあり、「三山」に固有の景色が描かれているわけではない。さらに言えば、「澄江」句は、長江の動きのない狀態（靜）を述べる表現であるがゆえに、單獨では夕暮れ時という時間帯さえも示すことはできない。要するに、「澄江」句は「餘霞」句と對を成すことで、はじめて黄昏時の長江の景觀を形作るのであり、さらに「餘霞」「澄江」の一聯は、「晩登三山還望京邑」詩の中に配置されることで、はじめて鄕愁を喚起する光景となり得るのである。

　このような謝朓詩の敍景の特徵は、同じく「三山」を詠じた他の詩人の作品と比較することで、さらに浮き彫りとなる。例えば謝靈運「遊嶺門山」詩(7)では、永嘉郡の嶺門山を形容する際に、以下のように「三山」を取り上げている。

千圻邈不同　千圻《せんき》 邈（貌）同じからず
萬嶺狀皆異　萬嶺 狀《かたち》 皆 異なれり
威摧三山峭　威摧《いさい》として三山より峭《けは》しく
瀄汨兩江駛　瀄汨《しついつ》として兩江より駛《はや》し

千もの崖は各々違う姿をしており、萬もの嶺はそれぞれ形狀が異なる。その高峻な樣は三山よりも險しく、流れの音は兩江よりも速い――。「三山」と對をなす「兩江」がどこを指すかに關しては諸說あり、長江が建康の手前で二筋に分かれて都城の內外に流れ入る樣、もしくは長江が中洲によって二分された樣子を表すと思われる。いずれにせよ、固有の名詞を取り上げてその特徵を描寫することで、建康周邊の地形と景觀が具體的に示されており、一句ごとに特定の景色が浮かび上がる。また次に揭げる鮑照「還都至三山望石頭城」詩(8)は、謝朓詩同樣、「三山」から都の方角（石頭城）を眺めて詠じた作品である。

兩江皎平迴　兩江　皎として平らかに迴《はる》かに
三山鬱駢羅　三山　鬱として駢《なら》び羅《つら》なる
南帆望越嶠　南帆　越嶠を望み
北榜指齊河　北榜　齊河を指す

二筋の大河は白くどこまでも平らかで、三山は木々が生い茂って竝び連なる。南に向く帆は越の鋭く高い山を望み、北方に引く櫂は齊の大河を指し示す――。謝朓詩が建康から離れる道中の作であるのに對し、鮑照詩は都へ歸還する際の作品であるが、景觀はほぼ一致する。ところが、鮑照詩の場合には、長江と三山の景觀、そして南北に廣がる（であろう）景色を事細かに記述しており、謝靈運詩同樣、「三山」という特定の地形と景觀に密着した描寫であることが分かる。謝朓の詩が、敍景描寫の中から一切の個別性を排除し、一般化された表現を用いているのとは極めて對照的であろう。(9)

一般化された表現は、「場所（または時間）を特定する情報」を敢えて排除することにより、對象（夕焼け雲と長江）の形容を際立たせる。謝朓の場合、「遊東田」詩（巻三）の「魚 戯れて新荷動き、鳥 散じて餘花落つ（魚戯新荷動、鳥散餘花落）」、「之宣城郡出新林浦向板橋」詩（巻三）の「天際に歸舟を識り、雲中に江樹を辨《みわけ》り（天際識歸舟、雲中辨江樹）」などの詩句は、いずれも整然とした對偶表現によって、詩人の眼前に廣がる景色を忠實に記してはいるが、その部分のみを抜き出すと、詠まれた場所や背景は完全に消失してしまう。このように個別性を削ぎ落として精緻に構成された詩句は、前後の文脈に依據する形で、詩人の情感が投影されることになる。それは同時に、謝朓詩「晩登三山還望京邑」詩の場合、すべての敍景描寫は「鄕愁」という主題に收斂される。それは同時に、謝朓詩の風景描寫が、單獨では具體性が希薄で、主題に合わせて印象を變化させる表現であったことをも意味している。このことがまさに、後の李白によって、謝朓の「澄江」句が吸收され、變貌を遂げてゆく一因となる。

三　李白詩における「澄江淨如練」とその特徴

李白「金陵城西樓月下吟」詩（卷七）は天寶八載（七四九）のころの作とされ(10)、六朝の古都であった金陵の地で詠まれた。

金陵夜寂涼風發　　金陵　夜　寂として涼風發《おこ》り
獨上高樓望吳越　　獨り高樓に上りて吳越を望む
白雲映水搖空城　　白雲　水に映じて空城を搖《ゆす》り
白露垂珠滴秋月　　白露　珠を垂れて秋月に滴る
月下沉吟久不歸　　月下に沉吟して久しく歸らず
古來相接眼中稀　　古來　相ひ接ぐもの眼中に稀なり
解道澄江淨如練　　道《い》ひ解《え》たり　澄江　淨きこと練の如しと
令人長憶謝玄暉　　人をして長く謝玄暉を憶はしむ

金陵の夜はしずかに更けて涼しい風が吹きわたり、ひとり高樓に登って吳越のかなたを眺めやる。白雲は長江の水に映って人けのない城壁の影とともに搖れ、白露は眞珠のように結んで秋の月光を映して滴る。月下で低く詩を吟じ、しばらく歸らずその場に留まる。古來より相繼ぐべき詩人は私の眼中にほとんどいない。それにしても「澄江 淨きこと練の如し」とはよくぞ言ったものよ、この詩句こそ、私に、かの謝玄暉を憶わせてやまないのだ――。

本詩は、月夜に高樓に登り、古人（謝朓）を思慕追憶するという主題をとる。先行研究の多くは、本詩を「秋登宣城謝朓北樓」詩（巻二十一）の「誰か念はん 北樓の上、風に臨みて謝公を懷はんとは（誰念北樓上、臨風懷謝公）」などの表現と竝べて、李白による謝朓の愛好を裏付ける作品として解釋してきた。[11]その一方で、謝朓の「澄江」句の引用という點に着眼すると、實は李白詩において、「澄江」句の印象が謝朓の原句から大きく外れていることに氣づくこととなる。

相違の一つは、本來「落日望鄕」の主題に沿って夕暮れ時の光景を描寫した「澄江」の句が、李白の詩では一轉して「月夜に謝朓を憶う」という主題を引き立てる夜景の詩句として、しかも一句單獨で取り上げられたことである。先述のとおり、そもそも「澄江」の句は「餘霞」の句と一聯を作ることではじめて暮景の意味合いを持つ。しかし、李白詩において「餘霞」句と引き離されたことにより、「澄江」句は薄暮の景としての一義性を完全に失い、むしろ李白詩が詠じられた背景――夜の、月下の光景の中に取り込まれてしまう。

第二の相違は、謝朓「澄江靜如練」句の「靜」の字が、李白詩では「澄江淨如練」の形で取り上げられており、それに伴って、詩句が描き出す情景にも大きな變化が生じたことである。そもそも今日見ることのできる謝朓詩の選集・別集は、『文選』をはじめとするすべてが「靜」の字に作っており、また謝朓詩の對句表現から見ても、「靜」の字が本來の形であったことは想像に難くない。しかし、唐宋期においては、「靜」字を「淨」字に作る謝朓詩のテキストも存在していた可能性を否定できない。たとえば『文鏡祕府論』地巻「十四例」其十一[12]は謝朓

「晩登三山還望京邑」詩の當該句を引いており、ここでは「靜」を「淨」に作っている。また『舊唐書』巻一六六でも謝朓詩を一部引用して「澄江淨如練」と記している。[13]

字音の近似という觀點から檢討すると、「靜」と「淨」はどちらも從母・淸韻に屬し、上聲（靜）と去聲（淨）の區別しかない。さらに盛唐以降、全濁上聲は去聲となるため、二字の發音は完全に一致していたものと思われる。このことが、「靜」を「淨」に作る文獻を生み出した直接的な原因であった可能性は高い。ただし、「靜」と「淨」の通假が認められる用例は見當たらず、また字義も異なるため、謝朓の部分的な詩句を引用する文獻に二字の混用が散見するのみで、「晩登三山還望京邑」詩本來の用字が疑われることはほとんどなかったと思われる。その證據に、後世、この謝朓詩の一篇全體を收錄する諸テキストがいずれも「靜」字に作るのに對し、「澄江」句を單獨で引く文獻では、明淸期に至ってなお、「靜」「淨」の異同が考慮されずに混在することが、本論後述の複數の用例によって確認される。

一方、李白詩の「解道澄江淨如練」句は、李白詩の選集・別集ではすべて「淨」字に作っており、また李白詩の用法から見ても、「淨」字の方がその世界觀を良く表している。「靜」字を用いた場合、「澄江」句は水面の靜止的な狀態（波がなく靜か）を述べることとなり、謝朓詩で共に一聯を作る「餘霞散成綺」の句が示す動的な變化の相と明確な對偶表現をなす。その一方で、李白詩のように「淨」字を用いた場合、「澄江」句は水面の性質（澄んで明るい）を表すこととなり、むしろ月下の光景、より具體的に言えば、月の光が澄んだ長江の水面に降り瀉ぐ樣子が表現されることになる。李白詩は、「靜」と同じ字音を持つ「淨」の字を意圖的に用いることで、謝朓詩元來の響きを保持して續く「令人長憶謝玄暉」句の情感を强め、それでいながら原詩とはまったく異なる、月夜の情景を描き出すことに成功したと言ってよい。[14]

こうして、謝朓の「澄江靜如練」句は、李白詩の主題に導かれて、夜の景色という印象を獲得し、さらには「淨」字の持つイメージから、月光との一體性を高めてゆくこととなる。

李白が好んで「澄江」句の持つ印象を暮景から夜景、とりわけ月下の光景へと轉換させたことは、前掲の「金陵城西樓月下吟」詩一首のみならず、謝朓のこの句を踏まえた他の作品からも同様に見て取れる。たとえば、「秋夜板橋浦汎月獨酌懷謝朓」詩（巻二十二）に次のようにいう。

天上何所有　　天上　何か有る所ぞ
迢迢白玉繩　　迢迢たり　白玉の繩
斜低建章闕　　斜めに低る　建章の闕
耿耿對金陵　　耿耿として金陵に對す
漢水舊如練　　漢水　舊《つね》に練の如く
霜江夜清澄　　霜江　夜　清澄なり
長川瀉落月　　長川　落月に瀉ぎ
洲渚曉寒凝　　洲渚　曉寒凝る
獨酌板橋浦　　獨酌す　板橋の浦
古人誰可徵　　古人　誰か徵すべき
玄暉難再得　　玄暉　再び得難く
灑酒氣塡膺　　酒を灑《そそ》ぎて　氣　膺《むね》を塡《うず》む

本詩は、謝朓が宣城へ赴く道中に郷愁を綴った「之宣城郡出新林浦向板橋」詩を踏まえ、同じ地點にたって古人（謝朓）を偲ぶ。五句目から八句目、漢水は今も昔も白い練絹のようであり、寒々とした長江は夜になると清らかに澄み切る。長い川は西に落ちる月とともに流れ、中洲や水際のあたりではやくも寒氣が凝り固まる――。詩中の「漢水 舊に練の如く、霜江 夜 清澄なり」の表現は、明らかに謝朓の「澄江靜如練」句を踏まえたものであるが、ここで表現されているのは、冷え込む夜に、月の光が皎皎と照らす長江の流れである。

また、「三山望金陵寄殷淑」詩（巻十四）には次のような表現が見えている。

三山懷謝朓　三山 謝朓を懷ひ
水澹望長安　水 澹にして長安を望む
蕪沒河陽縣　蕪沒《ぶぼつ》す 河陽の縣
秋江正北看　秋江 正に北に看る
盧龍霜氣冷　盧龍 霜氣冷やかに
鳷鵲月光寒　鳷鵲《しじゃく》 月光寒し
耿耿憶瓊樹　耿耿として瓊樹《けいじゅ》を憶ひ
天涯寄一歡　天涯 一歡を寄す

本詩は言うまでもなく謝朓「晩登三山還望京邑」詩を意識して詠じられた作品であり、冒頭二句にもその旨を明記している。五句目・六句目、盧龍山のあたりには霜降るような寒氣が滿ち、鳷鵲樓には月の光が寒々しく輝く――。謝朓詩と同じく「三山望都城（金陵）」を主題としながら、李白が意圖的に謝朓詩の薄暮の時間を逸脱して、月の光が瀉ぐ夜の景色として詩句を再構成していることが見て取れよう。

李白が意識的に「澄江」句を月下の光景に吸收しようとした、その一つの傍證となり得る作品として、次の「落日憶山中」詩（巻二十三）がある。

雨後烟景綠　　雨後　烟景綠に
晴天散餘霞　　晴天　餘霞を散ず
東風隨春歸　　東風　春に隨ひて歸り
發我枝上花　　我が枝上の花を發かしむ

「澄江靜（淨）如練」句は李白をはじめ多くの唐詩人によって繼承されることになるが、一方の「餘霞散成綺」句はどうであったか。謝朓の造語であった「餘霞」はその後、詩語となって頻繁に用いられるようになるものの、「餘霞散ず」というまとまった形で繼承された用例は、唐詩では極めて少ない[15]。その中の例外となるのが、李白のこの詩であり、謝朓の「餘霞」句を想起させる形で「餘霞を散ず」の表現を用いて、雨の後の夕暮れ時を描寫している。先の「金陵城西樓月下吟」詩と比較すると、その時間的背景の相違はいっそう明白となり、李白が極めて意識的に、謝朓詩の「餘霞」句を暮景、「澄江」句を夜景（月夜）として、區別して解釋していたことが見て取れるだろう。

中國の古典詩歌は、前人の語彙・表現を繼承、發展させることによって、新たな文學作品を生み出し續けてきた。六朝期に誕生した詩語が、時代の變遷に從って意味合いを變化させることは決して珍しいことではなく、たいていの場合には、語彙が定着するにつれて、そもそも誰の造語であったのかは意識されなくなるものである。

しかしながら「澄江」句の場合、謝朓を思い起こす場面で、特定の一句がほぼ原形のまま引用されたがゆえに、謝朓の作品であることは明確に意識され續けることとなる。それでいながら、夕暮れ時の長江から月の光瀉ぐ長江へと、詩の背後に流れる時間は轉換を遂げたのである。

極度に一般化された表現である謝朓の「澄江靜如練」句は、區々たる個別性を持たないが故に、李白の文學に容易に吸收され、李白詩の主題に合致する方向で再構成されることになる。そうして「澄江」句は、謝朓詩の表現と李白詩の世界觀が融合された形で、以降、新たな文學的意味を帶びてゆくこととなる。

四　「李白と謝朓」——「澄江淨如練」句の受容と展開

謝朓「晩登三山還望京邑」詩は『文選』卷二十七に收錄され、廣く唐以降の詩人の目に觸れることとなる。これにともない、敍景描寫として用いられた「餘霞」「成綺」「喧鳥」「春洲」「雜英」「芳甸」などの語彙は、唐代の詩において、それぞれが獨立した詩語として定着し、必ずしも原作者である謝朓の存在は意識されなくなる。(16)ところが「澄江靜（淨）如練」句に限っては、一般的な詩語としての「澄江」「如練」の用例がある一方で、他の詩句の受容の情況とは明確に異なるいくつかの傾向が現れている。

一つ目は、「澄江」句全體を意識して作りだされた表現が多く出現したことである。たとえば、晩唐の羅隱「秋日富春江行」詩（卷六五九）に、

遠岸平如翦　　遠岸　平らかなること翦《き》るが如し

澄江靜似鋪　　澄江 靜かなること鋪くに似たり

同じく晩唐の唐彥謙「漢代」詩（巻六七二）に、

水淨疑澄練　　水 淨きこと 澄練なるかと疑ひ
霞孤欲建標　　霞 孤なること 標を建てんと欲す

南唐の李中「和潯陽宰感舊絶句五首」其二（巻七五〇）に、

潯駭物景眞難及　　潯 物景に駭《おどろ》き 眞に及ぶこと難し
練瀉澄江最好看　　練 澄江に瀉ぎて 最も看るに好し

五代の譚用之「江館秋夕」詩（巻七六四）に、

耿耿銀河雁半橫　　耿耿たる銀河 雁 半ば橫ふ
夢攲金碧轆轤輕　　夢 金碧を攲《そばだ》て 轆轤《ろくろ》輕し
滿窗謝練江風白　　滿窗の謝練 江風白し
一枕齊紈海月明　　一枕の齊紈《せいぐわん》 海月明らかなり

とあるのがその例である。右にあげた「澄江 靜かなること鋪くに似たり」「水 淨きこと 澄練なるかと疑ふ」「練 澄江に瀉ぐ」「謝練」などの表現は、いずれも「澄江」句の語彙や印象を巧妙に組み替えて新たに作り出された表現であり、謝朓の「澄江靜（淨）如練」句を直接的に踏まえていることは疑いない。同趣の詩句が多様化することは、詩的表現としての成熟を意味するが、謝朓詩の場合、個別の詩語ではなく、特定の一句全體が注目を浴び、表現として成熟していったことがうかがえる。

二つ目の特徴は、謝朓の句とともに、李白「金陵城西樓月下吟」詩の情景をも踏まえる作品が多く見られることである。たとえば、中唐の張正一「和武相公中秋錦樓玩月得蒼字」詩（巻三一八）に、

高秋今夜月　　高秋　今夜の月
皓色正蒼蒼　　皓色　正に蒼蒼たり
遠水澄如練　　遠水　澄むこと練の如し
孤鴻迴帶霜　　孤鴻　迴《はる》か霜を帶ぶ

同じく中唐の盧仝「送尉遲羽之歸宣州」詩（巻三八七）に、

君歸呼　　君　歸るや
君歸興不孤　　君　歸るも　興　孤ならず
謝朓澄江今夜月　　謝朓の澄江　今夜の月
也應憶著此山夫　　也《ま》た應に此の山夫を憶著すべし

とあり、「高秋　今夜の月」「謝朓の澄江　今夜の月」の表現から、李白が月下で謝朓の詩句を詠じた光景を再現していることが讀みとれる。下って晩唐の李商隱「和韋潘前輩七月十二日夜泊池州城下先寄上李使君」詩（巻五四

〇）には、

正是澄江如練處　　正に是れ　澄江　練の如き處
玄暉應喜見詩人　　玄暉　應に詩人に見ゆるに喜ぶべし

とあり、同詩人の「江上憶嚴五廣休」詩（巻五四一）には、

逢著澄江不敢詠　　澄江に逢著して　敢へて詠まず
鎭西留與謝功曹　　鎭西　留めて　謝功曹に與ふ

という句が見えている。典故を多用することで知られる李商隠の作品であるが、やはりそこに李白の存在は明らかで、前者では、「これこそまさに、かの『澄江』の句に詠まれた光景だ、謝玄暉も詩人に會うことができてさぞや喜んでいることだろう」といい、後者では、「澄んだ長江を目にしても敢えて（李白のように）詠じることはしない、鎭西將軍の稱號はかの謝朓に與えることとしよう」という。

そして三つ目に注目されるのは、右にあげたような作品が、主に中唐後期から晩唐にかけて集中していることである。晩唐において、「李白による謝朓の愛好」は、それ自體が一つの典故として見なされるようになり、時には實際を越えた兩者の結びつきが詩中で描かれるようになる。許棠「宿青山館」詩（巻六〇三）の「雲は李白の墓を藏《かく》し、苔は謝公の詩を暗《ひそ》む（雲藏李白墓、苔暗謝公詩）」、韋莊「過當塗縣」詩（巻六九七）の「謝公　山に墅有り、李白　酒に樓無し（謝公山有墅、李白酒無樓）」などの作品はその代表的な例である（第四章を參照）。「澄江」句はこのような背景の中で、「李白と謝朓」の結びつきの強さを證明する佳話として、謝朓詩そのものに對する

注目をはるかに上回る形で受け入れられるようになったと考えられる。

晩唐當時の「澄江」句に對する注目とその流行を裏付けるものとして、韋莊『又玄集』序文の冒頭に、「謝玄暉は文集に編盈《み》てるも、止《た》だ『澄江』の句を誦するのみ（謝玄暉文集盈編、止誦「澄江」之句）」という一文が確認できる。「餘霞」「澄江」が一聯として注目されるならばともかく、韋莊ら晩唐の詩人がかくも「澄江」の一句のみに執着するのは、やはり李白の存在に大きな原因があると考えざるを得ないだろう。[18]

このように、李白「金陵城西樓月下吟」詩における引用を直接的な契機として、そして晩唐以降の、「李白による謝朓の愛好」の典故化の中で、「澄江」句は、必ずしも謝朓ひとりの詩句とは認識されなくなる。これ以降、李白と謝朓による「合作」としての「澄江」の句が展開されてゆくこととなる。たとえば、北宋の梅堯臣「張淳叟獻詩永叔同永叔和之」[19]詩に、

夜吟謝朓澄江練　　夜は吟ず　謝朓　澄江の練
露濕陶潛漉酒巾　　露は濕す　陶潛　漉酒の巾

同じく北宋の陳淵「舟中誦子靜江上之作爲和二絶」其一[20]に、

月下長吟露濕衣　　月下　長く吟じて　露　衣を濕す
謫仙嘗憶謝元暉　　謫仙　嘗て憶ふ　謝元暉を
澄江一句無今古　　澄江の一句　今古無し
何似晴空獨鳥飛　　何ぞ晴空の獨鳥の飛ぶに似たるか

と詠じられているが、いずれにおいても「夜（月）」「李白」「謝朓」「澄江」が一體の典故として鍛え上げられ、不可分のものとなっていることが見て取れる。さらには、「澄江」の句に取材した景勝地も新たに造られたものと見え、たとえば『輿地紀勝』巻九は、[21]次のように「澄江亭」「澄江門」と題する北宋の楊蟠の詩を引いている。その「澄江亭」詩では、

月靜秋紋收白縠　　月　靜かにして　秋紋　白縠を收め
天横暮色變黄銀　　天　横たはりて　暮色　黄銀に變ず
風流小謝千年外　　風流なる小謝　千年の外
解詠消愁更有人　　詠《よ》み解《え》たり　愁ひを消すに更に人有りと

と詠じられ、「澄江門」詩では、

浦外落霞争捲焼　　浦外の落霞　争ひて焼を捲く
池中流水自鳴絃　　池中の流水　自ら絃を鳴らす
扶欄下見蓬萊影　　欄に扶《よ》れば下に見ゆ　蓬萊の影
一半仙魂在月邊　　一半の仙魂　月邊に在り

と詠じられており、謝朓詩・李白詩の雙方に基づく江南の佳景が形作られている。

また、宋代における詩話・詩論の增加により、「澄江」句に對する具體的な評價も散見するようになる。次に擧げる北宋の黄轍『碧溪詩話』巻五[22]の論評はその一例であり、佳句の得難さを述べる際に、「餘霞」の句は「澄

江」の句に及ばないと例示する。

然るに昔人の「園柳　鳴禽を變ず」は、竟に「池塘　春草を生ず」に及ばず、「餘霞　散じて綺を成す」は、「澄江　靜かなること練の如し」に及ばず…其の實を全うする者、未だ多くは得　易からざるを知る。（然昔人「園柳變鳴禽」、竟不及「池塘生春草」、「餘霞散成綺」、不及「澄江靜如練」…知全其實者、未易多得）

無論、詩句自體の優劣は様々な角度から論評されるべきであろうが、同文で引かれている謝靈運の「池塘生春草」句が、謝恵連との兄弟愛を示す逸話[23]によって名句としての地位を築いたことを勘案すれば、「澄江」句の場合もまた、李白による引用が、その高い評價の背景にあると推定してよいだろう。

南宋の紹興二十七年（一一五七）、宣州の長官を務めた樓炤（政和開進士）によって、その後の各種『謝朓集』の祖本となる『謝宣城詩集』五巻が編纂される[24]。その序文[25]にも、次に示すとおり、李白が謝朓の「澄江」の句を詠じたという逸話が記されており、謝朓の詩を取り上げる際に、李白による引用がある種の權威づけと見なされていたことが分かる。

南齊吏部郎謝朓、五言詩に長じ、其の宣城に在りて賦する所、藻繢《さうくわい》尤も精なり、故に李太白は「澄江」の句を詠じて其の人を思ひ、杜少陵もまた曰く「詩は接ぐ　謝宣城」と。（南齊吏部郎謝朓、長五言詩、其在宣城所賦、藻繢尤精、故李太白詠「澄江」之句而思其人、杜少陵亦曰「詩接謝宣城」也）

こうして、「澄江」の句は、李白詩の影響力の大きさに牽引される形で、表現として豊かに廣がり、また「謝朓を代表する名句」として、文學的にも高く評價されるようになる。やがて、「澄江」句の受容と展開は、「晩登三山還望京邑」詩一首のみならず、謝朓詩全體に對する後人の評價にも影響を及ぼすこととなる。

五　秀句の詩人、謝朓

謝朓の「澄江」の句が後世の詩人の注目するところとなった背景には、もう一つ、大きな要因が存在する。それは、李白詩の「解道澄江淨如練」句が「襲全句（前人の詩賦の名句をそのまま引用する）」という「手法」となって定着し、後人に遊戲的に利用されたことである。(26)「二字＋五言」という特徴的な形式、そして前人の詩句を引用して古人を贊美・論評するという手法は、時代を越えて廣く親しまれることとなる。同時に、「襲全句」の鼻祖たる李白の詩に引用された謝朓の「澄江」句もまた、いわば「傳統的な素材」として、李白詩の形式を踏襲する多くの詩歌に登場することとなる。たとえば、先にも示した晩唐の李商隱「和韋潘前輩七月十二日夜泊池州城下先寄上李使君」詩に、

　　正是澄江如練處　　正に是れ　澄江　練の如き處

　　玄暉應喜見詩人　　玄暉　應に詩人に見ゆるに喜ぶべし

北宋の黃庭堅「題晁以道雪鴈圖」詩(27)に、

　　憑誰說與謝玄暉　　誰に憑りてか謝玄暉に說かん

　　莫道澄江靜如練　　道《い》ふ莫れ　澄江　靜かなること練の如しと

南宋の楊萬里「夜宿東渚放歌三首」其三(28)に、

暮鴉翠紗忽不見　暮鴉　翠紗　忽ち見えず

只見澄江淨如練　只だ見る　澄江　淨きこと練の如きを

元の楊維楨「題錢選畫長江萬里圖」詩(29)に、

解道澄江靚如練　道ひ解たり　澄江　靚《しづ》かなること練の如しと

醉呼小謝開靑眸　醉ひて小謝を呼びて靑眸《せいぼう》を開かん

明の謝肇淛「題檇李烟雨樓」詩(30)に、

一片澄江淨如練　一片の澄江　淨きこと練の如し

令人對此思孤騫　人をして此に對して孤騫を思はしむ

と見えるのが、その代表的な例である。

「襲全句」という手法は、もとの作品から特定の表現のみを抜き出すため、否應なく、引用された一句の獨立性が強調されることになる。李白詩がそうであったように、李白詩の形式に倣う右のような作品羣もまた、謝朓の「澄江」句を、本來の「晩登三山還望京邑」詩の文脈から切り離された獨立の表現として突出させてしまう。

こうして謝朓の「澄江」の一句のみが繼續的に復唱され、繰り返し注目を浴びることで、後人の謝朓に對する印象もまた、「澄江」の一句を中心に展開されるようになる。たとえば、明の姚孫棐「連夕看月同四兄用澄字」

其三[31]にいう、

好借玄暉句　好みて玄暉の句を借る
如江一練澄　江の一練 澄むが如し
頻宵能有此　宵に頻《せま》るに 能く此れ有り
允矣月之恆　允《まこと》なるかな 月の恆なること

また、同じく明の徐𤊹「六月六日集鼇峰玉眞院限韻[32]」に見える、

郭外澄江清似練　郭外の澄江 淸きこと練に似たり
幾人詩句比玄暉　幾人の詩句 玄暉に比せんや

といった詩句からは、謝朓詩に對する稱贊が、「澄江」の句を中心に爲されていたことが見て取れる。特定の詩句（「澄江」句）に對する見方が、詩人の評價に直接的に結び付くことにより、人々の間には「謝朓＝澄江句＝秀句」という圖式化された觀念が浸透する。このような見方は、結局のところ、「謝朓＝秀句を殘した詩人」という認識を强めてしまうこととなる。たとえば、南宋の趙師秀「葉侍郎送紅芍藥[33]」詩に、

舊遊尙憶揚州夢　舊遊 尙ほ憶ふ 揚州の夢を
麗句難同謝朓誇　麗句 謝朓の誇りと同じくすること難し

明の程敏政「題歸隱卷[34]」詩に、

老向太平吾與子　　太平に老いたり 吾と子と
卻因佳句憶玄暉　　卻て佳句に因りて玄暉を憶ふ

明の林誌「送江贊府之官太平」詩[35]に、

卻憶玄暉多藻句　　卻て玄暉の藻句の多きを憶ふ
令人送別有餘情　　人をして送別に餘情有らしむ

明の陳子龍「寄宣城令餘賡之」其二[36]に、

更得錦箋多麗句　　更に錦箋の麗句の多きを得たり
青山還屬謝玄暉　　青山 還た謝玄暉に屬す

と見えるが、これらの作品では、謝朓の詩句は「麗句」「佳句」「藻句」と形容され、いずれも高く評價すべきものとして取り上げられている。ここで注目すべきは、先の姚孫棐詩（「好みて玄暉の句を借る」）と徐㶿詩（「幾人の詩句 玄暉に比せんや」）が、「澄江」の一句に對してなされた評價であるのに對し、右の作品羣はいずれも謝朓の詩一般について述べている點である。これは、「澄江」という優れた句の存在が、結果的に、謝朓の詩を突出した「秀句」において評價する風潮を生み出したことを意味している[37]。そして、謝朓詩に對するこのような理解を育んだのは、「金陵城西樓月下吟」詩に謝朓の句を引用し、「澄江」句流行の直接的な原因となった李白その人に他ならない。

明の鍾惺は、その『古詩歸』巻十三・謝朓「冬緒羈懷示蕭諮議虞田曹劉江二常侍」詩注(38)において、謝朓詩から十八もの詩句を取り上げて、「澄江」句が李白の引用によって過剰に流行してしまったことを、次のように痛烈に批判している。

謝詩の人を驚かす處は當に「風草 霜を留めず」の此等《これら》の句に之を求むべく、二句(39)もまた謝詩の評と作すべし。其の他の「日出でて 衆鳥散じ」…「珥《みみだま》を墮して琴心に答ふ」の如きは、皆 遠《はるか》に「澄江 靜かなること練の如し」等の句に勝るも、太白の偶然拈出するに因りて、千古の耳食 同聲なるのみ。（謝詩驚人處當于「風草不留霜」此等句求之、二句亦可作謝詩評。其他如「日出衆鳥散」…「墮珥答琴心」、皆遠勝「澄江靜如練」等句、因太白偶然拈出、千古耳食同聲耳）

ここに示された鍾惺の見解は、謝朓の文學が李白の影響下で、恣意的かつ選擇的に後人の評價を獲得してきたことを示唆している。同様の指摘として、清の姚瑩「論詩絶句六十首」其十(40)に「大江 日夜 客心悲しむ、語を發するも蒼茫たり 逸思飛ぶ。千載 紛紛として佳句を摘む、還た應に太白の元暉を誤るべし（大江日夜客心悲、發語蒼茫逸思飛。千載紛紛摘佳句、還應太白誤元暉）」とあり、「佳句を摘む——特定の句だけを評價する」という行爲によって、李白は謝朓が誤解される契機を作ってしまったのではないか、という問題を提起している。姚瑩の指摘が妥當かどうかはともかくとして、李白による引用が、謝朓詩の受容と展開に大きな影響を及ぼし、その評價の根幹を形作ったことは明らかであろう。

六　結　び

本章では、謝朓詩の受容・展開史研究の立場に立脚して「李白と謝朓」の關係を再考した。その考察のための素材として、謝朓「晩登三山還望京邑」詩の「澄江靜（淨）如練」句を取り上げ、この句がどのように成立し、受容・展開を遂げたのか、そしてそのことが後人の謝朓詩理解にどのような影響を與えたのかを明らかにしてきた。

そもそも謝朓の「晩登三山還望京邑」詩は、建康を離れて宣城へ赴任する詩人の、「落日望鄕」の思いを詠じた作品であり、「餘霞」「澄江」は暮景の美しさを形容した對偶表現であった。謝朓の文學としての「澄江」句を解釋するならば、それは「餘霞」句との一聯の中で、更には「晩登三山還望京邑」詩の一篇の中に置かれてこそ最大限の效果を發揮する描寫であり、鄕愁に打ちひしがれる詩人が目にした、黃昏時のうつろいやすい長江の姿そのものだったのである。

しかし、「澄江」句は作詩の特定の時と場の情況に制約されない、極度に一般化された表現であったがために、李白「金陵城西樓月下吟」詩に單獨で引用されて以後、李白の詩的世界に呑み込まれ、むしろ月下の光景としてその印象を上書きされてしまう。同時に、李白詩の影響力によって、「澄江」句は謝朓を代表する名句として認識されるようになり、やがて「秀句」によって謝朓詩を理解する風潮が高まることとなる。「澄江」句の受容と展開は、謝朓詩の解釋・評價の歴史において、李白の見方が如何に支配的であったのかを如實に示すものとなった。

謝朓の文學は、他ならぬ李白との緊密な關わり合いの中で熟成され、時に變貌を遂げながら、中國文學史に名を刻むことになる。謝朓の受容と展開を研究する上で、「李白に愛された謝朓」という視點は、引き續き重要な問題提起となるだろう。

（1）「李白と謝朓」をテーマとする代表的な研究に、松浦友久「李白における謝朓の像——白露垂珠滴秋月」（『中國古典研究』第十三號、一九六五年）、茆家培・李子龍主編『謝朓與李白研究』（人民文學出版社、一九九五年）などがある。

（2）森野繁夫『謝宣城詩集』付錄「謝朓年譜」（白帝社、一九九一年）、劉躍進・範子燁編『六朝作家年譜』（黑龍江教育出版社、一九九九年）はいずれも本詩を建武二年の作と繫年するが、森野氏は本詩を宣城赴任前の建康での作品と見なし、劉氏は本詩を宣城赴任の道中の作品と見なしている。本論では、謝朓の足取りと詩中の表現から、劉氏の說に從い、本詩を宣城赴任道中の作として扱う。

（3）李善注『文選』巻二十七引『丹陽記』に「江寧縣北十二里、濱江有三山相接、卽名爲三山」とある（上海古籍出版社、一九八六年）。

（4）落日望鄕は謝朓詩における重要なテーマの一つであり、興膳宏「謝朓詩の抒情」は「…薄暮の時間およびその景觀に對して、謝朓が強い愛好を示したことが知られる。…晩景はいわば條件反射的な必然性によって、望鄕あるいは歸田の志を呼びおこしている」と指摘する（『東方學』第三十九輯、一九七〇年）。

（5）「餘霞」「澄江」聯の敍景描寫に關して、魏耕原『謝朓詩論』第六章「謝朓詩山水景物描寫的律化結構」は「『餘霞散成綺、澄江靜如練』…這兩句寫黃昏景觀、晚霞多彩鮮麗、遠水無波而明亮反光、不僅如錦緞如白綢、而且借用綢緞的柔軟光滑的質感、更能表達出日暮黃昏柔和瀟散的適意。…确實捕捉了轉瞬卽逝處於變化中景物的光度和質感、因爲暮色很快會淹沒一切」と說明する（中國社會科學出版社、二〇〇四年）。

（6）逯欽立輯校『先秦漢魏晉南北朝詩』（中華書局、一九八三年）に據って調査したところ、六朝期における「成綺」の關連用例は「日照爛成綺、風來聚疑雪。試采一枝歸、願持因遠別」（梁・何遜「折花聯句」）の一例のみであり、「如練」の關連用例は「花樹雜爲錦、月池皎如練」（南齊・謝朓（一作王融）「別王丞僧孺」詩）、「秋月光如練、照曜三爵臺」（梁・沈約「登臺望秋月」詩）、「練練波中月、亭亭雲上枝」（梁・吳均「遙贈周承」詩）、「昆明夜月光如練、上林朝花色如霰」（梁・蕭繹「春別應令詩四首」其二）の四例のみである。謝朓の用例は極めて早い段階のものであり、「餘霞」「澄江」同樣、造語として意識的に詩中に取り入れた可能性が高い。

（7）顧紹柏校注『謝靈運集校注』（中州古籍出版社、一九八七年）。詩中の「邈」字について、顧注は「邈、似應作『貌』。『貌』與下句『狀』構成一對近義詞」と指摘しており、本論は顧説に従って解釋を行った。

（8）丁福林・叢玲玲校注『鮑照集校注』卷五（中華書局、二〇一二年）。

（9）鮑照詩と謝朓詩の敍景描寫を比較すると、「川末澄遠波」（鮑）と「澄江靜如練」（謝）、「攢樓貫白日」（鮑）と「白日麗飛甍」（謝）、「摛堞隱丹霞」（鮑）と「餘霞散成綺」（謝）など、取り上げる題材が酷似していることが分かる。このことからも、謝朓が意識的に鮑照詩を下敷きとしながら、具體性を捨象した敍景描寫を試みた可能性が高いと考えられよう。

（10）安旗・薛天緯等箋注『李白全集編年箋注』（中華書局、二〇一五年）に據る。

（11）宋緒連「李白低首謝宣城」（『遼寧大學學報』第五十九期、一九八三年）、楊玉山「李白與謝朓」（『安徽工業大學學報（社會科學版）』第二十二卷、二〇〇五年第一期）などがある。

（12）平安・空海撰、月本雅幸解題『文鏡祕府論』地卷「十四例」其十一に「立比成之例。詩曰『餘霞散成綺、澄江淨如練』」とある（六地藏寺善本叢刊所收、汲古書院、一九八四年）。本論では「澄江」句の用字について論じるため、寫本を用いた。

（13）『舊唐書』卷一六六・白居易傳に「…『餘霞散成綺、澄江淨如練』…之什、麗則麗矣、吾不知其所諷焉」とある（中華書局、一九七五年）。

（14）松浦友久『李白 詩と心象』は當該箇所に關して次のように述べている。「…ただおもしろいことに、これ（筆者

注：「澄江」句）を李白の詩のなかに置いてみると、『解道澄江淨如練』のほうが、イメージとして生きいきしてくるし、いっそう李白らしい感じがする。李白には、謝朓との共通點のほかに、謝朓の詩にみられない新しい感覺、イメージの飛躍や流動感がある。『解道澄江靜如練』では、その流動感がふっと止まってしまうような感じがするからであろう」（社會思想社・現代教養文庫、一九七〇年）。

(15) 李白「落日憶山中」詩を除けば、陳子昂「晦日宴高氏林亭」詩に「歡娛方未極、林閣散餘霞」とあるのみ。

(16) 「餘霞」「成綺」「喧鳥」「春洲」「芳甸」はすべて謝朓の造語であり、「雜英」もまた、晉詩に一首あるのを除けば、六朝期の用例は他に見られない。唐代以降、これらの語彙のイメージは當初の用法から大きく離れることはない。それぞれの用例として、白居易「首夏同諸校正遊開元觀因宿玩月」詩の「向夕天又晴、東南餘霞披」、元稹「靑雲驛」詩の「丹霞爛成綺、景雲輕若綈」、李德裕「憶平泉雜詠・憶初暖」詩の「雪開喧鳥至、澌散躍魚多」、無可「送姚明府赴招義縣」詩の「暮郭山遙見、春洲鳥不驚」、韋應物「見紫荊花」詩の「雜英紛已積、含芳獨暮春」、許敬宗「奉和初春登樓卽目應詔」詩の「春暉發芳甸、佳氣滿層城」などがある。

(17) 北宋・李昉等編『文苑英華』卷七一四（中華書局、一九六六年）。

(18) 李白「金陵城西樓月下吟」詩の尾聯「解道澄江淨如練、令人長憶謝玄暉」は、同時に、「夜に謝朓を憶う」という定型表現をも生み出すこととなる。詳しくは第四章を參照。

(19) 北宋・梅堯臣著、朱東潤編年校注『梅堯臣集編年校注』卷二十七（上海古籍出版社、一九八〇年）。

(20) 北宋・陳淵『默堂先生文集』卷五（四部叢刊三篇所收、商務印書館、一九三五―一九三六年）。

(21) 南宋・王象之撰『輿地紀勝』卷九（中華書局、一九九二年）。

(22) 北宋・黃徹著、湯新祥校註『䂬溪詩話』卷五（人民文學出版社、一九八六年）。

(23) 梁・鍾嶸著、曹旭集注『詩品集注』中品「宋法曹參軍謝惠連詩」に、「小謝才思富捷、恨其蘭玉夙彫、故長轡未騁。…『謝氏家錄』云『康樂每對惠連、輒得佳語。後在永嘉西堂、思詩竟日不就、寤寐閒、忽見惠連、卽成『池塘生春草』。故常云『此語有神助、非吾語也』」とある（上海古籍出版社、一九九四年）。

(24) 謝朓詩の版本に關する先行研究に、何兆吉・趙瑞民「『謝宣城詩集』版本源流考」（『西北第二民族學院學報（哲學

社會科學版）』、一九九〇年第三期）、阿部順子「『謝朓集』版本淵源述」（『古籍整理研究學刊』、二〇〇〇年）がある。

（25） 曹融南校注『謝宣城集校注』附錄二「舊刻序跋」（上海古籍出版社、一九九一年）。

（26） 南宋・魏慶之著、王仲聞點校『詩人玉屑』卷八「襲全句」に「此格本出於李謫仙。其詩云『解道澄江淨如練、令人還憶謝元暉』蓋『澄江淨如練』卽元暉全句也。後人襲用此格、愈變逾工」とある（中華書局、二〇〇七年）。

（27） 北宋・黃庭堅著、任淵・史容他注、黃寶華點校『山谷詩集注』卷七（上海古籍出版社、二〇〇三年）。

（28） 南宋・楊萬里著、薛瑞生校箋『誠齋詩集箋證』卷二十六（三秦出版社、二〇一一年）。

（29） 清・顧嗣立編『元詩選』初集卷五十六（景印文淵閣四庫全書所收、臺灣商務印書館、一九八三年）。

（30） 明・謝肇淛撰『小草齋集』卷十九（續修四庫全書所收、上海古籍出版社、二〇〇二年）。

（31） 明・姚孫棐撰『亦園全集』二卷（四庫禁燬書叢刊所收、北京出版社、一九九七年）。

（32） 明・徐𤊹著、陳慶元・陳煒編著『鼇峰集』卷十七（廣陵書社、二〇一二年）。

（33） 南宋・趙師秀撰『清苑齋集』（汲古閣景宋鈔南宋羣賢六十家小集所收、上海古書流通處、一九二一年）。

（34） 明・程敏政撰『篁墩文集』卷八十七（景印文淵閣四庫全書所收、臺灣商務印書館、一九八三年）。

（35） 明・曹學佺編『石倉歷代詩選』卷三五五（景印文淵閣四庫全書所收、臺灣商務印書館、一九八三年）。

（36） 明・陳子龍撰『湘眞閣稿』卷六（續修四庫全書所收、上海古籍出版社、二〇〇二年）。

（37） 謝朓に摘むべき佳句があると指摘するものとして、清・王士禛『池北偶談』卷十三「摘句圖」に「予嘗欲仿張爲『主客圖』之例、摘其尤者列以爲圖、與康樂『池塘生春草』、元暉『澄江淨如練』、仲言『露濕寒塘草、月映清淮流』、幷資藝苑談助」とある（中華書局、一九八二年）。また、清・方東樹著、汪紹楹校點『昭昧詹言』卷二十一に「漢魏詩只是一氣盤旋、晉以下始有佳句可摘、此詩運昇降之別。古今流傳名句、如『思君如流水』『池塘生春草』『澄江淨如練』『紅藥當階翻』…『空梁落燕泥』、情景俱佳、足資吟詠」とある（人民文學出版社、一九六一年）。

（38） 明・鍾惺・譚元春輯『古詩歸』卷十三（續修四庫全書所收、上海古籍出版社、二〇〇二年）。全文は次のとおり。「謝詩驚人處當于『風草不留霜』此等句求之、二句亦可作謝詩評。其他如『日出衆鳥散』『斂性就幽蓬』『滅燭聽歸鴻』『秌華臨夜空』『折荷戢寒決』『微風吹好音』『落日飛鳥遠』『國小暇日多』『竹外山猶影』『高琴時以思』『輕鳴響澗音』

『遊蜂花上食』『揮袂送君已、獨此夜琴聲』『葉上凉風初』『墮珥答琴心』、皆遠勝『澄江靜如練』等句、因太白偶然拈出、千古耳食同聲耳《ママ》」。

(39) 謝朓「冬緒羈懷示蕭諮議虞田曹劉江二常侍」詩の「風草不留霜、冰池共如月」を指す。

(40) 清・姚瑩『後湘詩集』巻九（『中復堂全集東溟文集外集』、文海出版社、一九七四年）。

第四章　謝朓像の確立をめぐって
――李白から中晩唐へ

一　はじめに

李白の注目によって、謝朓の詩句は一躍世に知れ渡り、さらには謝朓の文學に基づく表現の展開も見られた。その一方で、李白による謝朓の愛好は、謝朓の詩句の解釋・受容を方向付けるにとどまらず、續く中晩唐の謝朓の詩人像の確立にも大きな影響を及ぼすことになる。

その一つの目印となるのが、唐代における謝朓關連語彙の急增である。(1)謝朓の呼稱といえば、字の「玄暉」のほかに、「小謝」(2)、「謝宣城」、「宣城」、「謝太守」、「謝守」、「宣城守」、そして廣く用いられる「謝公」、「謝氏」などがあるが、これらはいずれも、唐代になってはじめて詩中に現れた謝朓の愛稱である。また、謝朓ゆかりの景勝地や固有名として用いられる語彙に、「謝山」、「謝公山」、「謝朓樓」、「謝樓」、「謝朓城」、「小謝城」、「小謝家」、「謝家」、「謝朓宅」、「謝宅」、「謝亭」などがあるが、これらの語彙もまた、唐詩の產物に他ならない。こうした用例は、一部、必ずしも謝朓とは特定できない作品もあるものの、『全唐詩』のうちにおよそ二百例を數えることができる。これほど多くの固有名を與えられた六朝詩人は他に類を見ず、かろうじて謝靈運（「康樂」「謝公」

「大謝」「謝氏」「謝守」「謝庭」「謝池」「謝履」「謝公履」）がこれに次ぐが、その數量は謝朓にはるか及ばない。唐詩人は專ら「どのように『謝朓』を詠じるか」ということに關心を寄せていたと言ってよい(3)。

謝朓に關連する語句が唐代に至ってかくも急增するのは、李白の愛好を契機として、謝朓に對する注目度がにわかに高まったことに起因すると思われる。では、唐詩人の閒で、謝朓は具體的にどのように詠まれたのか。それは謝朓詩の受容・展開の歷史において、どのような意味を持つのか。本章では、唐詩の中に詠み込まれた、謝朓に關連する表現・語彙を手掛かりに、李白から中晚唐にかけて、謝朓像が確立していく樣相を明らかにする(4)。

二　李白から中唐へ――「謝朓を憶う」詩の廣まり

中唐期の謝朓の受容狀況については、すでに唐詩研究の一環として、部分的に研究がなされている。たとえば鹽見邦彥「大曆十才子と謝朓(5)」、蔣寅『大曆詩風(6)』などの先行研究は、中唐大曆期の詩人によって謝朓が好んで詠じられたこと、また中唐詩の中で、謝朓は官吏でありながら隱逸に憧れる、理想の「吏隱(7)」の像とみなされたことなどを指摘している(8)。その一方で、中唐の謝朓（詩）流行を考える時、その前提として李白の謝朓愛好があったことに言及し、李白が果たした役割について考察するものはほとんど見られない。謝朓の、最初にして最大の理解者である李白は、その後の謝朓詩に對する解釋と評價を決定づける存在となる。そうであるとすれば、中唐期の謝朓（詩）流行もまた、その着想・表現の部分において、李白の影響を受けていないとは考えにくいだろう。

謝朓の詩人像の形成において、李白が果たした功績は大きく分けて二つあると考えられる。その一つは、謝朓と宣城とを强固に結び付けたことである。序章で取り上げたように、謝朓に言及する李白詩十五首のうち、宣城に關連する作品は實に九首にものぼる。また李白自身も宣城の魅力を新たに發見し、宣城の詩跡化を促したことについては、すでに寺尾剛「李白における宣城の意義―『詩的古跡』の定着をめぐって―」(9)に詳しい考察がある。謝朓の宣城赴任について、『南齊書』謝朓傳(10)は「出でて宣城太守と爲る(出爲宣城太守)」とのみ記し、また『文選』に收録される謝朓詩二十一首のうち、宣城期の作品は七首にとどまる。初唐までの謝朓に對する評價が、その文學集團の一員としての側面への注目に偏っていたことを考えた時、謝朓はまさしく李白の手によって、「宣城の詩人」となったと言って過言ではない。

李白の果たしたもう一つの功績は、詩中に多く謝朓の名を詠じ込んだことである。たとえば「贈宣城宇文太守兼呈崔侍御」詩(巻十二)には、

曾標橫浮雲　　曾標《そうへう》　浮雲に橫たはり
下撫謝朓肩　　下に撫づ　謝朓の肩

とあり、また「寄崔侍御」詩(巻十四)には、

高人屢解陳蕃榻　　高人　屢々解く　陳蕃の榻《たふ》
過客難登謝朓樓　　過客　登り難し　謝朓の樓

とあり、「送儲邕之武昌」詩(巻十八)には、

諾謂楚人重　　諾は謂ふ　楚人の重きを

詩傳謝朓清　　詩は傳ふ　謝朓の清きを

とあるように、李白はその詩の中で謝朓に直接言及することが少なくない。これは、李白が謝朓の個別の詩句を愛好・參照しただけでなく、謝朓という人物にも竝々ならぬ關心を抱いていたことを意味している。その中でも特に重要となるのが、次に擧げる李白「金陵城西樓月下吟」詩（巻七）の末尾の句である。

金陵夜寂涼風發　　金陵　夜　寂として涼風發《おこ》り
獨上高樓望吳越　　獨り高樓に上りて吳越を望む
白雲映水搖空城　　白雲　水に映じて空城を搖《ゆす》り
白露垂珠滴秋月　　白露　珠を垂れて秋月に滴る
月下沉吟久不歸　　月下に沉吟して久しく歸らず
古來相接眼中稀　　古來　相ひ接ぐもの眼中に稀なり
解道澄江淨如練　　道《い》ひ解《え》たり　澄江　淨きこと練の如しと
令人長憶謝玄暉　　人をして長く謝玄暉を憶はしむ

六朝の古都・金陵の高樓に一人たたずむ李白。前半の導入・敍景に續いて、後半の五句目から八句目、月下で低く詩を吟じ、しばらく歸らずその場に留まる。古來より相繼ぐべき詩人は眼中にほとんどいない。それにしても「澄江　淨きこと練の如し」とはよくぞ言ったものよ、この詩句こそ、私に、かの謝玄暉を憶わせてやまないのだ――。詩中の「解道澄江淨如練」は、謝朓の「澄江靜如練」句（「晩登三山還望京邑」詩）を引用した表現であり、本詩はその後の謝朓詩に對する見方を大きく決定づける重要な作品となった（第二章を參照）。

ここで、本詩末尾の一句、「令人長憶謝玄暉」に改めて注目したい。この句には、「月下に謝朓を憶う」という本詩の主題が現れており、また、李白の謝朓愛好を裏付ける印象的な一節でもある。のちに清の王士禛が李白について「一生 首を低る 謝宣城（一生低首謝宣城）」と詠じるように[11]、李白が月下で謝朓を思慕追憶する姿は、本詩を通して、多くの人々の脳裏に刻み込まれたことであろう。類似の表現は、李白の詩に複數回にわたって登場する。たとえば「新林浦阻風寄友人」詩（卷十三）の末尾に見える、

明發新林浦　明《あした》に發す 新林の浦
空吟謝朓詩　空しく吟ず 謝朓の詩

また「秋登宣城謝朓北樓」詩（卷二十一）の末尾に見える、

誰念北樓上　誰か念はん 北樓の上
臨風懷謝公　風に臨みて謝公を懷はんとは

などの句は、いずれも「謝朓を憶う」情景を描いて詩を結んでいる。これらの詩は、謝朓ゆかりの地（建康・新林浦・宣城）の景觀に觸發されて詠まれているため、「謝玄暉を憶ふ」「空しく吟ず 謝朓の詩」「謝公を懷ふ」の語には、ある種の餘韻が附されることになる。それは、「謝朓」という詩人やその詩句のもつイメージの喚起である。「金陵城西樓月下吟」詩の場合には、詩中にも引用されている謝朓「晩登三山還望京邑」詩の情景や語彙が、「新林浦阻風寄友人」詩の場合には、謝朓「之宣城郡出新林浦向板橋」詩[12]の旅路の景色が、そして「秋登宣

城謝朓北樓」詩の場合には、謝朓「郡内高齋閑望答呂法曹」詩(13)の郡齋からの眺めなどが自然と思い起こされ、李白の詩でありながら、同時に、謝朓詩に描かれた世界までもが讀者の眼前にたち現れる。「秋夜板橋浦汎月獨酌懷謝朓」と題された李白詩（巻二十二）などは、その最たるものであろう。

　こうして李白の手によって完成された、この「謝朓を憶う」という抒情の形式を、中唐詩人は一種の表現技巧として、積極的に詩中に取り込んだ。たとえば、中唐の錢起「寄郢州郎士元使君」詩（巻二三七）の尾聯には、

　望舒三五夜　　望舒　三五夜
　思盡謝玄暉　　思ひ盡す　謝玄暉

とあり、同じく中唐の韓翃「送客還江東」詩（巻二四五）の尾聯には、

　君到新林江口泊　　君　新林に到りて江口に泊せば
　吟詩應賞謝玄暉　　詩を吟ずるに應に謝玄暉を賞《め》づべし

とあり、同じく中唐の司空曙「早夏寄元校書」詩（巻二九二）の尾聯には、

　蓬蓽永無車馬到　　蓬蓽《ほうひつ》　永く車馬の到る無し
　更當齋夜憶玄暉　　更に當に齋夜に玄暉を憶ふべし

とあり、同じく中唐の權德輿「富陽陸路」詩（巻三二五）の尾聯には、

漁潭明夜泊　潭に漁し 明夜泊す
心憶謝玄暉　心に憶ふ 謝玄暉

とある。これらはいずれも李白「金陵城西樓月下吟」詩の「令人長憶謝玄暉」句を踏まえて、「月下に謝玄暉を憶う」という場面を描き出している。ただし、李白が謝朓への個人的な愛好から、そのゆかりの地に自ら赴いて數々の詩を詠じたのとは異なり、右に擧げた中唐詩の數々は、必ずしも謝朓に關連する場所では行われていない。それは、「謝朓を憶う」という形が、中唐詩人の手によって、普遍的な旅愁や鄕愁を代辯し、孤獨や悲哀を慰める定型表現として昇華させられたからに他ならない。晩唐の杜牧「懷紫閣山」詩（巻五二七）には次のように詠じられている。

山路遠懷王子晉　山路 遠く懷ふ 王子晉
詩家長憶謝玄暉　詩家 長く憶ふ 謝玄暉

王子晉は周の靈王の太子で、道士の浮邱公とともに嵩高山に入り、仙人となった人物。(14)この對偶表現からは、「詩人が謝玄暉を憶う」という行爲が、このころにはすでに定型と化していたことが見て取れよう。
唐代には、謝朓のほかにも多くの六朝詩人が詩中に詠みこまれてゆくが、たとえば「憶阮籍」、「憶淵明（五柳）」、「憶靈運（康樂）」、「憶沈約」など、個別の詩人に對して思いに耽ることを詩に詠じる用法はほとんど見られない。李白によって完成された、結句で謝朓の名を擧げて思念するという形は、パターン化された用法として、中唐以降の謝朓（詩）流行を支える重要な表現となった。そうして、謝朓の人物に對する興味・關心の廣まりは、謝朓に對する思索と理解を深め、謝朓を彩る多様な言語を生み出すことになる。

三　中唐詩における謝朓——呼稱の多様化

謝朓と宣城との關係を決定づけたのが李白であるとして、それを一歩すすめて、宣城太守謝朓の中に屛居孤獨のイメージを定着・浸透させたのは、中唐の詩人たちであった。安史の亂（七五五—七六三）が勃發して以降、戰亂によって疲弊した洛陽・長安に代わって、唐朝の江南一帶への財政的依存が高まり、江南へ移動する人士が增加する。(15) 戰亂を避けるために、もしくは江南の地方官に着任するために、多くの中唐詩人が長安・洛陽を離れ、(16) 江南の地域を文學活動の主要な場とした。(17) こうした狀況にともない、知人の南行を見送る詩や、地方に滯在する友人に宛てた贈答の詩が增加する。彼らの閒で詠み交わされる詩の中に、謝朓は頻繁に登場するようになる。たとえば中唐の盧綸「送從叔士準赴任潤州司士」詩（卷二七六）には、以下のようにある。

久是吳門客　　久しきは是れ　吳門の客
嘗聞謝守賢　　嘗て聞く　謝守の賢なるを
終悲去國遠　　終に悲しむ　國を去ること遠く
淚盡竹林前　　淚は盡く　竹林の前

大曆十才子の一人に數えられる盧綸（七三七—七九九）が、潤州（今の江蘇省鎭江）へ赴く叔父・盧士準を見送ったときの作である。司士とは州の長官である刺史の下に置かれた僚屬で、工程水利などをつかさどる役職。自分はながらく客人として呉に滞在しており、謝太守の賢明さは聞き及んでいる。あなたが故郷を遠く離れることをいつまでも嘆き悲しみ、涙は竹林を前に枯れ果てる――。

盧綸は廣徳年閒（七六三―七六四）に安史の亂を避けて江南に滞在しており、「呉門の客」と自稱するのはこのためである。「謝守」とは宣城太守を務めた謝朓を指す語で、本詩では潤州の地を宣城に喩えた上で、謝朓のような聰明な上官がいるだろうと詠じて、故郷を離れる盧士準の悲しみを慰めている。(18)ここにおいて、謝朓は地方へ赴く人士を慰める存在として描かれていることが見て取れる。同様の表現として、同じく盧綸の「送李縱別駕加員外郎卻赴常州幕」詩（巻二七六）に見える、

還當宴鈴閣　　還た當に鈴閣に宴すべし
謝守亦光輝　　謝守　亦た光輝なり

また中唐の柳宗元「答劉連州邦字」詩（巻三五二）に見える、

遙憐郡山好　　遙に憐む　郡山の好《よ》きを
謝守但臨窗　　謝守　但だ窗に臨む

同じく中唐の孟郊「送任載齊古二秀才自洞庭遊宣城」詩（巻三七八）に見える、

宣城文雅地　　宣城　文雅の地
謝守聲聞融　　謝守　聲聞融《と》く

などの用例があり、いずれも宣城太守謝朓を指す「謝守」の語を用いて、地方に赴く（もしくは地方に滞在している）友人・知人を稱贊・慰安している。ところで、謝朓の代名詞ともいえる「謝宣城」という別稱が詩中で用いられるようになったのは、次に擧げる盛唐の杜甫「陪裴使君登嶽陽樓」詩（卷二三三）を始まりとする。(19)

禮加徐孺子　　禮は加ふ　徐孺子
詩接謝宣城　　詩は接ぐ　謝宣城

徐孺子（徐稚）は後漢のころの隱士で、禮節を尊んだ人物。ここでは相手の人品・詩才を稱贊して、對偶表現の中に謝朓の名をあげている。「徐孺子」との對比で、「謝朓」や「玄暉」ではなく三字からなる「謝宣城」の語が選擇されたとも考えられるが、詩題の裴使君は嶽陽の地方官なので、「謝宣城」の語には、地方の太守を務めた謝朓、という意味が明確に込められている。この「謝宣城」の語は、中唐のころに大いに流行し、たとえば中唐の韓翃「送夏侯侍郎」詩（卷二四三）に見える、

翰墨已齊鍾大理　　翰墨　已に鍾大理に齊《ひと》しく
風流好繼謝宣城　　風流　繼ぐに好《よ》し　謝宣城

また中唐の李端「送劉侍郎」詩（卷二八六）に見える、

幾人同去謝宣城　　幾人か同じく去《ゆ》く　謝宣城
未及酬恩隔死生　　未だ恩に酬ゆるに及ばずして死生を隔つ

などの用法が確認され、いずれも地方へ赴く人士にあてた送別詩の中に宣城太守謝朓の姿が登場する。人名をあげる際に、その役職に言及することは決して珍しくないが、謝朓の場合には、その用例が際立って多いこと、また宣城太守という身分を強調する謝朓の別称が多様であったことが特徴的と言える。たとえば中唐の銭起「奉和張荊州巡農晩望」詩（巻二三六）には、

宣城傳逸韻　宣城　逸韻を傳へ
千載誰此響　千載　誰か此の響きあらん

とあり、同じく銭起「窮秋對雨」詩（巻二三七）には、

始信宣城守　始めて信ず　宣城守
乘流畏曝腮　流れに乘じて曝腮《ばくさい》を畏る

とあり、また中唐の鮑溶「送僧之宣城」詩（巻四八五）には、

昔從謝太守　昔　從ふ　謝太守
賓客宛陵城　賓客す　宛陵城

とあり、「謝守」「謝宣城」「宣城」「宣城守」「謝太守」など、中唐期に登場した謝朓の別稱は多様を極める。その指し示す内容に實質的な差異はないものの、中唐の詩人が謝朓を詩中に詠じ込む際に、韻律に合うよう、またありふれた表現とならぬよう、工夫を凝らした痕跡を見て取ることができるだろう。

ところで、さきほど述べたように、謝朓について詠じる中唐期の詩は、宣城を想定して詠まれることも多いが、必ずしも謝朓に關連する場所で行われるとは限らず、謝朓は普遍的な旅愁や鄕愁を代辯し、孤獨や悲哀を慰める存在として見なされていた。謝朓に對するこのような見方の特異性は、謝朓と同じく齊梁文壇を代表する詩人・沈約（字は休文、四四一―五一三）の唐代における受容狀況を見ることで、いっそう浮き彫りとなる。

沈約には、東陽郡太守の頃（四九三―四九五）に爲した「八詠」詩があり、これは「登臺望秋月」「會圃臨春風」「歲暮愍衰草」「霜來悲落桐」「夕行聞夜鶴」「晨征聽曉鴻」「解佩去朝市」「被褐守山東」の八首からなる組詩でもある。[20] 竟陵王を擁立しようとした王融の企みが失敗し（四九三）、かねてより竟陵王と親交の深かった沈約も、政治の中樞から外され、東陽太守に任命される。沈約の赴任は、謝朓の宣城赴任よりわずかに早く行われており、先行研究は「八詠」詩について、沈約の悲哀・激憤、そして隱逸の願望が表現されていると指摘する。[21] 赴任の時期や境遇、そして地方での文學創作など、謝朓と沈約には一定の共通點が存在することが見て取れるだろう。この沈約の「八詠」詩を踏まえて、唐代にはすでに「八詠樓」の存在が確認され、[22] 初唐の崔融「登東陽沈隱侯八詠樓」詩や、盛唐の劉長卿「龍門八詠」詩などが作られた。また「東陽」や「東陽守」は沈約の別稱ともなり、詩中に詠じ込まれるようになる。

しかしながら、沈約の東陽期の故事や詩作に言及する唐詩を見ると、謝朓とは異なり、そのほとんどが、實際に東陽（唐代には婺州）に關連する場面において詠じられていることに氣付く。たとえば、中唐の劉禹錫「答東陽于令寒碧圖詩」詩（卷三六一）の「東陽 本《もと》 是れ 佳き山水、何ぞ況んや曾て沈隱侯を經るをや（東陽本是佳山水、何況曾經沈隱侯）」や、晩唐の皎然「送李秀才赴婺州招」詩（卷八一九）の「見るならく東陽守、樓に登りて爾の爲に期す（見說東陽守、登樓爲爾期）」などの作品は、いずれも贈答・送別の相手に關連する地（東陽・婺州）にちなんで沈約の名を取り上げている。(23)謝脁に言及する中唐の盧綸「送從叔士準赴任潤州司士」詩（前出）や、おなじく中唐の柳宗元「答劉連州邦字」詩（前出）などが、宣城に限らず、全國各地への赴任・行旅を對象としているのとは、明らかに異なることが見て取れるだろう。類似する足跡を有していながら、唐代における兩者の受容の狀況は、明確に異なっている。

また、沈約には『梁書』沈約傳(24)に以下のような逸話が見えている。

百日數旬にして、革帶 常に應に孔を移すべし。手を以て臂を握り、率計すれば月に小なること半分なり。此を以て推算すれば、豈に能く久しきを支へんや。此くの若くにして休《や》まざること、日 復た一日ならば、將に聖主 追わざるの恨みを貽《のこ》さんとす。冒して表聞し、歸老の秩を乞はんと欲す。（百日數旬、革帶常應移孔。以手握臂、率計月小半分。以此推算、豈能支久。若此不休、日復一日、將貽聖主不追之恨。冒欲表聞、乞歸老之秩）

右の一節は、年老いた沈約が辭職を申し出る場面で述べた臺詞であり、この逸話に基づいて、たとえば晩唐の李商隱「寄裴衡」詩（卷五四〇）には、

沈約只能瘦　　沈約 只 能く瘦せ
潘仁豈是才　　潘仁 豈に是れ才ならんや

と詠じられ、同じく晩唐の陸龜蒙「奉酬襲美早春病中書事」詩（卷六二一）には、

我亦休文瘦　　我 亦たあり 休文の瘦

君能叔寶清　　君 能くす 叔寶の清

と見えている。晩唐以降、沈約のこの「腰瘦」の故事は様々な表現となって、文人的風流を描く詩詞に多く登場するようになるが、(25) 少なくとも唐代の段階では、一典故の域を出ていない。沈約の例から見て取れるように、中唐における謝朓（詩）の流行、そして謝朓に對する痛切な共鳴は、他の六朝詩人の受容状況とは明らかに一線を畫するものであった。

それでは、なぜ中唐期に謝朓はかくも注目されたのか。先行研究を參照しつつ、次に擧げる中唐の錢起「晩出青門望終南別業」(26) 詩を手掛かりに確認していきたい。

能清謝朓思　　能く謝朓の思ひを清めんとして
暫下承明廬　　暫く下る 承明廬
遠山新水下　　遠山 新水の下
寒皐微雨餘　　寒皐《かんかう》 雨餘に微なり
更憐歸鳥去　　更に憐む 歸鳥の去りて
宛到臥龍居　　宛《あたか》も臥龍の居に到らんとするを
笑指叢林上　　笑ひて指さす 叢林の上
閒雲自巻舒　　閒雲 自ら巻舒す
寧知鳴鳳日　　寧んぞ知らん 鳴鳳の日
卻憶釣璜初　　卻て憶ふ 釣璜《てうくわう》の初

處貴有餘興　貴に處りて餘興有り
伊周位不如　伊周 位 如かず

終南別業は、大暦十才子の筆頭に數えられる錢起（七一〇？—七八二？）の書齋で、終南山の輞谷口に位置する。錢起は同じく輞川に別莊を構えた王維との閒に交遊があり、「酬王維春夜竹亭贈別」詩（王維「春夜竹亭贈錢少府歸藍田」詩に唱和）、「晩歸藍田酬王維給事贈別」詩などの作品がある。また、錢起自身の作品として、他に「自終南山晩歸」詩、「藍田溪與漁者宿」詩、「晩歸藍田舊居」詩などの作品があるが、そのいずれもが、山中の景色の中に隱逸の世界を思い起こす點で一致している。

謝朓のような「淸らかな思い」になるべく東門を出た錢起は、隱者の住處を意味する「臥龍居」へ「歸鳥」が飛び去ろうとする情景に心を奪われる。「鳴鳳の日」は『詩經』大雅「卷阿」(27)に「鳳皇鳴く、彼《か》の高き岡に（鳳皇鳴矣、于彼高岡）」とあるのを典故とし、官吏として重用されることを意味する。貴顯の位にいながら、周の太公望が隱遁して魚釣りをしていたこと（「釣璜」）にも心惹かれる。吏と隱、それぞれの境地を存分に堪能できる今の自分には、かの伊尹・周公のような偉大な人物も及ばないのだ、と結ぶ。

官吏たらんとする自意識と、隱遁の世界に向けられた憧憬。錢起詩に同居するこの二つの思いは、宣城期の謝朓詩に顯著に見られる特徴でもあった。南齊の明帝に任命された宣城太守という官職を受諾しながら、俗世を離れた隱逸の世界にも心を惹かれる謝朓の處世觀は、建康から宣城へ赴く途次に詠じた「之宣城郡出新林浦向板橋」詩（卷三）の「既に祿を懷ふの情を歡ばしめ、復た滄洲の趣に協《かな》ふ（既歡懷祿情、復協滄洲趣）」の二句をはじめ、多くの作品に垣間見える。宣城赴任を、官吏としての達成と隱棲への期待、その雙方を滿足させるものとして捉えている點において、謝朓の獨特な心情が表れている。[28] こうした謝朓の處世の態度こそ、中唐詩人の共鳴を呼び起こすものであった。前出の蔣寅『大暦詩風』は、大暦詩人の特徴として「他們同様有着思想矛盾、一方面大唱隱逸的贊歌、一方面卻又希望官做得平安些、順利些」とし、これを「歸隱と戀官の矛盾」とした上で、「只有他們（筆者注：大暦詩人）、有着謝朓一般的深刻的思想矛盾和雙重人格」と指摘する。すなわち謝朓は、山水に遊び隱逸に耽る雅趣と、官吏としての自覺を兼ね備えた人物として、中唐詩人の共感を得ていた。詩中に謝朓を詠じ込むということは、政局に翻弄されたその孤獨な宣城期の境遇と處世觀に共感し、自らの心理を代辯する存在として謝朓を受け入れることを意味していたのである。

　こうした宣城太守謝朓に對する關心の高まりは、同時に、宣城期における謝朓の足跡への理解を深めることにもなる。やや遲れて、晩唐のころに興味深い唱和の作品羣が確認される。于興宗（生卒年不詳）は、大中年閒に綿州（今の四川省綿陽周邊）の刺史を務めた人物であり、綿陽の越王樓に上った際に、都にいる友人に「夏杪登越王樓臨涪江望雪山寄朝中知友」と題した詩を送った。[29]『唐詩紀事』巻五十三[30]はその經緯について、以下のように記している。

> （筆者注：于興宗）大中の時、御史中丞を以て綿州に守たり。後に洋州節度と爲る。初めて左綿に在りて此の詩を作す。和する者の李朋・楊牢の輩は、皆 朝中の知友なり。（大中時、以御史中丞守綿州。後爲洋州節度。初在左綿作此詩。和者李朋・楊牢輩、皆朝中知友也）

　この于興宗の詩に唱和した作品が『全唐詩』に十二首收録されており、そのうち實に四人もの詩人が、詩中に謝朓の名を取り上げていることに注目したい。具體的には、晩唐の盧求「和于中丞登越王樓見寄」詩（巻五一二）

の、

高情推謝守　高情　謝守を推す
善政屬綿州　善政　綿州に屬す

また、晩唐の王鐸「和于興宗登越王樓詩」詩（巻五五七）の、

謝朓題詩處　謝朓　詩を題するの處
危樓壓郡城　危樓　郡城を壓《おさ》ふ

また、晩唐の王嚴「和于中丞登越王樓」詩（巻五六四）の、

仲宣徒有歎　仲宣　徒だ歎き有り
謝守幾追遊　謝守　幾んど追ひて遊ぶ

また、晩唐の盧栯「和于中丞登越王樓作」詩（巻五六四）の、

嚮風舒霽景　風に嚮《むか》ひて霽景《せいけい》を舒べ
如伴謝公遊　謝公に伴ひて遊ぶが如し

がこれにあたる。詩題を共有するこれらの作品は、于興宗の詩を受け取った都の友人らが一堂に會して作った和詩とみられる。一首目は綿州で善政をしく于興宗を良牧であった謝朓に喩えており、二首目は越王樓を謝朓が詩

を詠じた宣城の郡齋に擬える。そして三首目・四首目は、鄕愁をかかえて宣城の山水を愛でた謝朓の姿を描き出し、異鄕にある于興宗を慰めている。謝朓が地方官を慰安する存在として詩中で描かれたことは先にも述べたとおりであるが、特定のサークルにおける共通言語となることで、謝朓の人物像はよりいっそう深められ、詩人の持つ様々な側面に光があてられるようになる。(31)

實のところ、謝朓を示す語彙には、特定の讀者を想定した內輪の空閒で詠まれることで、特殊な含意を持つ詩語となったものもある。次に擧げる「謝家」の語は、その典型的な事例である。中唐の盧綸「題李沆林園」詩（卷二七八）には以下のようにある。

種藥齊幽石　　藥を種うるに幽石に齊しく
耕田到遠林　　田を耕して遠林に到る
願同詞賦客　　願はくは詞賦の客と同じくして
得興謝家深　　謝家の深きに興を得んことを

また、中唐の李端「題鄭少府林園」詩（卷二八五）には、

謝家今日晚　　謝家　今日　晚なり
詞客願抽毫　　詞客　毫を抽《ひ》くを願ふ
櫪馬方迴影　　櫪馬《れきば》　方に影を迴り
池鵝正理毛　　池鵝　正に毛を理す

とあり、同じく李端「題元注林園」詩（巻二八六）には、

謝家門館似山林　　謝家の門館　山林に似たり
碧石靑苔滿樹陰　　碧石　靑苔　樹陰に滿つ
乳鵲眄巢花巷靜　　乳鵲　巢を眄て　花巷靜かに
鳴鳩鼓翼竹園深　　鳴鳩　翼を鼓して　竹園深し

とある。これらの詩に見える「謝家」という言葉は、もとは中唐の韋應物「送宣城路錄事」詩（巻一八九）に、

江上宣城郡　　江上の宣城郡
孤舟遠到時　　孤舟　遠く到るの時
雲林謝家宅　　雲林には謝家の宅あり
山水敬亭祠　　山水には敬亭の祠あり

とあるのを踏まえ、宣城太守謝朓の住まいという意味であったが、知人の園林を稱えた右の三首では、「謝家」の語には、明らかに統一された獨特のイメージが付されている。それは「種藥」「耕田」「櫪馬」「池鵝」「花巷」「竹園」などの語彙によって表される、のどかな田園の生活風景であり、俗世を離れた、隱者にも似た暮らしが詩中に展開されている。園林という人工的な自然空間に、あえて素朴な田園風景を重ね合わせることに表現上の工夫が見て取れるが、ここで詠じられている「謝家」のイメージは、すでに謝朓の實像からはかけ離れていることに注意しなければならない。これらの用例は、宣城期の謝朓詩に詠まれた隱遁への憧れを昇華させ、誇張した

表現ととらえるべきだろう。

李白によって提示された「宣城の詩人・謝朓」という見方を、中唐の詩人は掘り下げて理解を深め、自らの心理を代辯する存在として「謝宣城」のあり方を様々に受け入れた。謝朓は、中唐詩人らの理想を背負い、地方官の悲哀を慰安する存在として、その人物像を豊かに確立させていったのである。

四　「李白と謝朓」の典故化――晩唐における謝朓の像

謝朓の生きた南齊の時代と、つづく梁代の詩歌を指す、いわゆる「齊梁」という語は、修辭を凝らした南朝の宮廷詩を意味し、唐人の閒でながらく批判の對象にあった。初唐の陳子昂による「與東方左史虬修竹篇」（巻八十三）は、その筆頭として名高い。

東方公足下、文章の道 弊れて五百年なり。漢魏の風骨、晉宋 傳はること莫し。然り而して文獻に徵すべき者有り。僕 嘗て暇時に齊梁の閒の詩を觀るに、彩麗 繁を競ふ。而れども興寄 都て絕え、毎に以て永歎す。（東方公足下、文章道弊五百年矣。漢魏風骨、晉宋莫傳。然而文獻有可徵者。僕嘗暇時觀齊梁閒詩、彩麗競繁。而興寄都絕、毎以永歎）

また、齊梁期の詩文に用いられた華美な詞藻を嫌い、李白の「古風五十九首」其一（巻二）には、「大雅 久しく作《お》こらず、吾 衰へなば竟に誰か陳べん…建安よりこのかた、綺麗 珍とするに足らず（大雅久不作、吾衰竟誰陳…自從建安來、綺麗不足珍）」とあり、杜甫は「戲爲六絕句」其五（巻二二七）に「竊かに屈宋に攀じ 宜しく駕を方《なら》ぶべきも、齊梁と與に後塵と作らんことを恐る（竊攀屈宋宜方駕、恐與齊梁作後塵）と詠じ、韓愈は「薦士」詩（巻三三七）において「齊梁と陳隋と、衆作 蟬噪に等《ひと》し（齊梁及陳隋、衆作等蟬噪）」と非難する。

しかし南齊の詩人であった謝朓は、初唐の頃こそ、王勃の「上吏部裴侍郎啓」[32]に「沈・謝 爭ひ鶩すと雖も、適に齊梁の危きを兆すに足れり（雖沈謝爭鶩、適足兆齊梁之危）」とあるように、やや排斥される傾向が見られたが、李白による愛好を境目として、その後は必ずしも批判の對象となった痕跡はない。杜甫についても「禮は加ふ 徐孺子、詩は接ぐ 謝宣城」（前出「陪裴使君登嶽陽樓」詩）と詠じたように、謝朓の作品は、いわゆる「齊梁」の詩とは一線を畫するものとみなされていた。これは、「山水詩人・謝宣城」という見方が定着する中で、宣城以前の謝朓の文學創作――唱和・應制・詠物などの創作が相對的に注目されなくなったという事情がある。

中唐のころから、南朝詩の表現技巧や形式に對する關心は少しずつ高まり、齊梁體の模倣も積極的に行われるようになる。その早い時期の作品に、白居易（「洛陽春贈劉李二賓客（齊梁格）」）と劉禹錫（「和樂天洛城春齊梁體八韻」）の唱和詩があり、さらには晩唐の溫庭筠・皮日休・陸龜蒙・貫休らによって、「齊梁體・齊梁格」の作品が好んで詠じられた[33]。いわゆる「謝朓體」を明言する作品としては、次の晩唐の皎然「奉和崔中丞使君論李侍御萼登爛柯山宿石橋寺效小謝體」詩（巻八一七）がある。

常愛謝公郡　　常に愛す 謝公の郡
幽期願相從　　幽期 願はくは相ひ從はんことを

しかしその實態は、謝朓詩の形式や韻律に對する模倣ではなく、宣城太守としての謝朓の姿に注目するという意味で、それまでの詩と趣旨を同じくするものであった[34]。

無論、謝朓詩の表現技巧や個別の詩句などは、實際の作詩の時期や場所を問わず、唐詩の中に溶け込み、多くの詩に影響を與えている。たとえば、謝朓を代表する作品のうち、「遊東田」詩（巻三）には以下のようにある。

魚戲新荷動　　魚　戲れて新荷動き
鳥散餘花落　　鳥　散じて餘花落つ

魚が水中をスイスイと泳ぎ、つられて水面に浮かぶ蓮がそっと動く。鳥がパッと飛び立ち、春の名残の花びらがはらはらと落ちる――。これに倣う表現として、初唐の王勃「仲春郊外」詩（巻五十六）に「鳥　飛びて村　曙を覺え、魚　戲れて水　春を知る（鳥飛村覺曙、魚戲水知春）」、また中唐の盧綸「同崔峒補闕慈恩寺避暑」詩（巻二七九）に「魚　沈みて荷葉　露あり、鳥　散じて竹林　風ふく（魚沈荷葉露、鳥散竹林風）」があり、謝朓詩の表現が直接的に受け繼がれていることがはっきりと見て取れる。「遊東田」詩の繫年については諸説あるが、『文選』李善注[35]には「朓　莊有り、鍾山の東に在り、遊還して作る（朓有莊、在鍾山東、遊還作）」とあるため、宣城期の作品である可能性は低い。

また、謝朓の「玉階怨」詩（巻二）には以下のようにある。

夕殿下珠簾　　夕殿　珠簾を下し
流螢飛復息　　流螢　飛んで復た息《いこ》ふ
長夜縫羅衣　　長夜　羅衣を縫へば
思君此何極　　君を思ふこと此に何ぞ極まらん

夕暮れ時の宮殿の中、美しい簾を下すと、簾ごしに螢の火が飛んでは消える。秋の夜長に、ひとりで薄絹の衣を縫っていると、あなたを思う切ない心はとめどなく增すばかり――。この詩は、後の李白の「玉階怨」詩（巻五）、

玉階生白露　　玉階に白露生じ
夜久侵羅襪　　夜 久しくして羅襪《らべつ》を侵す
卻下水精簾　　卻下す 水精の簾
玲瓏望秋月　　玲瓏 秋月を望む

の下敷きとなった作品であり、その影響關係については、興膳宏「謝朓詩の抒情」[36]、松浦友久「李白における謝朓の像――白露垂珠滴秋月」[37]などの先行研究が詳しく論じている。謝朓の「玉階怨」詩は、おおむね永明年間、竟陵王の西邸に集まった時期に繫年される。

このように、謝朓の詩風や表現技巧は、宣城に赴任した一年あまりに成熟を見せるものの、宣城期以前にも、謝朓の個性が現れ出た詩作は多く行われており、唐代の詩人も、表現の踏襲において必ずしも宣城期の謝朓詩のみを受容していたわけではない。特に、唐詩人によって『文選』が重視されていたことを思えば、『文選』に收錄される謝朓の詩句は、その制作時期にかかわらず、傳統的な素材としておおいに參照されたことは想像に難くない。たとえば林英德『『文選』與唐人詩歌創作』[38]は、盛唐の杜甫が『文選』に收錄される前人の詩句を多く繼承していることを指摘した上で、「杜詩對謝朓詩的化用」として三十もの用例を擧げている。また、初唐のころに、『文選』に收錄されていない謝朓の「懷故人」詩から笑話が誕生したように（序章を參照）、當時においては

謝脁の別集も廣く讀まれており、唐詩人の謝脁に對する理解は、相應に全面的なものであったと思われる。

しかし、謝脁の詩人像に關していえば、これまでの分析からも見て取れるように、明らかに宣城期に偏っていると言わざるを得ない。李白による「宣城の詩人・謝脁」の發見と、中唐詩人による「謝宣城への共鳴」を經て、「謝脁と宣城」は固定のイメージで捉えられるようになったのである。

こうした狀況は、晩唐期に至って、さらなる展開を迎える。それは、謝脁に對する共鳴の希薄化と、謝脁に關連する地名や傳說の增加である。晩唐の杜牧「自宣州赴官入京路逢裴坦判官歸宣州因題贈」詩（巻五二〇）には、以下のようにある。

敬亭山下百頃竹　　敬亭山下　百頃の竹
中有詩人小謝城　　中に詩人　小謝の城有り
城高跨樓滿金碧　　城　高くして　樓に跨れば　金碧滿ち
下聽一溪寒水聲　　下に聽く　一溪　寒水の聲
梅花落徑香繚繞　　梅花　徑に落ちて　香り繚繞《れうぜう》たり
雪白玉璫花下行　　雪白の玉璫　花下に行く
縈風酒旆挂朱閣　　風に縈う酒旆　朱閣に挂かり
半醉遊人聞弄笙　　半醉の遊人　笙を弄《ふ》くを聞く

本詩は杜牧（八〇三―八五三）が任地の宣城を離れ、京へ赴く際に詠じた作品。敬亭山のふもとに廣がる竹林、その奥にある詩人謝脁の城府。高い城壁に圍まれた樓閣を登ると、金や碧の瓦が連なり、谷川の淸らかな音が聞こえてくる。梅花は小道に散って馥郁と香りを漂わせ、耳飾りをした雪肌の乙女たちがその中を進んでゆく。朱に色塗られた樓閣のあたりでは酒旗が春風に搖れ、ほろ酔いの遊客は笛の音に耳を傾ける――。

詩中の「小謝の城」という語は、狹義にはかつての謝朓の執政樓（郡齋）、廣義には敬亭山のふもとに廣がる宣城のまち全體を指す。本詩は、宣城の官吏である裴坦に向けて、活力ある宣城のまちの魅力を褒め稱えている。そこには、「朝廷を離れて獲得される隱遁の空間」や「官吏と隱者の雙方を志す」など、かつて謝朓の中に見いだされた地方官の複雜な思いは現れておらず、歷史息づく「小謝の城」が生き生きと描かれるばかりである。同じく杜牧の「自宣城赴官上京」詩（卷五二二）には、以下のように見える。

瀟灑江湖十過秋　瀟灑たり 江湖に十たび秋を過す
酒杯無日不淹留　酒杯 日に淹留せざること無し
謝公城畔溪驚夢　謝公の城畔 溪 夢を驚かし
蘇小門前柳拂頭　蘇小の門前 柳 頭を拂ふ

先ほどの「自宣州赴官入京路逢裴坦判官歸宣州因題贈」詩と同時期の作品。のんびりと都を離れた地方で十年を過ごした。その間、酒杯を交わして長くとどまらない日はなかった。謝朓の治めた宣城のほとりでは、小川のせせらぎが私を眠りから起こし、蘇小小の門前では、柳の枝が頭をなでる――。

「謝公の城」は先ほどの詩と同樣、謝朓の郡齋、そして宣城の街を意味し、「溪」とは宣城城內をめぐる宛溪・句溪を指すのであろう。ここでもやはり、歷史上の人物として謝朓と蘇小小を取り上げるのみで、謝朓を吏隱の寓意とする趣向は必ずしも見てとれない。

右の二首に限らず、次に擧げる複數の晩唐詩では、左遷や南行を慰める方便としての謝朓の性格は希薄化しており、むしろ歴史上の人物として謝朓を取り上げ、そのゆかりの地や事象に關連付けて言及するものが多い。たとえば、同じく杜牧の「張好好詩」（巻五二〇）には、

霜凋謝樓樹　霜は凋《しぼ》む　謝樓の樹
沙暖句溪蒲　沙は暖《あたた》む　句溪の蒲

とあり、景物の對句表現として謝朓に言及する。詩中、謝朓の執政樓を指す「謝樓」の語は、他には見られない用法であり、杜牧の工夫が見てとれる。また、晩唐の許棠「寄敬亭山淸越上人」詩（巻六〇三）には、

南朝山半寺　南朝　山半の寺
謝朓故鄕鄰　謝朓　故鄕の鄰

とある。晩唐には、本詩のように、寺院や禪僧を謝朓に關連付ける用法が局部的に出現するが、ここでは、謝朓が敬亭山を彩る一風景として描かれていることに注目したい。また、晩唐の陸龜蒙「江南曲五首」其二（巻六二七）には、

魚戲蓮葉東　魚は戲れる　蓮葉の東
初霞射紅尾　初霞　紅尾を射る
傍臨謝山側　傍に臨む　謝山の側

恰値清風起　　恰《あたか》も値ふ　清風の起こるに

とあり、「謝山」の語は、謝朓に關連する地名としてその人品を讀者に想起させるが、謝朓の境遇に對する作者の思い詰めたような共鳴は見て取れない。

これらの作品の他にも、「謝山」、「謝公山」、「謝樓」、「謝朓城」、「小謝城」、「小謝家」、「謝宅」など、謝朓ゆかりの場所を指す固有名詞が晩唐の詩に現れており、人々の興味・關心の方向を示している。中唐期の謝朓（詩）流行は、詩人たちが、安史の亂による政治不安や社會混亂から心身ともに逃れるべく、同じく政治混亂のうちに宣城へ赴任した謝朓の中に、精神の均衡を保つ處世觀と、官吏としての理想像を求めた結果であった。晩唐になり、安史の亂の混亂からひとまず回復し、また南朝文化がある程度において復權を果たすと、謝朓の境遇に對する思い詰めたような共鳴は、もはや必要とされなくなる。謝朓はここにおいて、逸話を殘す歴史上の人物として、客觀的に捉えられるようになった。

ここで、特に注目しておきたい晩唐の詩羣が存在する。それは、「青山」の語と謝朓とを結びつけて詠じる複數の作品である。晩唐の張祜「和杜使君九華樓見寄」詩（巻五一一）には以下のようにある。

杜陵歸去春應早　　杜陵　歸り去りて　春　應に早なるべし
莫厭青山謝朓家　　厭うこと莫れ　青山　謝朓の家

同じく晩唐の趙嘏「寄盧中丞」詩（巻五五〇）には以下のようにある。

獨攜一榼郡齋酒　　獨り攜《たずさ》ふ　一榼　郡齋の酒

吟對青山憶謝公　　吟じて青山に對し 謝公を憶ふ

張祜の詩では「青山」とはすなわち謝朓の家と詠じており、趙嘏の詩では「青山」は宣城郡齋の近くにある山と讀み取れる。しかし實際には、この「青山」とは、謝朓ゆかりの宣城郡敬亭山ではなく、李白の墳墓がある當塗縣青山を指していると思われる。李白の死後、その孫娘より「先祖志在青山」と傳え聞いた宣歙池等州觀察史・范傳正は、八一七年、李白の墓を龍山から青山に改葬する。これ以來、この「青山」にはもともと謝朓の別業があり、李白は謝朓と共に葬られたいと望んでいたとする見方が廣まることとなる。その經緯と實態については、第六章で詳しく述べるとして、ここではひとまず、右の二首が李白との關連を意識して謝朓を詠じている點に注目したい。その傾向は、以下の作品に、よりはっきりと表れている。晩唐の許棠「宿青山館」詩（巻六〇三）には以下のようにある。

下馬青山下　　馬を下る 青山の下
無言有所思　　言無きも 思ふ所有り
雲藏李白墓　　雲は藏す 李白の墓
苔暗謝公詩　　苔は暗《ひそ》む 謝公の詩

詩題の「青山館」、そして詩中の「李白墓」の語から、詩の背景となっている場所は明らかに李白ゆかりの地、當塗青山である。許棠は李白墓付近を通りかかり、李白改葬の逸話から謝朓を思い起こしたのである。また、陸龜蒙「懷宛陵舊遊」詩（巻六二九）には以下のようにある。

陵陽佳地昔年遊　　陵陽の佳地　昔年遊ぶ
謝朓青山李白樓　　謝朓の青山　李白の樓
唯有日斜溪上思　　唯だ有り　日　斜《かたむ》く　溪上の思ひ
酒旗風影落春流　　酒旗　風影　春流に落つ

詩題の「宛陵」とは、當塗を含む唐代の「宣州」を指し、南齊時期の宣城郡を指すわけではない。詩中の「青山」とは、李白墓の置かれた當塗青山を指し、ここでも李白との關連で謝朓に對する言及がなされていることが分かる。さらに、晩唐の韋莊「過當塗縣」詩（巻六九七）には以下のようにある。

客過當塗縣　　客は過ぐ　當塗縣
停車訪舊遊　　車を停めて舊遊を訪ぬ
謝公山有墅　　謝公　山に墅有り
李白酒無樓　　李白　酒に樓無し

詩題の地名から、詩中の「謝公山」は謝朓が太守をつとめた宣城郡の敬亭山ではなく、李白が葬られた青山を指すことが分かる。韋莊もまた、李白を懐かしむ中で、謝朓を連想したのである。

このように、晩唐における謝朓の像は、「吏隱」としてのイメージが薄まり、もっぱら李白との關係を意識する作品の中に多く詠じられている。しかも、右に擧げた作品からは、謝朓の存在が李白を思い起こさせる構造ではなく、李白から謝朓へと連想がなされていることが見て取れる。これは、「李白による謝朓の愛好」という現象そのものが、晩唐に至って、典故として定着しはじめたことを意味している。そしてこのことは、謝朓の受容・展開の歴史において、きわめて重要な轉換點となった。これ以降、南齊の詩人・謝朓には、「宣城の詩人」に加え、「李白に愛好された詩人」という新たな身分が與えられ、時にはその實態を超えて、後人に理解されてゆくようになるのである。

五　結　び

本章では、唐代における謝朓に關わる固有名の增加とその原因について考察し、李白以降、謝朓の詩人像がどのように確立していったのか、という問題を明らかにした。李白の個人的な愛好を背景に、中唐の詩人は李白の表現を援用して謝朓の像を掘り下げ、その態度に共鳴し、また晩唐の詩人は李白の逸話の中に謝朓の像を見るようになった。謝朓の呼稱と、そのゆかりの地を示す固有名詞の多様化は、謝朓像の不斷の展開を物語っている。その一方で、謝朓像の展開にともなって、謝朓に關する種々の「誤解」も生じるようになる。次章では、その一例として、謝朓の別稱である「小謝」の語に焦點を當てて、從來の說を見直し、新たな解釋の可能性を提唱したい。

（1）　唐以前の謝朓は、梁・簡文帝「與湘東王書」の「至如近世謝朓沈約之詩、任昉陸倕之筆、斯實文章之冠冕、述作之楷模」や、『太平廣記』卷一九八引『談藪』の「梁高祖重陳郡謝朓詩。常曰、不讀謝詩三日、覺口臭」のように、「謝朓」とのみ稱されていた。

（2）「小謝」の語がいつから謝朓を指すのか、という問題については、個別の議論を要するため、第五章で取り扱うこととする。

（3）唐詩には、「沈謝」「鮑謝」などの併稱も數多くみられるが、筆者はこうした併稱では詩人個人の特質を明らかにすることは困難であると考えるため、個別の詩人に與えられた別稱・固有の語句のみを扱う。なお、唐代における謝朓の併稱については、幸福香織「唐代の鮑謝」（『中國文學報』第八十六冊、二〇一五年）がある。

（4）用例を調査する際に、『中國基本古籍庫』檢索システム（北京愛如生數字化技術研究中心製作）、『文淵閣四庫全書』CD-ROM（迪志文化出版有限公司、上海人民出版社、一九九九年）、【寒泉】古典文獻全文檢索資料庫「全唐詩」（陳郁夫、二〇〇三年）を用いた。

（5）鹽見邦彦「大曆十才子と謝朓」（『文化紀要』第十三號、一九七九年）。

（6）蔣寅『大曆詩風』（上海古籍出版社、一九九二年）。

（7）川合康三「宦遊と吏隱」には「…そもそも『宦遊』と『吏隱』とは同一の事態を見方を代えて捉えたものである。不本意な仕官の身、それを見知らぬ地を轉々とするしがない宮仕えと見れば『宦遊』となり、そこに私的な隱逸の味わいを享受できるものとすれば『吏隱』となる。『宦遊』と『吏隱』とは下級官僚の置かれた境遇に基づきながら表裏の關係にあるのだ」とある（『中國讀書人の政治と文學』、創文社、二〇〇二年）。

（8）前揭蔣寅『大曆詩風』第三章「時代的偶像――大曆詩風與謝朓」は、「他們（筆者注：大曆詩人）與謝朓共鳴最强烈的正是在吏隱這一點上。…正因爲有相似的思想情感・生活態度決定的相似的主題取向、才使得幾百年後的大曆詩人對謝朓其人其詩產生如此深刻的共鳴和無限的欽慕」と指摘する。一方、赤井益久「中唐における『吏隱』について」は、「大曆期の詩人にとって…『吏隱』の語が赴任先での生き方もしくは自己を包む世界を語る際の意味に轉じていることは注意しておかねばなるまい」とした上で、「たしかに、大曆期の詩人にとって、謝朓は先行文學の一つの規範であり、祖述の對象であった。…しかしながら、それらの言及（筆者注：大曆詩に見られる謝朓への言及）は直接謝朓を『吏隱』の先蹤とみなすものではない」と指摘する（『國學院中國學會報』第三十九輯、一九九三年）。赤井氏の指摘のとおり、大曆詩人の作品から、謝朓を「吏隱」の先蹤とみなす用例は見當たらないものの、唐代の詩人が謝朓を詠じる時に、謝朓の目指した「官」と「隱」の兩立という態度を念頭に置いていたことは確かだろう。なお、宣城期における謝朓の「吏と隱」の兩立の意識に關しては、第七章を參照。

（9）寺尾剛「李白における宣城の意義―『詩的古跡』の定着をめぐって―」（『中國詩文論叢』第十三集、一九九四年）。

（10）『南齊書』卷四十七（中華書局、一九七二年）。

（11）清・翁方綱著、陳邇冬校點『石洲詩話』卷八（人民文學出版社、一九八一年）。

（12）謝朓「之宣城郡出新林浦向板橋」詩の全文は以下のとおり。「江路西南永、歸流東北騖。天際識歸舟、雲中辨江樹。旅思倦搖搖、孤遊昔已屢。既歡懷祿情、復協滄洲趣。囂塵自茲隔、賞心於此遇。雖無玄豹姿、終隱南山霧」。

（13）謝朓「郡内高齋閑望答呂法曹」詩の全文は以下のとおり。「結構何迢遞、曠望極高深。窗中列遠岫、庭際俯喬林。日出衆鳥散、山暝孤猨吟。已有池上酌、復此風中琴。非君美無度、孰爲勞寸心。惠而能好我、問以瑤華音。若遺金門步、見就玉山岑」。

（14）王叔岷撰『列仙傳校箋』卷上「王子喬」に「王子喬者、周靈王太子晉也。好吹笙作鳳凰鳴。游伊洛之閒、道人浮邱公接以上嵩高山。三十餘年後、求之於山上、見桓良、曰『告我家、七月七日待我於緱氏山巓』。至時、果乘白鶴駐山頭。望之不得到、擧手謝時人、數日而去」とある（中華書局、二〇〇七年）。

（15）鈴木正弘「安史の亂における士人層の流徙」（『社會文化史學』三十三號、一九九四年）に詳しい。

（16）たとえば皇甫冉（義興へ避亂）・劉長卿（江浙に滯在）・盧綸（金陵へ避亂）・戴叔倫（江西へ避亂）らがいる。

（17）この時期、江南を舞臺とした文學活動も展開され、賦詩の會も多く確認されるようになる。嚴維・鮑防らを筆頭とする浙東聯唱（『大曆年浙東聯唱集』）は、その中でも特に大規模な活動であり、その實態については、景遐東「論中唐時期江南地區的詩酒文會」に詳しい（『湖北師範學院學報（哲學社會科學版）』、二〇〇五年第四期）。また當時の現象として、戴偉華『地域文化與唐代詩歌』第五章「地域文化的表述與詩歌創作（二）」第二節「古都文化在詩歌表現中的差異——以金陵和洛陽爲例」は「安史亂起、文人移入江南的局面大開、并已波及到金陵詩歌創作的增長、至晚唐已能和洛陽抗衡」と指摘する（中華書局、二〇〇六年）。

（18）劉初棠校注『盧綸詩集校注』巻一は、「謝朓曾爲南東海太守。其地卽唐時潤州地」と注記する（上海古籍出版社、一九八九年）。しかし、南東海赴任期の謝朓に關する記述はほとんどなく、官吏・詩人としての功績が言及されたこともない。謝朓を指して「太守」と詠じる場合には、（實際に詠じられる場所と一致しなくても）宣城を指すのが一般的であるため、地名の一致のみに注目して、「潤州」と「南東海」を結びつける見方は正しくないだろう。

（19）「謝宣城」の呼稱自體は、盧照鄰「南陽公集序」の文中に「精博爽麗、顏延之急病於江鮑之閒。疎散風流、謝宣城緩步於向劉之上」とあるのが最もはやく、詩中の用例は杜甫の詩が最もはやい。

（20）明・馮惟訥編、興膳宏監修、横山弘・齋藤希史編『嘉靖本古詩紀』巻之七十四引『金華誌』に「八詠詩、南齊隆昌元年、太守沈約所作、題於玄暢樓、時號絶倡。後人因更玄暢爲八詠樓云」とある（汲古書院、二〇〇六年）。

（21）熊偉・李雅琴「沈約『八詠詩』的藝術風格」は沈約「八詠」詩の特徵について、「作者通過組詩的形式、很好的表現了自己心中情感由哀傷到激憤再到萌生歸隱之意的變化」と指摘する。（『江西廣播電視大學學報』、二〇〇八年第二期）。

（22）植木久行編『中國詩跡事典——漢詩の歌枕』（研文出版、二〇一五年）に詳しい。

（23）宋代に入ると、沈約は士大夫の理想像として好んで詩中に詠まれるようになる。たとえば北宋の梅堯臣「祝熙載赴任東陽」詩に「東陽美山水、之子本風流。稍去何平叔、還追沈隱侯」とあり、南宋・楊萬里「舟中雪作和沈虞卿寄雪詩韻」詩に「卷舒東陽琢冰句、不羡銷金歌淺斟」とある。しかし唐詩の段階では、沈約はあくまで東陽にゆかりの詩人として見なされている。

（24）『梁書』巻十三（中華書局、一九七三年）。

（25）南唐・李煜「破陣子」詞に「一旦歸爲臣虜、沈腰潘鬢消磨」とあり、南宋・范成大「千秋歲」詞に「分散西園盖。消減東陽帶」とある。

（26）王定璋校注『錢起詩集校注』巻七（浙江古籍出版社、一九九二年）。

（27）程俊英・蔣見元著『詩經注析』大雅（中華書局、一九九一年）。

（28）前掲注（12）。また第一章・第七章を參照。

(29) 于興宗「夏杪登越王樓臨涪江望雪山寄朝中知友」詩の本文は以下のとおり。「巴西西北樓、堪望亦堪愁。山亂江迴遠、川清樹欲秋。晴明中雪嶺、煙靄下漁舟。寫寄朝天客、知余恨獨遊」。

(30) 北宋・計有功撰、王仲鏞著『唐詩紀事校箋』巻五十三（巴蜀書社、一九八九年）。

(31) 中唐期の送別詩において、相手を謝朓に喩える表現、もしくは赴任する土地に謝朓（のような人物）がいると述べる表現は、他にも韋應物「送五經趙隨登科授廣德尉」詩の「獨往宣城郡、高齋謁謝公」や、李端「送郭參軍赴絳州」詩の「小謝常攜手、因之醉路塵」などの用例が見られる。江南の地へ赴く者を慰安するために、謝朓の存在はいわば、行く手における心理的な據り所として認識されていたことが分かる。

(32) 北宋・李昉等編『文苑英華』巻六五六（中華書局、一九六六年）。

(33) 鈴木修次「齊梁格・齊梁體について」（『加賀博士退官記念中國文史哲學論集』、講談社、一九七九年）、加藤聰「唐代の齊梁體・齊梁格詩」（『中國研究集刊』第二十八號、二〇〇一年）に詳しい。

(34) 前掲加藤論文に「作詩の際の志向は格律、内容兩面に渉り、格律に對する試みも平仄律のみならず四聲律にまで及ぶ。結局のところ、唐代における各詩人の齊梁體・齊梁格詩を一言のもとに定義することはできないようだ」とある。

(35) 李善注『文選』巻二十二（上海古籍出版社、一九八六年）。

(36) 興膳宏「謝朓詩の抒情」（『東方學』第三十九輯、一九七〇年）。

(37) 松浦友久「李白における謝朓の像――白露垂珠滴秋月」（『中國古典研究』第十三號、一九六五年）。

(38) 林英德『「文選」與唐人詩歌創作』（知識產權出版社、二〇一三年）。

第五章　「小謝」の變遷
——李白「中閒小謝又清發」をめぐって

一　はじめに

「小謝」という呼稱は、謝靈運を指す「大謝」との對比から、現在では一般的に、南齊の詩人・謝朓を指すと考えられている。謝靈運・謝朓ともに陳郡陽夏の謝氏であること、兩者がそれぞれ山水詩の開拓者として高く評價されたことなどが、竝稱されるゆえんであろう。ところで、この「小謝」という語は、最もはやくは、次の鍾嶸『詩品』中品「宋法曹參軍謝惠連詩」[1]の項に見える。

　宋の法曹參軍　謝惠連の詩、小謝　才思富捷《ふせふ》なれど、恨むらくは其の蘭玉　夙に彫《しぼ》み、故に長轡《ちやうひ》　未だ騁せざるを。（宋法曹參軍謝惠連詩、小謝才思富捷、恨其蘭玉夙彫、故長轡未騁）

『詩品』の記載によって分かるように、「小謝」の語は、もともとは謝朓ではなく、南朝宋の謝惠連（四〇七—四三三）に對する呼び名であった。『宋書』謝方明傳[2]に「子の惠連、幼くして聰敏たり、年十歳にして、能く文を屬《つづ》り、族兄の靈運　深く相ひ知賞す、事は靈運傳に在り（子惠連、幼而聰敏、年十歳、能屬文、族兄靈運深相知賞、事在靈運傳）」とあり、同じく『宋書』謝靈運傳に(3)「靈運 嘗て始寧より會稽に至りて方明に造《いた》り、過《よぎ》りて惠連を視、大いに相ひ知賞す（靈運嘗自始寧至會稽造方明、過視惠連、大相知賞）」と見えるように、謝惠連の文才は他ならぬ族兄・謝靈運によって見出され、兩者の出會いは謝惠連の知名度を高める一つの契機となった。謝靈運は謝惠連の二十二歳年長であり、(4)また『詩品』では謝靈運を上品、謝惠連を中品に分類していることから、「大詩人・謝靈運の（年の離れた）族弟」という意味で、鍾嶸は親しみを込めて謝惠連を「小謝」と呼んだのだろう。

しかしながら、時が經つにつれて、「小謝」の呼稱は謝惠連ではなく、南齊の謝朓を指す言葉へと變化する。以降、謝靈運と謝朓は「大謝／小謝」、もしくは「二謝」と竝稱され、南朝を代表する山水詩人として、後世の多くの詩文・詩論で言及されるようになる。

謝惠連から謝朓へと「小謝」の指し示す對象が變化した背景には、謝朓の文學そのものへの評價が、從來の「謝靈運・謝惠連兄弟」の佳話をはるかに超えて唐詩人の尊崇を獲得したという事情がある。同時に、謝惠連は謝朓の臺頭とともに、しだいに表舞臺を退き、族兄との友愛を詠う典故の中に納まってしまう。では、「小謝」をめぐる謝惠連と謝朓の呼稱の交代は、どのようにして行われたのか。本章では、李白「宣州謝朓樓餞別校書叔雲（一作『陪侍御叔華登樓歌』）」詩に見える「中閒小謝又清發」句を再檢討し、「小謝」交代の經緯を考察することにしたい。

二　「池塘生春草」句と「小謝」謝惠連

文獻に「小謝」の語がはじめて登場するのは、『詩品』中品「宋法曹參軍謝惠連詩」の項である。以下に全文を示す。

宋の法曹參軍謝惠連の詩、小謝 才思富捷なれど、恨むらくは其の蘭玉 夙に彫み、故に長轡 未だ騁せざるを。「秋懷」「擣衣」の作は、復た靈運の鋭思と雖も、亦た何を以てか加へん。又た工みに綺麗の歌謠を爲すこと、風人第一なり。『謝氏家錄』に云ふ「康樂 惠連に對する毎《ごと》に、輒ち佳語を得たり。後に永嘉の西堂に在りて、詩を思ふも竟日就《な》らず、寤寐の閒、忽ち惠連を見るに、卽ち『池塘 春草を生ず』を成す。故に常に云ふ『此の語 神助有り、吾が語に非ざるなり』と」と。（宋法曹參軍謝惠連詩、小謝才思富捷、恨其蘭玉夙彫、故長轡未騁。「秋懷」「擣衣」之作、雖復靈運鋭思、亦何以加焉。又工爲綺麗歌謠、風人第一。『謝氏家錄』云「康樂每對惠連、輒得佳語。後在永嘉西堂、思詩竟日不就、寤寐閒、忽見惠連、卽成『池塘生春草』。故常云『此語有神助、非吾語也』」）

前半部分は鍾嶸による謝惠連の評である。謝惠連は才知に富む人物であったが、惜しいことに實力を發揮せぬまま、早くに亡くなってしまった。「秋懷」「擣衣」といった作品は、謝靈運の秀でた思考をもってしても、これ以上加える所がないほど素晴らしい作品である。また、謝惠連は華やかな歌謠を作るのに長け、極めて優れた詩人であった――。

續けて、後半部分は『謝氏家錄』の逸話を引く。『謝氏家錄』によれば、謝靈運は謝惠連に會う度に良い詩句を思いついた。ある時、謝靈運は永嘉の西堂で詩を考えていたが、一日中考えても良い句が思い浮かばなかった。夢の中で謝惠連に出會うと、たちまち「池塘生春草」の句が出來た。謝靈運はいつも「これは自分の言葉ではなく、神の助けがあったのだ」と話していたという――。

前半においては謝靈運を比較の對象として謝惠連の詩才を述べ、後半においては謝靈運の逸話を通して謝惠連の才知を讃えているように、鍾嶸は、謝惠連の人物を描くために、謝靈運を對照させることが必要不可缺と考えていたことが讀み取れる。

「小」という接頭語は、言うまでもなく、基準となる對象との比較の中で用いられる。謝靈運を「大謝」と呼ぶ言い方は南北朝期には見られず、現存する作品の中で用例が確認されるのは晩唐以降である。少なくとも『詩品』の段階においては、「小謝」という語は、謝靈運を基準として、その族弟である謝惠連を指す言葉であって、獨立した詩人同士を竝稱して「大謝／小謝」と呼んでいたわけではない。鍾嶸が『詩品』謝惠連の項の冒頭で前置きもなく「小謝」という呼稱を使用していることからも、謝靈運・謝惠連の結びつきは當時から人々に廣く認知されていたことが分かる。その一方で、『詩品』中品「齊吏部謝朓詩」の項の書き出しは「齊の吏部 謝朓の詩、其の源は謝混より出づ（齊吏部謝朓詩、其源出於謝混）」となっており、文中に謝靈運との關連をうかがわせる記述はない。(5)

「小謝」謝惠連を後世に有名たらしめたのは、さきの『詩品』に引かれた「池塘生春草」句の成立に關する逸話である。「此の語 神助有り」の「神」は明らかに謝靈運の夢に出てきた謝惠連を指しており、謝靈運にインスピレーションを與えるほどの非凡な才覺をうかがわせる。この謝惠連の力添えによって完成された「池塘生春草」の句は、謝靈運「登池上樓」詩の一節に見え、一首全二十二句の十五句目にあたる。(6)

謝靈運が謝惠連を夢に見てこの妙句を思いついた、という謝家兄弟の佳話は、廣く語り繼がれ、典故として後世の詩中に散見する。たとえば盛唐の李白「書情寄從弟邠州長史昭」詩（卷十四）には、以下のようにある。

昨夢見惠連　昨《きのふ》夢に惠連を見たり
朝吟謝公詩　朝　謝公の詩を吟ず

詩中の「謝公」は謝惠連との對比から、謝靈運を指す。謝靈運が謝惠連を夢に見て、目覺めてから詩句を作り上げた様子が描かれている。また晩唐の李羣玉「送唐侍御福建省兄」詩（巻五六九）には、以下のようにある。

到日池塘春草綠　到日　池塘　春草綠《みどり》にして
謝公應夢惠連來　謝公　應に惠連の來たるを夢むべし

ここでも、一句の中で「謝公（謝靈運）」と「惠連」が對表現になっており、兩者を結び付けるのは逸話の根據となった「夢」である。北宋の王安中「聞靑守梁元彬移帥定武作詩寄賀諸梁」詩(7)にも、同様の表現が見られる。

應有池塘春草夢　應に池塘春草の夢有るべし
夜闌還繞北山雲　夜闌　還た繞《めぐ》る　北山の雲

同時に、謝靈運の「池塘生春草」という一句、もしくは「池塘生春草、園林變鳴禽」の一聯に關しても、絶えず議論が爲され、その物語的背景に對する注目のみならず、詩人同士が己の詩論を展開する際の一つの素材となっていった(8)。このような議論は中國國内にとどまらず、韓國や日本の文獻にも登場し、「池塘生春草」句の話題性の强さをうかがい知ることができる。たとえば高麗の李奎報（一一六八—一二四一）の『白雲小説』(9)には、以下のようにある。

古人以謝靈運詩「池塘生春草」爲警策、余未識佳處。

また江戸の祇園南海（一六七六―一七五一）の『詩訣』[10]には、以下のようにある。

…好テ語ヲ巧ニセント欲スル人、必ス俗ニ陥ル習ヒ、古來ヨリ其例多シ、…タトヘハ、池塘生春草、澄江淨如練ト云ヒ、楓落呉江冷ト云タクヒ、何ノ巧カアル。

ところで、この「池塘生春草」神助説は、南北朝期においては『詩品』にのみ見える逸話であり、初唐の李延壽による『南史』謝方明（子惠連）傳[11]に至るまで、他の文獻に確認することはできない。また、本逸話の出典として鍾嶸が引く『謝氏家錄』は、唐代以降に傳わった形跡はなく、『文選』六臣注[12]は「春草」の語について『楚辭』を引くのみであり、「神助」説には言及していない。謝氏一族に關する書物には、他に『世說新語』劉孝標注が度々引用する『謝氏譜』[13]があるが（宋代以降に散佚）、これは主に一族の系圖を明らかにし、官職などを記錄することを目的としており、『世說新語』注の用例から見ても、『詩品』が引く『謝氏家錄』とは内容を異にするものと考えられる。現存する『謝氏家錄』の本文は、『詩品』の當該引用箇所のみであるため、その全貌を見ることはかなわないが、謝惠連項の逸話から推察するに、一族の精神や故事について記錄した書物であったのだろう。

『謝氏家錄』が早い段階で失われている以上、そして南北朝期から唐代にかけて、『詩品』の他に「神助」の逸話を掲載する文獻が確認できない以上、唐詩人の多くは、『詩品』の引用を通して「池塘生春草」句成立にまつわる故事を知り、詩中に詠みこんだものと考えられる。やや時代が下るものの、北宋の陳應行『吟窗雜錄』[14]、また南宋の何汶『竹荘詩話』(15)などの文獻は、いずれも『詩品』の當該箇所を引き、謝惠連の呼稱として「小謝」の語を用いており、そのことからも、『詩品』の記述が廣く文人に注目されていたことがうかがえる。そうであるとすれば、『詩品』謝惠連項の冒頭で、鍾嶸が謝惠連を指して「小謝」と呼んでいたことを、唐詩人が認識していなかったとは考えにくい。それでは、「小謝」はどのような經緯で、謝朓を指すようになったのか。

三　唐詩における「小謝」

唐詩に詠じられた謝惠連（惠連、阿連）の用例を總覽すると、謝惠連には主に二つのイメージが付與されていたようである。その一つは、謝惠連の詩才・人品を稱える用法（十四例）で、たとえば、盛唐の王維「贈從弟司庫員外絿」詩（卷一二五）の、

惠連素清賞　　惠連　素より清賞たり
夙語塵外事　　夙に語る　塵外の事を

同じく盛唐の高適「苦雪四首」其二（卷二一二）の、

惠連發清興　　惠連　清興を發し
袁安念高臥　　袁安　高臥を念ふ

そして中唐の李嘉祐「與從弟正字從兄兵曹宴集林園」詩（卷二〇七）の、

輔嗣外生還解易　　輔嗣 外生 還た易を解す
惠連羣從總能詩　　惠連 羣從 總《すべ》て詩を能くす

などがある。そしてもう一つは、族兄・謝靈運との交遊に言及する用法（十二例）であり、たとえば、中唐の司空曙「送魏季羔遊長沙覲兄」詩（巻二九三）の、

惠連仍有作　　惠連 仍ほ作有り
知得從兄酬　　知り得たり 兄に從ひて酬ゆるを

同じく中唐の李逢吉「奉酬忠武李相公見寄」詩（巻四七三）の、

惠連忽贈池塘句　　惠連 忽ち贈る 池塘の句
又遣羸師破膽驚　　又た羸師をして膽を破りて驚かしむ

そして晩唐の李羣玉「送唐侍御福建省兄」詩（前出）の、

到日池塘春草綠　　到日 池塘 春草綠にして
謝公應夢惠連來　　謝公 應に惠連の來たるを夢むべし

などがある。用例は計二十八首（うち任希古「和李公七夕（謝惠連體）」詩、李紳「泛五湖（效謝惠連）」詩の二首は謝惠連詩に倣った作品）と多くはないものの、唐詩人が謝惠連に抱いていた印象は『詩品』の評と概ね合致していると

言えよう。また、謝靈運との逸話を踏まえて、詩才に長けた族弟、もしくは交友の厚い一族の年少者、という意味合いで謝恵連を引き合いに出す用例が壓倒的に多く、盛唐の李華「寄從弟」詩（巻一五三）の「迢迢たり千里の月、應に恵連と同じくすべし（迢迢千里月、應與惠連同）」や、中唐の盧綸「新茶詠寄上西川相公二十三舅大夫二十舅」詩（巻二七九）の「之を貯ふるに玉と合はするも才《わづ》かに半餅、阿連に寄するに數行を題す（貯之玉合才半餅、寄與阿連題數行）」など、詩中に謝恵連の名を取り上げる唐詩作品二十八首のうち、親族に寄せるという詩題を持つ作品は實に十五首にも上る。このように、謝恵連は、謝靈運との關わりにおいて才知を評價され、一族同士の親密性を代言する人物形象として唐詩人に受容されていた。

その一方で、第四章で考察したように、謝朓はその個別的な經歴に注目された人物であった。とくに、盛唐の李白による愛好は、宣城における謝朓の個人的な足跡に對する注目度を高め、また中唐になって謝朓の「吏隱」としての處世態度が人々の共鳴をよんだことについては、改めて言及しておかなければならない。晩唐に至って、謝朓は李白とともに「李白と謝朓」という典故を形成するが、謝恵連の場合とは異なり、謝朓に期待されていたのは、あくまでも宣城に身を置く、孤獨な山水詩人の姿であった。族兄との親密性を代辯する謝恵連のイメージとは、眞逆の性質のものであったと言ってよい。

それでは、兩者の違いを把握したところで、唐詩における「小謝」の用例を見ていきたい（次頁の表を參照）。「小謝」の語がはじめて文獻に現れるのは、先述の『詩品』謝恵連の項であるが、その後、盛唐の李白に至るまで、他に用例は見られない。李白の「宣州謝朓樓餞別校書叔雲（一作『陪侍御叔華登樓歌』）」詩に「小謝」の語が用いられているのを先驅けとして、全唐詩での「小謝」の用例は全十七首（うち詩題に「小謝」の語を含む作品二首）を數える。

唐詩における「小謝」の用例

	作者	巻數	詩題	詩句
①	李白	一七七	宣州謝朓樓餞別校書叔雲（一作「陪侍御叔華登樓歌」）	蓬萊文章建安骨、中間小謝又清發。
②	李嘉祐	二〇六	和都官苗員外秋夜省直對雨簡諸知己	蕭條人吏散、小謝有新詩。
③	李嘉祐	二〇六	奉酬路五郎中院長新除工部員外見簡	何幸新詩贈、眞輸小謝名。
④	耿湋	二六八	贈苗員外	爲郎日賦詩、小謝少年時。
⑤	李端	二八五	送郭參軍赴絳州	小謝常攜手、因之醉路塵。
⑥	白居易	四四二	草詞畢遇芍藥初開因詠小謝紅藥當階翻詩以爲一句未盡其狀偶成十六韻（詩題）	
⑦	李涉	四七七	聽鄰女吟	含情遙夜幾人知、閒詠風流小謝詩。
⑧	杜牧	五二〇	自宣州赴官入京路逢裴坦判官歸宣州因題贈	敬亭山下百頃竹、中有詩人小謝城。
⑨	趙嘏	五五〇	歲暮江軒寄盧端公	路以重湖阻、心將小謝期。
⑩	陸龜蒙	六二四	春雨即事寄襲美	小謝輕埃日日飛、城邊江上阻春暉。
⑪	陸龜蒙	六二五	奉和襲美醉中偶作見寄次韻	憐君醉墨風流甚、幾度題詩小謝齋。
⑫	鄭璧	六三一	和襲美索友人酒	乘興閒來小謝家、便裁詩句乞榴花。
⑬	王貞白	七〇一	有所思	寂寞秋堂下、空吟小謝詩。
⑭	殷文圭	七〇七	次韻九華杜先輩重陽寄投宛陵丞相	强酬小謝重陽句、沙恨無金盡日淘。
⑮	皎然	八一七	奉和崔中丞使君論李侍御蕚登爛柯山宿石橋寺效小謝體（詩題）	（※）常愛謝公郡、幽期願相從。
⑯	貫休	八二八	山中作	有時鬼笑兩三聲、疑是大謝小謝李白來。
⑰	貫休	八三五	歸東陽臨岐上杜使君七首　其一	小謝淸高大謝才、聖君令泰此方來。

※巻數は『全唐詩』に據る

はじめに、詩題に「小謝」の語を含む⑥と⑮を見てみよう。⑥の白居易の詩題に見える「紅藥當階翻」の語は、謝朓の「直中書省」詩（巻三）の一聯「紅藥は堦《きざはし》に當りて翻り、蒼苔は砌《みぎり》に依りて上る（紅藥當堦翻、蒼苔依砌上）」を引いているため、「小謝」は謝朓を指すと斷定できる。また、⑮の皎然の詩を見ると、表中に示した冒頭の二句に「常に愛す 謝公の郡、幽期 願はくは相ひ從はんことを（常愛謝公郡、幽期願相從）」とあり、謝朓が宣城郡太守を務めたことを踏まえているため、ここでもまた、「小謝」は謝朓を指すと特定できる。

同様の理由で、謝朓の「觀朝雨」詩（巻三）に「空濛《くうもう》として薄霧の如く、散漫として輕埃《けいあい》に似たり（空濛如薄霧、散漫似輕埃）」とあるのを踏まえた⑩の詩、そして謝朓が宣城へ赴く道中に抱いた感慨を連想させる⑨の詩、謝朓が太守を務めた宣城の景物を描いた⑧⑪⑫の作品は、いずれも「小謝」の指し示す對象を謝朓と特定することができる。

また、②③の詩に見える「新詩」という語、そして⑤の詩に見える「攜手」という表現は、いずれも謝朓の「懷故人」詩（巻三）に「安んぞ得ん 同に手を攜へて、酒を酌み 新詩を賦するを（安得同攜手、酌酒賦新詩）」とあるのを踏まえており、「小謝」が謝朓を指すことの根據となる。一方、④の耿湋の詩句に關して言えば、謝朓には年少時の逸話がほとんど無く、『南齊書』謝朓傳[16]にわずかに「朓 少《わか》くして學を好み、美名有り（朓少好學、有美名）」と記述されるのみであった。これに對して、謝惠連は『宋書』謝方明傳に「惠連、幼くして聰敏たり、年十歳にして、能く文を屬り、族兄の靈運 深く相ひ知賞す」（前出）とあるように、幼少の頃より文才を發揮し、謝靈運の稱贊を得ていた。理屈から言えば、耿湋の詩に見える「小謝」の語が謝惠連を指す可能性も完全には否定できないとはいえ、李嘉祐・耿湋・李端らが大曆十才子と稱され、同時期の詩壇を席卷していたことを考えれば、そしてこと贈答詩においては、詠み手と聞き手の雙方で共通の認識が必要とされることを考えれば、「小謝」

の語はすでに中唐の頃には、謝惠連ではなく謝朓を指す固有名とみなされていた可能性が高いだろう。

同様の理由で、中唐以降の⑦⑬⑭の詩句に見える「小謝」の語も、詩人同士の共通認識として、謝朓を指すものと推測してよい。⑭に該當する謝朓の詩句は見當たらないが、⑦と⑬で作者の念頭にあるのは、謝朓の「玉階怨」詩や「同王主簿有所思」詩などの閨怨詩と思われる。また、⑯⑰の貫休の詩では、「大謝」と「小謝」を對比しており、謝朓とゆかりある「李白」や「清高」などの語から、「小謝」は謝朓を指すと考えられる。なお、謝靈運を「大謝」と稱する詩中の用例は、實は「小謝」の語よりだいぶ遲れて、この晩唐の貫休の二首に始まる。またその用法も、一句の中に「大謝」と「小謝」を竝べる形をとっており、「小謝＝謝朓」という見方を基準として、謝靈運を「大謝」と詠じるようになったものと考えられる。

さて、『詩品』の記載を起點として見た場合、唐詩中の②以降の「小謝」は、いずれも謝朓の別稱として用いられていた可能性が高いことが分かった。それでは、「小謝」の呼稱の對象が、謝惠連から謝朓へと轉換したのは、①の李白「宣州謝朓樓餞別校書叔雲（一作『陪侍御叔華登樓歌』）」詩を契機とするものと考えてよいのだろうか。

四　李白「中閒小謝又清發」をめぐって

李白の「宣州謝朓樓餞別校書叔雲（一作『陪侍御叔華登樓歌』）」詩（卷十八）は様々な選集に採られており、[17]人口に膾炙する名作として知られる。とりわけ、詩中の七句目・八句目にあたる「蓬萊の文章　建安の骨、中閒の小謝　又た清發」の二句は、漢魏の風骨ある詩文を尊び、南齊の謝朓を敬愛した李白の文學觀が現れているとして、昨今の各種注釋書で必ず言及される箇所である。

本詩の題目について、『李太白文集』巻第十六(18)は、「宣州謝朓樓餞別校書叔雲」詩の題下注に「一作『陪侍御叔華登樓歌』」と記し、『分類補註李太白詩』巻十八(19)（以下『分類補註本』）および『李太白全集』(20)（以下『王琦注本』）はいずれもこれに従う。一方、『文苑英華』(21)は「陪侍郎叔華登樓歌《ママ》」を詩題とし、題下に「集作宣州謝朓樓餞別校書叔雲」と記す。前者の詩題を採る場合、本詩は李白が宣州の謝朓樓に上り、校書であった叔雲（李雲）を餞別した際の作品となり、後者の詩題を採る場合、本詩は侍御（侍郎）であった叔華（李華）につき従って樓閣に上った際の作品となる。以下、『李太白文集』を底本として本文を掲載し、『文苑英華』に異同がみとめられる箇所を別に記した。

宣州謝朓樓餞別校書叔雲(1)　　宣州の謝朓樓にて校書の叔雲に餞別す

棄我去者　　我を棄て去る者は
昨日之日不可留　　昨日の日にして留む可からず
亂我心者　　我が心を亂す者は
今日之日多煩(2)憂　　今日の日にして煩憂多し
長風萬里送秋雁　　長風　萬里　秋雁を送り
對此可以酣(3)高樓　　此に對して以て高樓に酣《たけなは》なる可し
蓬萊(4)文章建安骨　　蓬萊の文章　建安の骨
中閒小謝又清發　　中閒の小謝　又た清發
俱懷逸興壯思飛　　俱に逸興を懷ひて壯思飛び

欲上靑天⑤覽明月　靑天に上りて明月を覽《と》らんと欲す
抽刀斷水水更流　刀を抽きて水を斷てば　水は更に流れ
擧杯消愁愁更⑥愁　杯を擧げて愁を消せば　愁ひは更に愁ふ
人生⑦在世不稱意　人生　世に在りて意に稱《かな》はず
明朝散髮弄扁舟⑧　明朝　髮を散じて扁舟を弄せん

※①陪侍郎叔華登樓歌、②足繁、③酧、④蔡氏、⑤雲、⑥復、⑦男兒、⑧擧棹還滄洲

私を捨て去ってゆくものは昨日という日であり、私はそれを引きとどめることができない。私の心を亂すものは今日という日であり、憂いは盡きることがない。萬里の遠くから風が吹いてきて、秋の雁を運んでくる。このような秋の到來に際しては、高樓にのぼって酒を飲んで樂しむべきである。「蓬萊山」の祕籍にも似た漢代の文章や、建安時代の氣骨あふれる詩風。中閒の「小謝」もまた、淸新にして撥剌としている。かれらはみな風流の心と、たけだけしい思いを抱き、大空にのぼり、名月を手に取りたいと願っている。刀を拔いて水を斷ち切っても、水はさらに流れていく。杯を擧げて愁いを斷ち切っても、愁いはさらに深くなる。人生、生まれ落ちて意にそぐわないことがあれば、明日にも冠を捨てて髮を散らし、小舟に身を任せて氣ままな旅に出ようではないか——。

瞿蛻園・朱金城校注『李白集校注』[22]は、「本卷有『餞校書叔雲』一詩、是春時所作、恐一人不當春秋兩度餞別、『英華』之題較合」と述べ、異なる時期に同じ人物（叔雲）を餞別するのは理に合わないと指摘しており、『文苑英華』の題を採るべきとする。詹鍈「李白『宣州謝朓樓餞別校書叔雲』應是『陪侍御叔華登樓歌』[23]」もまた、李

白「餞校書叔雲」詩に現れた餞別・惜別の意が本詩には見られず、また蓬萊という語を叔雲の役職（校書）に重ね合わせる『唐詩解』などの解釋が牽强付會であるなどの理由から、本詩の詩題を『文苑英華』にあわせて「陪侍御叔華登樓歌《ママ》」とするべきとの立場を取る。その後、本詩題に對する目立った論議はなされていないが、現行本の多くは『李太白文集』を底本として詩題を取りながらも、必ず『文苑英華』の詩題について言及しており、『英華』說を取る論者にも一定の正當性があることを傍證している。

詩題や語句の相違から、『英華』の編者は、當時行われていた李白の別集とは異なる版本を用いたと推測されるが、詩題を除く②～⑧の異同のうち、本論の課題でもある、④の異同を含む「蓬萊（蔡氏）の文章 建安の骨、中閒の小謝 又た清發」の一聯に關しては、解釋をめぐって議論が絶えず、これまで樣々な說が提唱されてきた。以下に代表的なものを擧げる。

清の王堯衢『古唐詩合解』(24)は本詩について、「言校書蓬萊宮、其文章有建安之風骨、中閒亦有如小謝之清發」と述べ、二句ともに叔雲を稱贊する言葉と解釋する。この場合、「中閒」は、「（建安の風骨がありながら、さらに）その中に」という意味合いで解釋される。

一方、詹鍈（前出）は「蓬萊（蔡氏）の文章 建安の骨、中閒の小謝 又た清發」の二句を「李白與李華『論文』的內容」と解釋しており、この場合、「中閒」の語は「（漢・建安と唐代との）中閒に位置する」という意味となる。これにやや遲れて、郁賢皓選注『李白選集』(25)及び裴斐主編『李白詩歌賞析集』(26)はいずれも、過去（漢代・建安）から今現在（唐代）に至るまでの「閒」という意味で「中閒」の語をとらえるが、詹鍈の說とは異なり、前の句は叔雲（叔華）を指し、後の句は李白の自稱であると解釋する。「蓬萊」の語は漢代の文學一般を意味するため、(27)やや詹鍈の文學論議の方に理があるように見えるものの、「叔雲（叔華）の文章」を「蓬萊の文章」に擬えたと解釋することも不可能ではない。「蓬萊」を「蔡氏」に作る場合も、意味は變わらない。郁賢皓・裴斐の說に從えば、對應する次の句の「小謝」は李白自身を指すことになる。

趙昌平撰『李白詩選評』(28)は「『蓬萊』二句、先筆分兩面、切題面的叔侄關係、說校書叔文章老成、遠追兩漢蓬萊東觀、得建安風骨。自己則正如建樓之謝朓、詩文淸新秀發。『中閒』兩字更可注意、使這兩個比擬在由漢以來文學史的長河中展開、緊密關連、因而由分而合、更說今人古人逸興同懷、壯思遠飛、可共上靑天攬取明月」と解釋し、「中閒」の語は、連綿と續く文學の流れの中で、兩者（叔雲と李白）が緊密に結びついていることを表している、と說明する。趙氏も結局のところ郁賢皓・裴斐の說に異ならず、「蓬萊」「小謝」がそれぞれ叔雲（叔華）と李白を指すことを前提としている。

「蓬萊（蔡氏）の文章　建安の骨、中閒の小謝　又た淸發」の二句が李白の文學觀を述べたものなのか、それとも叔雲（叔華）と自身に喩えた表現なのか、明確な根據を示して斷定することは困難であるが、現行の注釋書のほとんどが、句中の「小謝」を謝朓と見なした上で持論を展開していることに注目すべきだろう。すなわち、謝朓の詩風に對する賞贊、もしくは敬愛する詩人に自身を喩えた李白の自負の言として、本詩に對する解釋は今日まで行われてきたのである。

しかしながら、先述のとおり、『詩品』から李白詩に至るまで他に「小謝」の用例を確認できないことを考えた時、そして唐詩人の閒における『詩品』の浸透を念頭に置いた場合、李白詩の「小謝」が、果たして本當に謝朓を指すのかという事に對しては、愼重な檢討が必要とされる。

このような視點に立って關連資料を再度檢證すると、「小謝」という語は、歷代の李白詩注において、必ずしも謝朓と斷定されていたわけではないことに氣づく。『分類補註本』卷之十八「宣州謝朓樓餞別校書叔雲（一作陪侍御叔華登樓歌)」詩注には以下のようにある。

蓬萊文章建安骨　　蓬萊の文章　建安の骨

中閒小謝又清發　　中閒の小謝　又た清發

齊賢曰はく、…蓬萊は校書を指すなり。…族弟の惠連、十歳にして能く文を屬り、靈運 之を嘉賞して云ふ、篇章有る每に、惠連に對すれば、輙ち佳語を得たり、と。謝朓、字は玄暉、緯の子なり。少くして學び、美名有り、草隸を善くす。五言詩に長ず。沈約 嘗て云ふ、二百年來 此の詩無きなり、と。(齊賢曰、…蓬萊指校書也。…族弟惠連、十歳能屬文、靈運嘉賞之云、每有篇章、對惠連、輙得佳語。謝朓、字玄暉、緯之子。少學、有美名、善草隸。長五言詩。沈約嘗云、二百年來無此詩也)

このように、楊齊賢は「小謝」について、謝惠連と謝朓、兩方の傳を併記しており、特定を避けている。裏を返せば、『分類補註本』は本詩の内容から、「小謝」を謝惠連もしくは謝朓と斷定する根據を見出すことはできなかったということになる。この記述に對して、淸の翁方綱は『石洲詩話』卷一(29)の中で、

李詩補注一書、頗る未だ修整せず。卽ち『中閒の小謝 又た清發』の如きは乃ち惠連を以て注を作す。竟に題の宣城謝朓樓なるを知らざるが若し。(李詩補注一書、頗未修整。卽如『中閒小謝又清發』乃以惠連作注。竟若不知題爲宣城謝朓樓者)

と非難しているものの、『分類補註本』は本詩の「小謝」を謝惠連と斷定しているわけではなく、また翁方綱説も詩題に「宣城謝朓樓」とあることのみを根據としており、『文苑英華』の詩題の異同を考えれば、決定的な證

據となるには至らない。

ところで、詩中の「小謝」の語を解釋する際に、謝朓と謝惠連を併記する事例は南宋の頃にも見られる。南宋の陳與義「題趙少隱淸白堂三首」其一(30)に、以下のようにある。

小謝爲州不廢詩　　小謝　州を爲《おさ》めるも詩を廢《や》めず
庭中草木有光輝　　庭中の草木　光輝有り
一林風露非人世　　一林の風露　人世に非ず
更着梅花相發揮　　更に着る　梅花の相ひ發揮するを

胡稚箋注：『南史』に、謝朓　五言詩に長じ、宣城に守《しゅ》たり、と。曰はく、賦する所の藻繢《さうくわい》尤も精なり、『宣城集』の世に行はれる有り、と。鍾榮の『詩』、惠連を評論して曰はく、小謝　才思富健たり、と。
（胡稚箋注：『南史』、謝朓長五言詩、守宣城。曰、所賦藻繢尤精、有『宣城集』行於世。鍾榮『詩』、評論惠連曰、小謝才思富健《ママ》）

陳與義詩の「小謝」は、文脈から見ておそらく謝朓を指すと思われるが、胡稚は注の中で、謝朓の傳を擧げた後に『詩品』の謝惠連項を引き、「小謝」の出典としている。南宋期に至ってなお、「小謝」の語はもともと謝惠連を指す呼び名として用いられていたという認識が、文人の間に深く浸透していたことが見て取れよう。

さて、李白「中閒小謝又淸發」句に戻ると、「小謝」を謝惠連と解釋する文獻は、『分類補註本』の他にも存在する。一つは『王琦注本』卷十八「宣州謝朓樓餞別校書叔雲（一作『陪侍御叔華登樓歌』）」詩の王琦注、

蓬萊文章建安骨　　蓬萊の文章　建安の骨
中閒小謝又淸發　　中閒の小謝　又た淸發

鍾嶸の『詩品』、謝惠連を論じて云ふ、小謝　才思富捷なれど、恨むらくは其の蘭玉　夙に凋み、故に長轡　未だ騁せざるを。（鍾嶸『詩品』、論謝惠連云、小謝才思富捷、恨其蘭玉夙凋、故長轡未騁）

そしてもう一つは淸の朱彝尊『曝書亭集』卷二一「百字令（酬陳緯雲）」に施された淸の李富孫（一七六四―一八四三）の注[31]である。

江を過る人物は、君の家の伯氏を數へ、辭華　敵無し。比歲　才名　小謝を驚かし、聽説《きくな》らく　尤も詩律に工《たくみ》なり、と。（過江人物、數君家伯氏、辭華無敵。比歲才名驚小謝、聽説尤工詩律）
李富孫注：鍾嶸の『詩品』に、小謝　才思富捷にして、「秋懷」「擣衣」の作、復た靈運の銳思と雖も、何を以てか加へん、と。李白の「謝朓樓にて餞別す」詩に、「中閒の小謝　又た淸發」と。（淸李富孫注：鍾嶸『詩品』、小謝才思富捷、「秋懷」「擣衣」之作、雖復靈運銳思、何以加焉。李白「謝朓樓餞別」詩、「中閒小謝又淸發」）

『王琦注本』は『分類補註本』とは異なり、謝朓には全く言及せず、「小謝」の語釋として『詩品』謝惠連項のみを載せる。一方、李富孫の注は、朱彝尊詞の「小謝」の語に對する說明として『詩品』謝惠連項を引き、更に李白の「中閒小謝又淸發」句を擧げている。閒接的にではあるが、李富孫が李白詩の「小謝」を謝惠連と判斷していたことが分かるだろう。

李白の代表的な注釋書である『分類補註本』と『王琦注本』がいずれも「小謝＝謝惠連」說を棄卻していないことは、極めて注目に値する。すなわち、中唐以降、詩人の間で「小謝＝謝脁」という固定の觀念が浸透してなお、李白詩の「小謝」は、必ずしも謝脁と斷定されていたわけではないということになる。

そもそも、李白の詩に見られる謝脁の呼稱には、「謝脁」八例、「玄暉」二例、「謝公」三例があり、「小謝」の用例は「宣州謝脁樓餞別校書叔雲（一作『陪侍御叔華登樓歌』）」詩一首のみである。繰り返しになるが、「小」という接頭語は、特定の對象を基準とした際に用いられる言い回しであり、謝惠連を指す場合には、謝靈運の存在が強く意識されていた。しかしながら、李白は自身の詩の中で、謝靈運との關連から、もしくは謝靈運の詩風と比較するという目的から謝脁について言及したことはない。知人を贊美する一部の用例を除いて、李白は「金陵城西樓月下吟」詩（卷七）の「道ひ解たり 澄江 淨きこと練の如しと、人をして長く謝玄暉を憶はしむ（解道澄江淨如練、令人長憶謝玄暉）」のように、謝脁個人に敬意を表したり、もしくは「秋登宣城謝脁北樓」詩（卷二十一）の「誰か念はん 北樓の上、風に臨みて謝公を懷はんとは（誰念北樓上、臨風懷謝公）」のように、その詩才を惜しんだりしており、他者との比較對照によってではなく、謝脁を獨立した一詩人としてとらえていた。

また、前揭の郁賢皓・裴斐の說では「小謝」を李白の自稱と解釋しているが、實際の作品を見ると、李白は知人・友人を謝脁に喩えることはあっても、謝脁を以て自讚したことはない。むしろ謝脁について言及する場合は、「秋夜板橋浦汎月獨酌懷謝脁」詩（卷二十二）の「玄暉 再び得難く、酒を灑《そそ》ぎて 氣 膺《むね》を塡《うず》む（玄暉難再得、灑酒氣塡膺）」や、「謝公亭」詩（卷二十二）の「謝亭 離別の處、風景 每に愁ひを生ず（謝亭離別處、風景每生愁）」などのように、謝脁を完全なる他者としてとらえ、故人に對する自身の所感を述べるのが一般的であった。

その一方で、李白が謝惠連について詠じる場合、そこには極めて明確な、親族に對する意識が働いていることに注目しなければならない。「春夜宴従弟桃花園序」（巻二十七）には、謝惠連に對する李白の印象が顯著に表れている。

羣季俊秀、皆爲惠連　羣季の俊秀は、皆　惠連たり
吾人詠歌、獨慚康樂　吾人の詠歌は、獨り康樂に慚づ

諸弟はみな、かの謝惠連のように優れて秀でた者であり、兄である私は、歌を詠じても、かの謝靈運には及ばない――。文中では、從弟と自身の關係を、謝惠連・謝靈運の關係に擬えており、親族としての結びつきと、賦詩による交流という趣旨がよく表されている。詩中における用法も同様で、たとえば「送二季之江東」詩（巻十八）には、

初發强中作　初めて强中を發して作り
題詩與惠連　詩を題して惠連に與ふ

とあり、また「尋陽送弟昌峒鄱岠司馬作」詩（巻十八）には、

爾則吾惠連　爾は則ち吾が惠連なれど
吾非爾康樂　吾は爾の康樂に非ず

とある。一首目の「强中」という地名は、謝靈運の「登臨海嶠初發强中作與從弟惠連見羊何共和之」詩の詩題に見え、詹鍈『李白全集校注彙釋集評』引朱諫注(32)はこの二句に對して「以爾之賢、是吾之惠連也。以吾之愚、豈能

爲爾之康樂乎。爾不忝爲康樂之弟、吾誠忝爲惠連之兄矣」と説明する。二首目は、相手を自分にとっての惠連と喩え、自分は康樂と名乗るほどのものではない、と謙遜している。このように、「惠連」という語は、李白の詩において、送別の相手との關係性を明確化する機能を具えていた。李白詩のうち、「惠連」の用例はほかに「感時留別從兄徐王延年從弟延陵」詩（巻十五）の「夢に春草の句を得たり、將《はた》惠連に非ずして誰ぞ（夢得春草句、將非惠連誰）」、そして「涇川送族弟錞」詩（巻十八）の「置酒して惠連を送り、吾が家 白眉と稱す（置酒送惠連、吾家稱白眉）」があり、前出の「書情寄從弟邠州長史昭」詩の「昨 夢に惠連を見たり、朝 謝公の詩を吟ず」、そして右に擧げた「送二季之江東」詩と「尋陽送弟昌峒鄱岠司馬作」詩をあわせて、五首すべてが、李白と同姓の者、もしくは親族に喩えた友人に對する送別・留別・寄贈の詩中に登場する。

翻って「宣州謝朓樓餞別校書叔雲（一作『陪侍御叔華登樓歌』）」詩を見た場合、李白が詩を寄せる相手は、「叔雲」もしくは「叔華」であり、いずれにせよ、李白の親族、もしくは李白が親族に擬えた、交友の深い友人である。かりに「小謝」の語を、謝惠連を指す用法として解釋すれば、親族としての叔雲（叔華）と李白との親密性はよりいっそう深まり、兩者の文學上の交遊が强調されることになる。

また、李白詩の「中閒小謝又清發」句に見える「清發」という語をもって、謝朓に關連付ける見方もできるが[33]、さきに擧げた王維「贈從弟司庫員外絿」詩の「惠連 素より清賞たり、夙に語る 塵外の事を」、そして同じく前出の高適「苦雪四首」其二の「惠連 清興を發し、袁安 高臥を念ふ」などの用例が示すように、「清」という評語は謝朓に固有のものではなく、謝惠連の素質を表す表現としても當時一般的に用いられていた。李白詩の「小謝」を謝朓ではなく謝惠連と解釋するならば、「小謝」を李白の自稱とみなす郁賢皓・裴斐・趙昌平らの説は、よりいっそう信憑性を帶びてくるだろう。

當然議論されるべき李白詩の「小謝」という語が、これまでの先行論において一様に謝朓とみなされてきたのは、『李太白文集』の詩題が「宣州謝朓樓餞別校書叔雲」となっており、本詩が謝朓ゆかりの地で詠まれたことを示唆していること、そして李白が生來、謝朓をこよなく敬愛していたことが原因として考えられる。すなわち、宣州（宣城）において李白が詩作を行った（と認識された）場合、否應なく謝朓の存在が意識され、多少の違和感や矛盾は看過されてしまう傾向にあった。

また、郁賢皓が『李白集』(34)の中で、本詩の「小謝」の語に對して「因謝朓晩于謝靈運、唐人稱靈運爲大謝、稱朓爲小謝」と注記するように、「大謝＝謝靈運」「小謝＝謝朓」という構圖が（實際には「大謝」という呼稱は晩唐になって初めて詩中に用例を確認できるのにもかかわらず）自明視され、李白の頃にはすでに固定の用法であったかのように誤解されたことも、「中閒小謝又清發」句の解釋を狹めた一因であろう。

本詩に對する『分類補註本』『王琦注本』の注記は、李白詩に對する新たな解釋の可能性を示唆しており、同時に、最初に謝惠連を「小謝」と稱した『詩品』の影響力の大きさを物語っている。「中閒小謝又清發」の一句が、李白の文學表現として新たに檢討を要することは言うまでもないが、その前提として、「小謝」という語を、從來のイメージに片寄せてとらえることには愼重でなければならない。

こうした解釋の分岐は、とりもなおさず、「小謝」という呼稱が李白の當時において、謝朓を指す表現として確立していたわけではないことを意味している。「小謝（謝朓）」の用例は明らかに中唐以降に集中しており、なおかつ、詩人閒の共通認識を前提として使用されていた。そうであるとすれば、「小謝」という名稱の轉換は、李白の詩中に求められるべきものではなく、むしろ中唐期において、謝朓という詩人に對する注目度が高まる中、呼稱の多様化が誘發された結果ととらえるべきではないか。李白の愛好を契機として、廣く唐詩人の關心を引いた謝朓は、中唐の頃になると、謝靈運と對比して竝稱される存在にまで名を轟かせる。その結果、謝惠連は「小謝」の名を謝朓に讓り渡し、謝靈運との故事の中に埋沒してしまうのである。

五　結び

李白の愛好を經て、中唐期になると、謝朓はその處世の態度が注目されるようになる。第四章で見てきたように、「小謝」の語のみならず、謝朓を指す呼稱がこの時期になってにわかに增加しており、それはとりもなおさず、謝朓の境遇に對する共鳴が文學表現の形となって現れたことを意味している。唐詩における謝惠連と謝朓の人物像の違いを考えた時、そして李白自身の謝惠連と謝朓に對する認識を踏まえた時、李白の詩にわずか一例のみ見える「小謝」の用例は、果たしてそれが謝朓を指すと斷定してよいものか、甚だ疑問としなければならない。

李白の文學觀を考える時、必ず俎上に上がる、この「宣州謝朓樓餞別校書叔雲（一作『陪侍御叔華登樓歌』）」詩の一節については、今一度愼重な解釋が必要とされるのは言うまでもないが、本章ではひとまずこれを、「李白による謝朓の愛好」が引き起こした一つの文化現象として捉えたい。李白という理解者を得ることで、謝朓はその魅力を新たに發見され、多くの人々の注目を浴びることとなる。その一方で、「李白と謝朓」という典故のもつ力強さもまた、李白と謝朓とを過剩に結びつけ、必ずしも實態にそぐわない、新たな文化現象を次々と生み出してゆく。李白詩の「小謝」を謝朓として解釋する一連の文學論議は、李白と謝朓の强固な結びつきが、絶えず人々を魅了してきたことを證明すると同時に、李白を通して謝朓を理解する風潮が、今日に至るまでなお根强く継續していることを示唆している。

（1）梁・鍾嶸著、曹旭集注『詩品集注』（上海古籍出版社、一九九四年）。
（2）『宋書』巻五十三（中華書局、一九七四年）。
（3）前掲『宋書』巻六十七。
（4）謝惠連の卒時の年齢については、『宋書』『南史』（三十七歲說）と『文選』李善注引『宋書』（二十七歲說）との間で相違があるものの、今日の研究によって、二十七歲が概ね定説とされている。その場合、謝惠連と謝靈運は二十二歲の年の差ということになる。詳しくは佐藤正光「謝惠連生年考」（『二松學舍大學人文論叢』第三十七輯、一九八七年）を參照。
（5）前掲『詩品集注』中品「齊吏部謝朓詩」の全文は以下のとおり。「齊吏部謝朓詩、其源出於謝混。微傷細密、頗在不倫。一章之中、自有玉石。然奇章秀句、往往警遒。足使叔源失步、明遠變色。善自發詩端、而末篇多躓。此意銳而才弱也。至爲後進士子之所嗟慕。朓極與余論詩、感激頓挫過其文」。
（6）謝靈運「登池上樓」詩の全文は以下のとおり。「潛虬媚幽姿、飛鴻響遠音。薄霄愧雲浮、棲川怍淵沈。進德智所拙、退耕力不任。徇祿反窮海、臥痾對空林。衾枕昧節候、褰開暫窺臨。傾耳聆波瀾、擧目眺嶇嶔。初景革緒風、新陽改故陰。池塘生春草、園林變鳴禽。祁祁傷豳歌、萋萋感楚吟。索居易永久、離羣難處心。持操豈獨古、無悶征在今」。
（7）北宋・王安中撰『初寮集』巻二（景印文淵閣四庫全書所收、臺灣商務印書館、一九八三年）。
（8）唐宋における「池塘生春草」句の解釋および關連する議論については、中森健二「謝靈運『池塘生春草』句をめぐって――唐宋文學批評の一側面」（『學林』第三十號、一九九九年）に詳しい。
（9）高麗・李奎報撰『白雲小說』（『原本影印韓國古典叢書』所收、大提閣、一九七五年）。
（10）江戶・祇園南海著『詩訣』（『日本詩話叢書』第一卷所收、鳳出版、一九二二年）。

（11）『南史』巻十九・謝方明傳には以下のようにある。「子惠連、年十歳能屬文。族兄靈運嘉賞之、云『毎有篇章、對惠連輒得佳語』。嘗於永嘉西堂思詩、竟日不就、忽夢見惠連、卽得『池塘生春草』、大以爲工。常云『此語有神功、非吾語也』」（中華書局、一九七五年）。

（12）『增補六臣註文選』巻二十二「登池上樓」詩注に以下のようにある。「善注同。良曰『塘』、『隄』也。『鳴』、『禽鷽』也。銑曰『詩』「豳風」云『春日遲遲、采蘩祁祁』、『楚辭』曰『王孫遊兮不歸。春草生兮萋萋』、言感傷此歌吟也』」（華正書局、一九七四年）。

（13）『謝氏譜』の流傳に關しては陳爽「『陳國陽夏謝氏譜』輯補――中古譜牒復原研究」（『田餘慶先生九十華誕頌壽論文集』、中華書局、二〇一四年）に詳しい。

（14）北宋・陳應行編『吟窗雜錄』（中華書局、一九九七年）。

（15）南宋・何汶撰、常振國・絳雲點校『竹莊詩話』（中華書局、一九八四年）。

（16）『南齊書』巻四十七（中華書局、一九七二年）。

（17）李白「宣州謝朓樓餞別校書叔雲（一作「陪侍御叔華登樓歌」）」詩を收錄するものとして、北宋・李昉等編『文苑英華』巻三四三、明・高棅編『唐詩品彙』巻二十七、明・陸時雍撰『唐詩鏡』巻十九、清・官修『唐宋詩醇』巻七、清・徐倬編『全唐詩錄』巻二十二、清・曾國藩撰『十八家詩鈔』巻十などがある。

（18）米山寅太郎・高橋智解題『李太白文集』（汲古書院、二〇〇六年）。

（19）南宋・楊齊賢集註、元・蕭士贇補註、芳村弘道解題『分類補註李太白詩』（汲古書院、二〇〇六年）。

（20）清・王琦注『李太白全集』（中華書局、一九七七年）。

（21）北宋・李昉等編『文苑英華』巻三四三（中華書局、一九六六年）。

（22）瞿蛻園・朱金城校注『李白集校注』巻十八（上海古籍出版社、一九八〇年）。

（23）詹鍈「李白『宣州謝朓樓餞別校書叔雲』應是『陪侍御叔華登樓歌』」（『文學評論』、一九八三年第二期）。

（24）清・王堯衢注『古唐詩合解』（德華堂、一八四五年）。

（25）郁賢皓選注『李白選集』（上海古籍出版社、二〇一三年）。

（26）裴斐主編『李白詩歌賞析集』（巴蜀書社、一九八八年）。
（27）『後漢書』巻二十三・竇章傳に「是時學者稱東觀爲老氏臧室、道家蓬萊山」とある（中華書局、一九六五年）。
（28）趙昌平撰『李白詩選評』（上海古籍出版社、二〇一一年）。
（29）清・翁方綱著、陳邇冬校點『石洲詩話』巻一（人民文學出版社、一九八一年）。
（30）南宋・陳與義撰、南宋・胡稚箋注『增廣箋註簡齋詩集』巻二十六（江蘇古籍出版社、一九八八年）。
（31）清・朱彝尊撰、清・李富孫注『曝書亭集詞註』巻二（廣文書局、一九七八年）。
（32）詹鍈主編『李白全集校注彙釋集評』（百花文藝出版社、一九九六年）。
（33）前掲『南齊書』謝朓傳に、「少好學、有美名、文章清麗」とあり、李白の「送儲邕之武昌」詩に「諾謂楚人重、詩傳謝朓清」とあるように、「清」は謝朓を評する上で重要な語であった。關連論文として、向島成美「謝朓の詩について」（『東京教育大學文學部紀要』第一〇七輯、一九七六年）、松浦友久「李白における謝朓の像――白露垂珠滴秋月」（『中國古典研究』第十三號、一九六五年）などがある。
（34）郁賢皓編選『李白集』（鳳凰出版社、二〇〇六年）。

第六章　李白「志在青山」考
——謝脁別業の存在をめぐって

一　はじめに

李白はその死後、宣州當塗縣の「龍山」に埋葬され、その後さらに同縣内にある「青山」に改葬される。當塗「青山」改葬は當時の宣歙池等州觀察使であった范傳正によって執り行われ、その經緯は范傳正の碑文「唐左拾遺翰林學士李公新墓碑竝序」(1)に詳しい。范碑によれば、當塗縣を訪れた范傳正は李白の孫娘なる人物を探し出し、孫娘より「先祖志在青山《せんそこころざしせいざんにあり》」と傳え聞いたという。すなわち、李白墓が當塗「龍山」から當塗「青山」へ遷移された背景には、他ならぬ李白自身の終焉の志があった。

范碑以降、當塗「青山」は李白墓の所在地として一躍有名になり、同時に、後段に述べるように、當塗「青山」には李白が敬慕の念を抱いていた南齊詩人謝脁の別業があったと指摘されるようになる。「志在青山」は、謝脁ゆかりの地に埋葬されることを望んだ李白の言葉として、兩詩人の結びつきを強め、また「李白墓—青山—謝脁別業」は固定の典故として、後世の李白を弔う詩の中に頻繁に見られるようになる。

一方で、李白が終焉の志を抱いたこの「青山」という語に關する檢討は、これまでほとんどなされてこなかった。また謝朓詩に關する先行研究においても、當塗の「青山」に言及するものは確認できない。范碑に記された李白改葬の經緯があまりに明白であったため、そして歴代の詩話、地理書、李白詩注などがこぞって范碑の記述を援用したことが、その主な原因であろう。范碑によって歴史の表舞臺に姿を現した李白「志在青山」の遺言、そして謝朓「青山」別業の存在は、そのまま後人によって自明視されるようになったのである。

ところで、「青山」が李白の遺言によって示されるとおり、その終焉の志を託する地であったとすれば、李白と謝朓の關係性を考える上で、そして李白の文學を考える上で、看過し得ない大きな問題とならざるを得ない。加えて、かりに當塗「青山」に謝朓別業なるものが存在していたとすれば、それは謝朓の足跡・文學を考える上でも、極めて重要な手掛かりとなるだろう。本章では、謝朓「青山」別業の存在の有無を問い尋ねつつ、李白「志在青山」をめぐる言説を今一度整理し、考察を試みることとしたい。

二　李白墓遷移の經緯ならびに謝朓別業に關する記述

はじめに、當塗「青山」に言及した第一資料として、范傳正「唐左拾遺翰林學士李公新墓碑竝序」（八一七年、以下范碑）の記述を確認したい。李白の死から五十五年經ち、宣歙池等州觀察史であった范傳正は、當塗縣令の諸葛縱を伴って李白墓を當塗「青山」に遷移する。范碑のうち、論點となる部分を以下に擧げる。なお、（　）はすべて筆者による（以下同樣）。

①公　名は白、字は太白、其の先は隴西成紀の人なり。絕嗣の家なれば、譜牒を求め難し。公の孫女　箱篋の中

に捜すに、公の亡子の伯禽の手疏十數行を得たり。紙壞《やぶ》れ字缺け、詳備なること能はざるも、約して之を計るに、涼の武昭王の九代の孫なり。…（公名白、字太白、其先隴西成紀人。絶嗣之家、難求譜牒。公之孫女搜於箱篋中、得公之亡子伯禽手疏十數行。紙壞字缺、不能詳備、約而計之、涼武昭王九代孫也。…）

②…（李白）晩歳、牛渚磯に渡り、姑熟に至る[2]に、謝家の青山を悅び、終焉の志有り。盤桓 居るに利ありて、竟に此に卒す。其の生くるや、聖朝の高士なり。其の往くや、當塗の旅人なり。…（…晩歳、渡牛渚磯、至姑熟、悅謝家青山、有終焉之志。盤桓利居、竟卒於此。其生也、聖朝之高士。其往也、當塗之旅人。…）

③圖を按じ公の墳墓の當塗の屬邑に在るを得たり。因りて樵採を禁じ、灑掃を備へしむ。公の子孫を訪ね、慰薦を申《の》べんと欲す。凡そ三四年にして、乃ち孫女二人を獲たり。一は陳雲の室と爲り、一は劉勸の妻と爲り、皆 戶を甿に編ぜらるるなり。因りて召して郡庭に至り、相ひ見へて與に語る。衣服は村落のごとくして、形容は朴野なり。而れども進退は閑雅にして、應對は詳諦なり。且つ祖德在るが如くして、儒風 宛然たり。其の所以を問へば、則ち曰はく「父 伯禽は、貞元八年を以て不祿にて卒す。兄の一人有り、出遊すること一十二年、在る所を知らず。父 存するときは官無く、父 歿して民と爲る。兄有るも相ひ保たず、天下の窮人と爲る。…久しく敢へて縣官に聞こえず。祖考を辱しむることを懼るるも、鄉閭逼迫し、恥を忍びて來りて告ぐ」と。…（按圖得公之墳墓在當塗屬邑。因令禁樵採、備灑掃。訪公之子孫、欲申慰薦。凡三四年、乃獲孫女二人。一爲陳雲之室、一爲劉勸之妻、皆編戶甿也。因召至郡庭、相見與語。衣服村落、形容朴野。而進退閑雅、應對詳諦。且祖德如在、儒風宛然。問其所以、則曰「父伯禽、以貞元八年不祿而卒。有兄一人、出遊一十二年、不知所在。父存無官、父歿爲民。有兄不相保、爲天下之窮人。…久不敢聞於縣官。懼辱祖考、鄉閭逼迫、忍恥來告」。…）

④（孫女二人）云ふ「先祖 志 靑山に在り、宅兆を遺言するも、頃《そのころ》屬《たま》たま多故なれば、龍山の東麓に殯らる。地 近くして本意に非ず。墳は髙さ三尺にして、日び益ます摧圮し、力 且つ及ばず。之を如何とするを知る」と。（范傳正）之を聞きて憫然として、將に其の請ふを遂げんとす。因りて當塗令諸葛縱の州に在るを會計し、其の事を諭すを得たり。縱もまた好事の者にして、歌詩を爲《つく》るを學ぶ。其の語を聞くを樂《よろこ》び、便ち道もて縣に還る。躬《みづか》ら地形を相《み》、新宅を靑山の陽に卜す。元和十二年正月二十三日を以て、神を此に遷し、公の志を遂ぐるなり。西のかた舊墳を去ること六里にして、南のかた驛路に抵ること三百歩にして、北のかた謝公山に倚る、卽ち靑山なり。天寶十二載 敕して名を改む。…（云「先祖志在靑山、遺言宅兆、頃屬多故、殯於龍山東麓。地近而非本意。墳髙三尺、日益摧圮、力且不及。知如之何」。聞之憫然、將遂其請。因當塗令諸葛縱會計在州、得諭其事。縱亦好事者、學爲歌詩。樂聞其語、便道還縣。躬相地形、卜新宅於靑山之陽。以元和十二年正月二十三日、遷神於此、遂公之志也。西去舊墳六里、南抵驛路三百歩、北倚謝公山、卽靑山也。天寶十二載敕改名焉。…）

范碑は大きく二つの部分に分けられ、前半には李白の略傳（①②）、後半には改葬の經緯（③④）が記されている。順序が前後するが、はじめに改葬の經緯を記した③④から見ていきたい。當塗縣を訪れた范傳正は、李白の子孫を探し求め、三・四年經った頃に孫娘二人を見つける。[3] 二人は陳氏の妻、劉氏の妻として農民の戶籍に名を連ねており、粗末な身なりながら、何處か髙雅な物腰であったという。話を聞くと、李白の子にして二人の父である伯禽は既に七九二年に沒していた（③）。續けて話は李白に及ぶ。「先祖 志 靑山に在り、宅兆を遺言するも、頃 屬たま多故なれば、龍山の東麓に殯らる。地 近くして本意に非ず」。すなわち、李白は生前、當塗「靑山」に埋葬されたいという思いを抱いていたが、様々な原因から叶わず、[4] また孫娘の力では改葬もままならなかったのだ、という。「地 近し」とは、先に李白が葬られた當塗「龍山」が、當塗「青山」の西三キロメートルの距離に位置していたことを踏まえる（左の地圖を參照）。孫娘の言から、「青山」とは龍山の東に位置する山の名稱であって、一般名詞としての「青々とした山＝青山」として用いられているわけではないことが分かる。二人の言葉を聞いた范傳正は、早速、當塗縣令の諸葛縦を伴い、李白墓を當塗「青山」へ移す（④）。青山改葬の經緯はおおよそ以上のとおりであった。[5]

翻って碑文の前半、李白の略傳に目を向けると、孫娘が、箱の中から見つけた父伯禽の書によって李白の家系を知った、と述べるように（①）、前半部分の傳記は、孫娘の言葉を聞いた後、すなわち③④の後に書かれたものである。そのため「（李白）晩歳、牛渚磯に渡り、姑熟に至るに、謝家の青山を悅び、終焉の志有り」という言葉も（②）、當然ながら孫娘による「先祖 志 青山に在り」の言を踏まえていることになる。ここにおいて、「青山」はさらに「謝家の青山」と説明され、[6]「李白―當塗青山―謝朓」という繫がりが明確に示される。

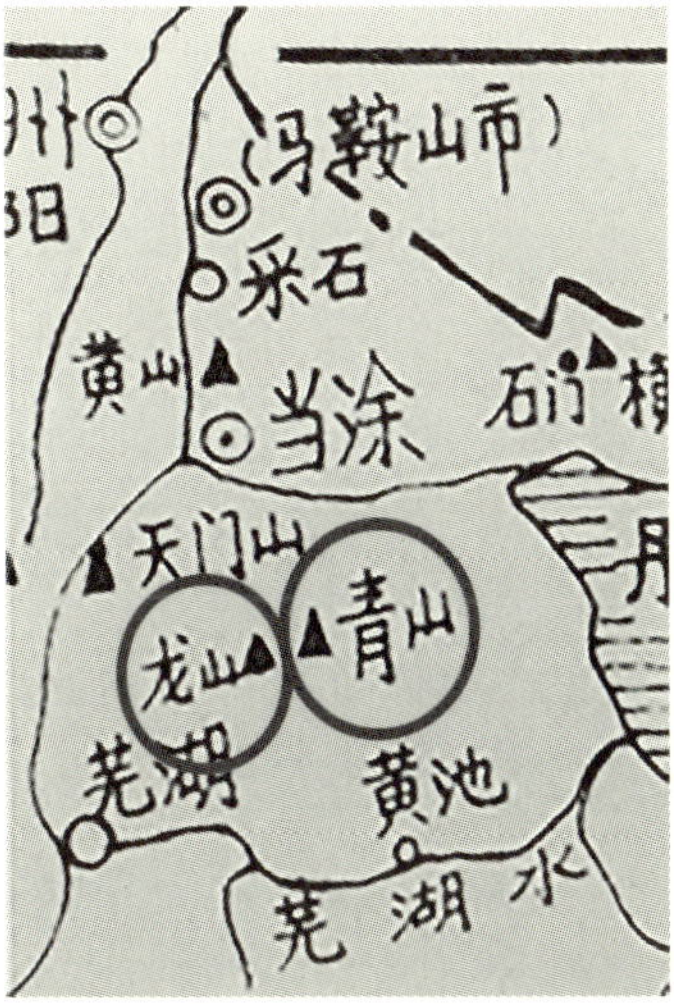

張才良主編『李白安徽詩文校箋』
（安徽文藝出版社、一九九二年）

唐代における李白の誌碑には、劉全白「唐故翰林學士李君碣記」（七九〇年、以下劉碑）、范傳正「唐左拾遺翰林學士李公新墓碑竝序」（前出、八一七年）、李華「故翰林學士李君墓誌竝序」（年代不詳、以下李碑）、裴敬「翰林學士李公墓碑」（八四三年、以下裴碑）がある。このうち、劉碑は當塗「青山」改葬前に、龍山李白墓に殘された碣文であるため、本論では扱わない。李碑と裴碑はいずれも當塗「青山」改葬について言及しているため、范碑以降に作られたものと判断される。このうち、李碑に關してはすでに僞作説が唱えられているが、(7) 本論に關わる部分を見ると、「嗚呼《ああ》、姑孰の東南、青山の北址、唐の高士李白の墓有り（嗚呼、姑孰東南、青山北址、有唐高士李白之墓）」とあるのみで、いずれにせよ范碑の内容と基本的には矛盾しない。また裴碑では青山李白墓の後日談が述べられており、間接的に范碑の記述を下敷きにしている。以下、裴碑の該當箇所を擧げる。

（李白）其の後 脅從を以て罪を得たり。既に免ぜられ、遂に江南を放浪す。宣城に死し、當塗青山の下に葬らる。…會昌三年二月の中、敬は淠水の草堂より南のかた江左に遊び、公の墓下を過ぐ。四たび青山を過ぎ、兩たび塗口を發し、徘徊して去るに忍びず。前の濮州鄄城縣尉李劭と、同《とも》に公服を以て其の墓を拜す。其の墓の左人の畢元宥に問《めい》じて、實《まこと》に灑掃を備へ、綿帛を留め、酒饌を具へて公を祭らしむ。公の孫無く、孫女二人有るを知る。一は劉勸に娶られ、一は陳雲に娶らる。皆 農夫なり。且つ曰はく「二孫女の墓を拜せざること已に五六年なり」と。因りて邑宰の李君都傑に告げて、畢元宥の力役を免じ、灑掃の事を專らにせしめんことを請ふ。…（其後以脅從得罪。既免、遂放浪江南。死宣城、葬當塗青山下。…會昌三年二月中、敬自淠水草堂南遊江左、過公墓下。四過青山、兩發塗口、徘徊不忍去。與前濮州鄄城縣尉李劭、同以公服拜其墓。問其墓左人畢元宥、實備灑掃、留綿帛、具酒饌祭公。知公無孫、有孫女二人。一娶劉勸、一娶陳雲。皆農夫也。且曰「二孫女不拜墓已五六年矣」。因告邑宰李君都傑、請免畢元宥力役、俾專灑掃事。…）

李白の「（謝家の）青山」に在らんとする志は、范傳正の碑文に登場して以降、様々な文獻に記録された。『新唐書』巻二〇二に(8)「…二孫女 嫁して民妻と爲る…泣きて曰はく『先祖 志 青山に在り、頃 東麓に葬らるるも、本意に非ず』」と。傳正 爲に改葬し、二碑を立つ（…二孫女嫁爲民妻…泣曰『先祖志在青山、頃葬東麓、非本意』。傳正爲改葬、立二碑焉）」とあり、また北宋の趙令時『侯鯖錄』巻六「李白墳[9]」に「太白 平生 謝家の青山を愛し、其の處に葬らる…竊かに意ふに當時 此に稾殯せられ、范侍郎に至りて爲に青山に遷窆せらる（太白平生愛謝家青山、葬其處…竊意當時稾殯於此、至范侍郎爲遷窆青山焉）」とあるのは、いずれも范碑に基づいて記されたものである。

さらに南宋になると、當塗「青山」謝朓別業のみならず、同じ場所に「謝公池」「謝公亭」と名付けられた名勝も確認されるようになる。たとえば南宋の陸游『入蜀記』巻二[10]には、以下のように見える。

青山に游ぶ。山南の小市に謝玄暉の故宅の基有り、今は湯氏の居る所と爲る。南のかた平野を望みて目を極むれば、宅を環《めぐ》るは皆 流泉奇石、青林文篠、眞に佳處なり。遂に宅の後ろより山に登れば、路 極めて險巇なり…。…一菴に至り、…菴前に小池有り、謝公池と曰ふ。水味は甘冷にして、盛夏と雖も竭《つ》きず。絶頂に又た小亭有り、亦た謝公亭と名づく。下に四山を視れば、蛟龍の奔放して、爭ひて川谷に赴くが如し…。
（游青山。山南小市有謝玄暉故宅基、今爲湯氏所居。南望平野極目、而環宅皆流泉奇石、青林文篠、眞佳處也。遂由宅後登山、路極險巇…。…至一菴、…菴前有小池、曰謝公池。水味甘冷、雖盛夏不竭。絶頂又有小亭、亦名謝公亭。下視四山、如蛟龍奔放、爭赴川谷…）

當塗「青山」と謝朓の關係は、後世の地理志においても具體的に指摘され、范碑の情報をさらに推し進めた記錄が見られるようになる。たとえば北宋の『太平寰宇記』巻一〇五[11]には、「謝公山、縣の東三十五里に在り。齊の宣城太守謝朓 室及び池を山南に築く（謝公山、在縣東三十五里。齊宣城太守謝朓築室及池於山南）」とあり、いわゆる「謝公山（當塗「青山」）」とは、謝朓が別業を築いた場所である、と明記している。また清代の『江南通志[12]』巻三十五にも、「李白の宅、當塗縣青山の麓に在り。白 姑孰に至りて當塗令李陽氷に依り、謝家の青山を愛し、

終焉の志有り（李白宅、在當塗縣青山之麓。白至姑孰依當塗令李陽氷、愛謝家青山、有終焉之志）」という記載が見える。(13)
「李白墓―當塗青山―謝朓別業」という構圖は、その後ますます一體のものと見なされ、清の王琦が李白「謝公宅」詩に附した注(14)には、「謝朓の宅、太平府の東南 青山の椒に在り。南齊の謝朓 宣城に守たりし時 別宅を此に建つ（謝朓宅、在太平府東南青山之椒。南齊謝朓守宣城時建別宅於此）」とあり、謝朓が別業を卜した時期までもが追加されている。

謝朓別業の存在は、近現代の李白研究においても自明視されてきた。たとえば李昌志(15)は、「『謝家青山』、卽謝公山、北臨姑溪河、左帶丹陽湖、與龍山隔河相望。南齊詩人宣城太守謝朓曾遨遊吟詠于此、稱這里爲『山水郡』、因愛其勝、遂築室山南」と述べており、また茆家培・李子龍主編『謝朓與李白研究』の茆家培序文(16)には「當塗境內的青山、是唐代大詩人李白的長眠之所、也是素爲李白景慕的南齊詩人謝朓築室之處」とあり、謝宇衡「李白『一生低首謝宣城』衍述(17)」には「謝朓於齊明帝建武年閒出任宣州太守期閒曾築室山南、故又稱謝公山・謝家山和謝公青山。李白深愛宣城一帶山水景物之美和謝朓山水寫景詩（主要是寫宣城一帶山水景物的詩《ママ》）之佳、『悅謝家青山、有終焉之志』」とある。これらはいずれも前出の地理志及び王琦注の記載を下敷きとしている。

このように、李白の遺言「志在青山」に含まれる「青山」という語は、范碑より現代に至るまで、ひとしく當塗縣にある特定の山の名稱として解釋されてきた。同時に、その當塗「青山」には、謝朓が宣城太守を務めていた時期に建てた別業が存在した、という見方も一般的に爲されてきた。

李白の「志在青山」という言葉は、當塗「青山」に謝朓別業が存在したことを補強する材料としてみなされ、一方で當塗「青山」に謝朓別業が存在したという見方は、李白の謝朓愛好と、その遺言「志在青山」との整合性を裏付ける役割を擔うことになったのである。

三　謝朓詩における「青山」と謝朓別業の存在

「青山」という地名について、南宋の『方輿勝覽』巻十五・太平州「山川」青山[18]に興味深い記述が見える。

當塗縣の東南三十里に在り。『寰宇記』に「齊の宣城大守謝朓 室を山南に築く。遺址 猶ほ存す。絶頂に謝公池有り。唐の天寶に改めて謝公山と爲す」と。朓の詩に云ふ「還つて望む 青山の郭」と。（在當塗縣東南三十里。『寰宇記』「齊宣城太守謝朓築室於山南。遺址猶存。絶頂有謝公池。唐天寶改爲謝公山」。朓詩云「還望青山郭」）

本文は言わば謝朓の詩中に「青山」別業の存在を確認しようと試みたものであり、引用されている「還望青山郭」は、謝朓の「遊東田」詩（巻三）の一句である。ところが、六臣注『文選』「遊東田」詩[19]に「善 曰はく、『朓 莊有り、鍾山の東に在り、遊還して作す』と。濟 曰はく、『則ち朓の居る所の東田なり』と（善曰、『朓有莊、在鍾山東、遊還作』。濟曰、『則朓所居之東田』）」と見えるように、「東田」は鐘山の近くにあった謝朓の別業[20]を指しており、作詩の地點から見ても、當塗「青山」とは完全に別物である。『方輿勝覽』がこのような初歩的なミスを犯したのはなぜか。

李白が最終的に埋葬された場所として一躍名を知られるようになった當塗「青山」であるが、謝朓との關連に詳しく言及した言説はほとんど見當たらず、確たる根據を備えるものはない。加えて、謝朓詩における「青山」という語は、先述の「遊東田」詩の他に、「高齋視事」詩（巻三）の「餘雪は青山に映え、寒霧に白日開く（餘雪映青山、寒霧開白日）」が一首あるのみで、ここでは宣城の敬亭山を形容するのに「青山」の語を用いている。また、宣城期の謝朓と同僚であった何從事の「往敬亭路中」詩（巻五）に「綠水 漣漪《れんい》豐かに、靑山 繡綺《しうき》多し（綠水豐漣漪、靑山多繡綺）」があり、これは謝朓を含む數名の聯句という形式を取る作品であるが、詩題から見ても、詩中の「靑山」が宣城の敬亭山を指すと考えて差し支えない。

このように、謝朓詩に見える「靑山」は山を形容する一般的な語句として用いられており、そのいずれも（形容する對象という點から見ても）當塗「靑山」とは關連を持たない。またこれらの詩以外にも、當塗の「靑山」に言及したと思しい謝朓の詩文および關連資料は確認されない。

謝朓の詩を、その生涯に沿って見た場合、文學集團の一員として奉和・應制の詩を多く爲した前半生と、宣城に太守として赴任し、孤獨の中で山水詩を多く殘した後半生とに分けることができる。その中でも、謝朓が生涯にわたって特に好んだ題材として、建物からの景觀を詠じた作品と、山閒の自然景色を詠じた作品とがある。前者について見ると、たとえばその「治宅」詩（巻三）には以下のようにある。

結宇夕陰街　　宇を結ぶ 夕陰の街
荒途橫九曲　　荒途 九曲に橫たはる
迢遰南川陽　　迢遰たり 南川の陽《きた》
迤邐西山足　　迤邐《いり》たり 西山の足《ふもと》
闢館臨秋風　　館を闢きて秋風に臨み
敞窗望寒旭　　窗を敞きて寒旭を望む
風碎池中荷　　風は碎く 池中の荷

霜翦江南菉　霜は翦《か》らす 江南の 菉《かりやす》
既無東都金　既に東都の金 無ければ
且税東皐粟　且《しばら》く東皐の粟を税《おさ》めんとす

夕陰街に家を作った。家の前には荒れた道が廣がり、洛陽の九曲のような邊鄙な場所に横たわっている。南川の北に廣がる土地が遙かに眺められ、西山の裾野が長く續いている。戸を開いて秋風にあたり、窓を開いて寒々とした朝日を望む。風は池の枯れた荷の葉を碎き、霜は江南の菉を枯らしてしまった。私は疏廣・疏受のように黄金を頂戴して官を辭したわけではないので[21]、まずはかの阮籍のように東の岡で收穫した粟を税として納めることにしよう[22]——。

謝朓晩年のころ、建康の郊外に家を建てたことを詠じた作品である。詩中で謝朓は新居周邊の景色や窓からの景觀を事細かに描き出し、九句目・十句目の抒情部分へと繋げている。

このような、家屋とその周圍の景觀を題材に詠じる詩は、謝朓の族兄・謝靈運にすでに見られるものであった。謝靈運は始寧隱棲期に庭園を造り、庭園それ自體の配置と周圍の景觀を詠じた「田南樹園激流植援」詩を殘している。宣城期の謝朓は特にその傾向を色濃く引き繼いでおり、宣城の郡齋からの眺めを詠じた「郡内高齋閑望答呂法曹」（巻三）をはじめとする一連の詩作は[23]、謝朓を代表する作品として後世に高く評價されている。その中でも、謝朓の愛好が顯著に見て取れる作品として、宣城の郡齋に新しく北窓を作り、友人の詩に和した「新治北窗和何從事」詩（巻四）がある。第二章で論じたように、「新たに窓を作る」ことを詠じる作品は、謝朓を除いてほとんど見られず、謝朓が建物からの眺望をこよなく愛していたことが見て取れるだろう。さらに、宣城太守在任中、謝朓は足繁く郡内の敬亭山を訪れており、「遊敬亭山」「遊山」などの作品を残している（詳しくは第七章を參照）。別業そのものや周圍の眺望、そして山中の景色などは、詩人謝朓にとって極めて重要な詩の題材であった。かりに、謝朓が當塗「靑山」に別業をつくり、その存在が後世の李白をも魅了したのだとすれば、現存する謝朓詩に、少なくともその痕跡が確認されてしかるべきだろう。

ところが實際には、謝朓の詠じる「靑山」という語に、みどりの山として山一般を指す用法はあっても、固有名詞として特定の山を指す用例はなく、ましてや當塗「靑山」を指すものは皆無である。さらに付け加えれば、當塗縣という場所と謝朓自身の關連も確認することはできない。その結果、後世の人々は李白の遺言「志在靑山」と謝朓との關連を敢えて見出そうとして、無理な論證を行うことになる。前出の『方輿勝覽』が、强引に謝朓の詩中から當塗「靑山」の手がかりを探そうとして「遊東田」詩を引いたのは、まさにその一例である。

ほかにも、謝朓と當塗「靑山」との自明とされてきた繋がりを決定的に疑わせる事實がある。謝朓の詩文および南齊當時の資料に當塗「靑山」に關する記述が見られないのは前述のとおりであるが、實のところ、宣城太守を務めた時期に、謝朓が當塗「靑山」に別業を構えたという言說そのものにも、疑念を抱かざるを得ない。范碑をはじめとする「李白志在靑山」說に據って判斷するに、謝朓別業は當然のことながら、當塗縣「靑山」に位置していたと考えられる。これは前出の陸游『入蜀記』にも、詳細に述べられているとおりである。しかしながら、南齊當時の行政區畫から見た場合、「靑山」のある當塗縣は、謝朓が太守を務めた宣城郡には含まれていなかった。南齊當時、當塗縣が宣城郡ではなく、鄰接する淮南郡の屬縣であったことが、『南齊書』卷十四州郡上「南豫州」(24)に次のように明記されている。

淮南郡　于湖　繁昌　當塗　浚遒　定陵　襄垣
宣城郡　廣德　懷安　宛陵　廣陽　石城　臨城　寧國　宣城　建元　涇　安吳

そして當塗縣が宣州に組み込まれるのは、隋の大業十年（六一四）以降のことである。唐の『元和郡縣圖志』卷第二十八江南道四「宣州」(25)には、以下のようにある。

當塗縣、本は漢の丹陽縣の地なり。其れ當塗縣は本は九江郡に屬し、漢に侯國と爲る。…晉の武帝の太康の初め、丹陽を分かちて于湖縣を置く。成帝の時、江北の當塗縣の流人の江を過ぎて于湖に在る者を以て、僑立して當塗縣と爲し、淮南郡に屬す。隋の大業十年、于湖縣を廢し、當塗を以て宣州に屬せしむ。（當塗縣、本漢丹陽縣地。其當塗縣本屬九江郡、漢爲侯國。…晉武帝太康初、分丹陽置于湖縣。成帝時、以江北之當塗縣流人過江在于湖者、僑立爲當塗縣、屬淮南郡。隋大業十年、廢于湖縣、以當塗屬宣州）

南齊當時から唐代にかけて、當塗の行政區畫が變化していることは、次頁の地圖によってもはっきりと確認できる。

このように、宣城太守であった謝朓が、その在任中に任地を離れて、他郡の屬縣である當塗に別業を築いたとは考えにくく、端的に言えば不可能のことであった。「謝朓が宣城太守期に當塗縣の靑山に別業を築いた」という言説は、ほぼ確實に、後人による牽强付會の產物であると考えてよいだろう。そしてその背景には、唐代における「宣州」と「宣城」の地名の混用がある。

范碑に遲れること二十六年の裴碑（八四三）には「（李白）其の後　脅從を以て罪を得たり。既に免ぜられ、遂

當塗および宣城の行政區畫

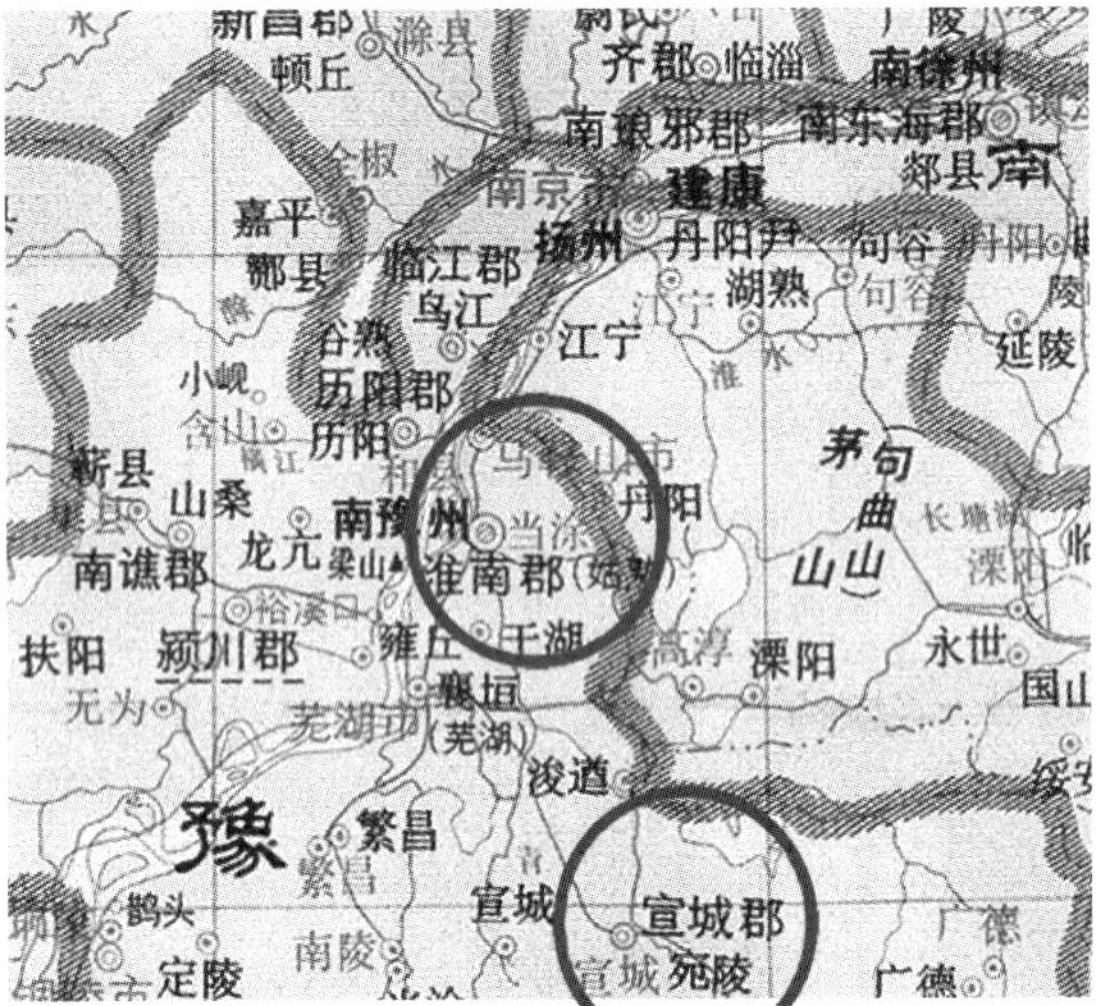

南齊↑

唐代↑

※譚其驤主編『中國歷史地圖集』（地圖出版社、一九八二年）

に江南を放浪す。宣城に死し、當塗青山の下に葬らる」（前出）と記されている。裴敬は自ら當塗「青山」を訪れて立碑しているため、ここで言う「宣城」とは、當然のことながら、「宣城縣」のことではなく、李白が沒した「當塗縣」を含む、唐代の「宣州」全體を指していることが分かる。このように、唐代において、「宣城」という語は、特定の縣（宣城縣）を指すと同時に、廣く宣州（宣城縣、當塗縣などを含む）を指す語としても用いられていた。一方で、「謝宣城」の呼び名が示すように、謝朓に付隨する第一のイメージこそ、「宣城」という地名であり、「宣城太守」という肩書きであった。そのため、「唐代における宣城（實際には宣城縣・當塗縣を含む宣州）＝南齊における宣城（實際には唐代における宣城縣）＝宣城太守謝朓」という誤解された認識の中において、半ば條件反射のような形で、宣州當塗縣「青山」と謝朓が關連付けられたのである。

　現存する謝朓の關連資料からは、謝朓と「青山」との關連は確認されず、また行政區畫から見ても、當塗「青山」別業が宣城期に建てられた可能性は極めて低い。とすれば、謝朓「青山」別業の存在自體、甚だ疑わしいと言わざるを得ない。

四　李白詩における「青山」

ところで、李白の詩に見える「青山」の語には、いくつかの用法が確認される。そのうち、一般名詞として具體的な對象を限定しない「青山」の用法として、「烏棲曲」（巻三）の、

姑蘇臺上烏棲時　　姑蘇臺上　烏棲むの時
吳王宮裏醉西施　　吳王　宮裏　西施に醉ふ
吳歌楚舞歡未畢　　吳歌　楚舞　歡　未だ畢らざるに
青山欲銜半邊日　　青山　銜まんと欲す　半邊の日

また「南都行」（巻七）の、

高樓對紫陌　高樓　紫陌に對し
甲第連靑山　甲第《かふたい》　靑山に連なる
此地多英豪　此の地　英豪多く
邈然不可攀　邈然として攀づべからず

さらに「送友人」詩（巻十八）の、

靑山橫北郭　靑山　北郭に橫たはり
白水遶東城　白水　東城を遶る
此地一爲別　此の地　一たび別れを爲さば
孤蓬萬里征　孤蓬　萬里に征かん

などの作品が擧げられる。これらの詩では、「靑山」は山一般を形容する語として用いられており、第一義の「靑々とした山」を意味している。一方、特定の山を「靑山」の語によって形容する用法として、たとえば「游泰山六首」其六（巻二十）には以下のようにある。

朝飮王母池　朝に飮む　王母の池
暝投天門關　暝に投ず　天門關
獨抱綠綺琴　獨り抱く　綠綺の琴
夜行靑山閒　夜行く　靑山の閒

また「望天門山」詩（巻二十一）には以下のようにある。

天門中斷楚江開　　天門中斷して　楚江　開き
碧水東流至北迴　　碧水　東に流れて北に至って迴る
兩岸青山相對出　　兩岸の青山　相對して出で
孤帆一片日邊來　　孤帆　一片　日邊より來たる

さきの山一般を表す「青山」の用例と、基本的には同じ用法であるが、右に擧げた二首では、「青山」という語の對象として、泰山と天門山がはっきりと意識されている。同様に、李白は謝朓ゆかりの山についても、この「青山」という語を用いて形容している。たとえば、李白が敬亭山を訪れた際に詠じた「遊敬亭寄崔侍御」詩（巻十四）の、

我家敬亭下　　我は家す　敬亭の下
輒繼謝公作　　輒ち繼ぐ　謝公の作　…（中略）
登高素秋月　　高きに登る　素秋の月
下望青山郭　　下に望む　青山の郭

また同じく敬亭山を詠じた「登敬亭北二小山余時客逢崔侍御竝登此地」詩（巻二十一）の、

送客謝亭北　　客を送る　謝亭の北

逢君縱酒還　　君に逢ひ 酒を 縱《ほしいまま》 にして還る

屈盤戲白馬　　屈盤 白馬に戲れ

大笑上青山　　大笑して青山に上る

などがこれにあたる。李白詩に見える「青山」の用例は計二十三首を數えるが、對象の山を特定できるものはあまり多くない。左の表に示す。

李白詩における「青山」の用例

	卷數	詩題	詩句	地點	「青山」の用法
①	卷十五	廣陵贈別	海上見青山	揚州	一般的な山
②	卷三十	春感	卻憶青山上	成都	一般的な山
③	卷十四	春日歸山寄孟浩然	青山謁梵筵	襄陽	一般的な山
④	卷七	南都行	甲第連青山	南陽	一般的な山
⑤	卷十五	別中都明府兄	海上青山隔暮雲	中都	一般的な山
⑥	卷二十	游泰山六首　其六	夜行青山間	泰山	泰山
⑦	卷二十二	金陵三首　其一	山爲龍虎盤（一作青山龍虎盤）	建康	金陵近郊の山
⑧	卷二十三	日夕山中忽然有懷	久卧青山云、遂爲青山客。	廬山？	廬山
⑨	卷三	烏棲曲	青山欲銜半邊日	長安？	一般的な山
⑩	卷十四	游敬亭寄崔侍御	下望青山郭	宣城	敬亭山
⑪	卷二十一	登敬亭北二小山余時客逢崔侍御竝登此地	大笑上青山	宣城	敬亭山

⑫	巻二十五	題東溪公幽居	宅近青山同謝朓	當塗	當塗青山？
⑬	巻八	詶殷明佐見贈五雲裘歌	謝朓已没青山空	當塗	當塗青山？
⑭	巻十四	涇溪東亭寄鄭少府諤	又如雪點青山雲	涇縣	一般的な山
⑮	巻十四	江夏寄漢陽輔録事	青山漢陽縣	武漢／江夏	一般的な山
⑯	巻二十	流夜郎至江夏陪長史叔及薛明府宴興德寺南閣	青山落鏡中	武漢／江夏	一般的な山
⑰	巻十四	早春寄王漢陽	預拂青山一片石	江夏	一般的な山
⑱	巻八	和盧侍御通塘曲	月出青山送行子	尋陽／豫章？	一般的な山
⑲	巻二十一	望天門山	兩岸青山相對出	當塗	天門山
⑳	巻二十二	「姑熟十詠」 謝公宅	青山日將暝	當塗	當塗青山？
㉑	巻二十四	效古二首 其一	青山映輦道	不明	一般的な山
㉒	巻八	古意	各在青山崖	不明	一般的な山
㉓	巻十八	送友人	青山横北郭	不明	一般的な山

※李白の足迹および編年を參照して配列した。なお、巻數は『李太白全集』に據る

さて、李白詩のうち、問題となる當塗「青山」を指す用法、すなわち從來、當塗「青山」を詠じたものと見なされてきた作品は、表中に示した⑫⑬⑳の三首のみである。(26) 順序が前後するが、まず⑳「姑熟十詠」謝公宅（巻二十二）から見ていきたい。

青山日將暝　　青山　日　將に暝《く》れんとし

寂寞謝公宅　寂寞たり 謝公宅
竹裏無人聲　竹裏 人聲無く
池中虚月白　池中 虚月白し
荒庭衰草徧　荒庭 衰草 徧《あまね》く
廢井蒼苔積　廢井 蒼苔積もる
唯有清風閑　唯だ有り 清風の 閑《しづか》なる
時時起泉石　時時 泉石に起こる

青山のあたりに日が暮れようとする頃、謝公宅はさびしく静かである。竹藪の中は人の聲も全く聞こえず、池の中には水に映る月影が白く見える。荒れ果てた庭には枯草が一面に廣がり、荒廢した井戸のあたりには青い苔が層になっている。ただ泉の流れる石のあたりに時々清涼な風が静かに吹き渡っているだけである――。

本詩は、姑孰、すなわち當塗の景色を十選擇して詠じた「姑熟十詠」の一首であり、右に擧げる「謝公宅」詩の他に、「姑熟溪」「丹陽湖」「陵歊臺」「桓公井」「慈姥竹」「望夫山」「牛渚磯」「靈墟山」「天門山」がある。當塗の一風物として「謝公宅」を取り上げた作品であるならば、李白存命時に當塗「青山」謝朓別業が存在していた證據となる。しかし、この連作に關しては、北宋以降、次のように僞作説が唱えられてきた。北宋の蘇軾『東坡志林』巻二(27)には、以下のようにある。

姑孰の堂下を過《よぎ》り、李白の十詠を讀む。其の語の淺陋にして、太白に類《に》ざるを疑ふ。孫邈云ふ、之を王安國に聞けば、「此れ李赤の詩なり。祕閣の下に赤の集有りて、此の詩 焉《ここ》に在り。白の集の中に此れ無し」と。

赤は柳子厚の集に見ゆ。自ら李白に比し、故に赤と名づく。卒するに厠鬼の惑はす所と爲りて死す。今此の詩を觀るに、止だ此くの如し。而るに以て太白に比するは、則ち其の人心疾已に久しくして、特《た》だに厠鬼の罪に非ず。（過姑孰堂下、讀李白十詠。疑其語淺陋、不類太白。孫邈云、聞之王安國、「此李赤詩。祕閣下有赤集、此詩在焉。白集中無此。」赤見柳子厚集。自比李白、故名赤。卒爲厠鬼所惑而死。今觀此詩、止如此。而以比太白、則其人心疾已久、非特厠鬼之罪）

また、南宋の陸游『入蜀記』巻二[28]には、以下のようにある。

李太白　江東を往來するに、此の州　賦す所　尤も多し。「秋浦歌」十七首及び九華山・清溪・白笴陂・玉鏡潭の諸詩の如きは是なり。「秋浦歌」に云ふ「秋浦は長へに秋に似たり、蕭條として人をして愁へしむ」と。又た曰はく「兩鬢　秋浦に入りて、一朝　颯として已に衰ふ。猨聲　白鬢を催し、長短　盡く絲と成る」と。則ち池州の風物　見るべし。然らば太白の此の歌を觀るに、高妙なること乃ち爾らば、則ち「姑熟十詠」の決《かなら》ず贋作なるを知るなり。（李太白往來江東、此州所賦尤多。如「秋浦歌」十七首及九華山・清溪・白笴陂・玉鏡潭諸詩是也。「秋浦歌」云「秋浦長似秋、蕭條使人愁」。又曰「兩鬢入秋浦、一朝颯已衰。猨聲催白鬢、長短盡成絲」。則池州之風物可見矣。然觀太白此歌、高妙乃爾、則知「姑熟十詠」決爲贋作也）

蘇軾は本連作を李白の作品に非ずと見なしており、李赤なる人物の作であるとする説を引き、その根據としている。李赤とは『柳河東集』巻十七の李赤傳[29]に見える虛構の人物であるため、蘇軾の傳聞は信憑性に缺けるものの[30]、この「李赤僞作説」は後世、相應の影響力を持っていた。例えば明の高棅『唐詩品彙』[31]は「丹陽湖」「謝公宅」「凌敲臺」「慈姥竹」「望夫山」の五作品を選び、いずれも李赤の作としており、『全唐詩』は「姑孰十詠」（巻一八一）の題下に「一作李赤詩」と注記している。かりに「故熟十詠」の「李赤僞作説」が否定されたとしても、本連作が「語の淺陋にして、太白に類ず」、「髙妙」に缺くと後世の詩人に見なされていたこと、またそれを主要な理由として僞作説が出現し、一定の影響力を持った事實は、重く見る必要がある。少なくとも、「姑熟十詠」に含まれる作品を根據として、李白の傳記を考えることには愼重でなければならないだろう。

次に、⑫「題東溪公幽居」（巻二十五）には、以下のようにある。

杜陵賢人清且廉
東溪卜築歳將淹
宅近青山同謝朓
門垂碧柳似陶潛
好鳥迎春歌後院
飛花送酒舞前簷
客到但知留一醉
盤中祇有水精鹽

杜陵の賢人　清且つ廉
東溪卜築　歳　將に淹《ひさ》しからんとす
宅は青山に近くして謝朓に同じく
門は碧柳を垂れて陶潛に似たり
好鳥　春を迎へて後院に歌ひ
飛花　酒を送りて前簷《ぜんえん》に舞ふ
客　到れば但だ知る　一醉を留むるを
盤中　祇だ有り　水精の鹽

杜陵に棲む東溪公は、清廉な人物である。東溪のあたりに家を築き、そこに棲むようになってから、だいぶ歳月が經った。その家宅は青山に近く、あたかも南齊の謝朓が青山に室を築いたのと似ており、その門には青々と柳が茂り、まるで陶淵明が家宅の周圍に柳を植えたのに似ている――。

この詩に關して、詹瑛『李白全集校注彙釋集評』[32]は「宅近青山同謝朓」の句に着眼し、范碑を引いて「按范傳正『唐左拾遺翰林學士李公新墓碑』序云『晩歳渡牛渚磯、至姑熟、悦謝家青山、有終焉之志。盤桓利居、竟卒於此』。而本詩云『宅近青山同謝朓』、則此詩之作、當在天寶十二載以降、甚至晩年《ママ》」と繫年する。ただし、本詩は隱者の杜陵賢人が東溪に築いた住處を讃える詩であり、「青山」を含む頷聯は古人の典故を擧げた對句表現の中に位置していることに注意しなければならない。その場合、「宅は青山に近くして謝朓に同じく、門は碧柳を垂れて陶潛に似たり」という表現において、「碧柳」に對應する「青山」をあえて特定の地名と見なすのは、あまりに迎えた解釋であろう。これに對し、安旗『李白全集編年注釋』[33]は『元和郡縣圖志』巻第一關内道一「萬年縣[34]」に「杜陵、縣の東南二十里に在り、漢の宣帝の陵なり（杜陵、在縣東南二十里、漢宣帝陵也）」とあるのを引き、本詩の制作地を長安とした上で、天寶三載（七四四）に繫年する。かりに本詩が當塗滯在中の作でないとすれば、一層のこと、「青山」を固有名詞としてとらえる必然性はなくなり、「碧柳」との兼ね合いから、むしろ謝朓を連想させる一般名詞（謝朓詩中の青山の語句など）として解釋することの方が穩當となる。

最後に、⑬「詶殷明佐見贈五雲裘歌」（巻八）には、以下のようにある。

我吟謝朓詩上語　　我は吟ず　謝朓詩上の語
朔風颯颯吹飛雨　　朔風　颯颯　飛雨を吹く
謝朓已沒青山空　　謝朓　已に沒して　青山空しく
後來繼之有殷公　　後來　之を繼ぐに殷公有り
粉圖珍裘五雲色　　粉圖珍裘　五雲の色

曄如晴天散綵虹　曄《よう》として晴天の綵虹を散ずるが如し

私が謝朓の詩句を吟じていると、北風が颯颯と雨を吹きつける（謝朓「觀朝雨」詩に「朔風 飛雨を吹く（朔風吹飛雨）」とある）。その謝朓もすでに沒し、靑山が寂しく殘っており、その後を繼ぐものは、君、殷公である。君が私に贈ってくれた毛皮の衣は美しい圖柄で五色に輝き、あたかも晴天に美しい虹の橋が架けられたようである――。

本詩について、『分類補註李太白詩』(35)には「齊賢曰『謝朓宅在當塗靑山下』」とあり、詩中の「靑山」という語が、作品の制作地點を特定する判斷材料となっていることが伺える。また安旗『李白全集編年注釋』（前出）は本詩の題下に「本年作於當塗」と注し、本詩を天寶十三載（七五四）に繫年している。作年を判斷する根據は明記されていないものの、天寶十二載から天寶十四載にかけて李白が當塗を複數回訪れていることを踏まえれば、安旗が詩中の「靑山」を當塗「靑山」と見なして制作年を判斷したであろうことは想像に難くない。ただし、本詩もまた、「靑山」の語を卽座に當塗「靑山」と見なして良い確たる證據を備えてはいない。

こうしてみると、從來當塗「靑山」を詠じた作品であると見なされてきた上記三首は、いずれも、當塗縣にある具體的な山の名を指す固有名詞と斷定するに躊躇せざるを得ないものであることが分かる。加えて、生前より終焉の志を託し、子孫に遺言するほどまでに、李白が當塗の「靑山」という山に思いを寄せていたとするならば、當塗「靑山」それ自體を取り上げて題材とする作品を殘してしかるべきであろう。ところが實際には、姑孰の景色を詠じる連作の一首として(20)、そして他者を贊美する際に擧げる一典故として(12)(13)、當塗「靑山」は常に「謝朓」の語に付隨する形でのみ登場し、地名としての存在感は極めて希薄であると言わざるを得ない。

そうであるとすれば、第一節にて整理した從來の說、すなわち李白「志在青山」の「青山」を、單一的に當塗に位置する特定の山の名稱としてとらえてきたこれまでの解釋を、再檢討する必要があるのではないか。

五　李白「志在青山」の解釋について

今一度范碑を見ると、李白の孫娘は「先祖 志 青山に在り、宅兆を遺言するも、頃 屬たま多故なれば、龍山の東麓に殯らる。地 近くして本意に非ず」（前出）と訴えており、その文脈を補う形で、范傳正は「（李白）晩歲、牛渚磯に渡り、姑孰に至るに、謝家の青山を悅び、終焉の志有り」（前出）と言い換えている。范碑に依據する限り、碑中の「青山」が當塗縣「龍山」の東約三キロメートルに位置する特定の山の名稱を指すことは疑いない。しかしその一方で、「青山」という語には、第一義として「青々とした山」という意味があり、これが轉じて、唐代では隱棲の地を表す詩語として、多くの詩中に散見している。李白と同時代の詩人を見ても、隱棲の地を表す語として「青山」を用いる作品には、たとえば盛唐の王維「別輞川別業」詩（卷一二八）に見える、

依遲動車馬　　依遲として 車馬を動かし
惆悵出松蘿　　惆悵として 松蘿を出づ
忍別青山去　　忍びて青山に別れ去るも
其如綠水何　　其れ綠水を如何せん

同じく盛唐の孟浩然「送友人之京」詩（卷一六〇）に見える、

君登靑雲去　君は靑雲を登りて去り
予望靑山歸　予は靑山を望みて歸す
雲山從此別　雲山　此より別れ
涙溼薜蘿衣　涙　薜蘿の衣を溼《うるほ》す

また中唐の劉長卿「贈秦系徵君」詩（巻一四七）に見える、

羣公誰讓位　羣公　誰か位を讓らん
五柳獨知貧　五柳　獨り貧しきを知る
悵悵靑山路　悵悵たり　靑山の路
煙霞老此人　煙霞　此の人を老いしむ

同じく劉長卿「寄龍山道士許法稜」詩（巻一四七）に見える、

悠悠白雲裏　悠悠たり　白雲の裏
獨住靑山客　獨り住む　靑山の客
林下晝焚香　林下　晝　焚香あり
桂花同寂寂　桂花　同に寂寂たり

などがあり、枚擧に暇ない。すなわち、李白の「志在靑山」という言葉に「靑山」の二字が含まれている限り、それが固有名詞であるなしに拘わらず、「青山」という表現それ自體が持つ「隱棲の地」のイメージを必然的に備えることになる。

さらに、李白詩における當塗「青山」の用法（と思しい作品）が三例しかなく、極めて限定されたものであることにも、再度注目する必要があるだろう（前掲⑫⑬⑳詩）。李白詩において、山の名稱を含む他の作品と比較した時、敬亭山（十五首）、廬山（八首）、泰山（八首）との閒に置かれて、當塗「青山」（三首）の存在感は希薄であり、さらには「青山」と同じく當塗縣に位置する天門山（五首）にさえ及ばない。加えて、そのわずかな用例のうち、當塗「青山」という特定の山それ自體を單獨で詠じる作品は皆無であり、謝朓を詠じる詩句の中でしか確認されることはない。これは、同じく謝朓に關連する地名でありながら、謝朓のイメージから離れ、山そのものに對する親しみを詠じた「獨坐敬亭山」詩が、李白を代表する作品として後世に高く評價されていることと極めて對照的である（詳しくは第七章を參照）。

これらの點を踏まえ、さらに當塗「青山」謝朓別業の存在が甚だ疑わしきものであることを勘案すれば、一つの假説が成り立つだろう。すなわち李白の遺言「志在青山」の「青山」は、當塗縣の一地名にとどまらず、廣く隱棲の地を連想させ、同時に李白が愛した謝朓のイメージを内包する、複合的な意味合いを持つ言葉だったのではないか。李白の詩に見える「（當塗）青山」の三例が、いずれも謝朓とともに詠まれているのは、李白が、謝朓と不可分の存在として「（當塗）青山」を認識していたからに他ならない。「青山」とは、李白が謝朓に思いを馳せる際に自然に連想する場所であり、その背後には、實際に謝朓と緣あった宣城の敬亭山の存在が見え隱れする。これを踏まえて、改めて李白の遺言を解釋するならば、「わが愛した詩人謝朓を想起させ、そして世俗を離れた山奧の隱棲の地を思わせる、この當塗の『青山』を埋葬の地として願う」という意味になる。

李白は晩年、當塗の縣令であった李陽冰（生卒年不詳）のもとに身を寄せており、謝意を表するために「當塗李宰君畫讃」などの作品を残している。寶應元年（七六二）十一月、李白がいよいよ病に臥せると、李陽冰はその詩を編纂し『草堂集』十巻を完成させた。李白が遺言を殘した時、その身は依然として當塗にあり、縣令李陽冰の庇護のもとにあったことに注意しなければならない。李白は、己の終焉の地として、當塗以外の如何なる場所を選擇する餘地もなかった。そうであればこそ、詩人は當塗の「靑山」に自身の思いを假託し、終焉の志を示したのである。

當塗「靑山」は、李白が隱遁世界を想像する上で媒介となる存在であり、當塗「靑山」と謝朓の關連もまた、實際には、李白による一種の文學的產物であった。ところが「志在靑山」の「靑山」を單一的に地名ととらえて解釋した後人によって、李白の遺言の本意は誤解され、同時に、本來必ずしも直接的な關係を持たない當塗「靑山」と謝朓との關連が强調されて、あたかも實在したかのように、謝朓別業の存在が提唱されるようになったのである。

六　結び

本章では、謝朓別業の存在をめぐって、李白の遺言「志在靑山」について考察を行った。

從來、當塗「靑山」には謝朓の別業が存在したと考えられてきたが、謝朓關連資料から當塗「靑山」と謝朓との關連を確認できないこと、そして南齊當時の行政區畫では、「靑山」を含む當塗縣は謝朓が太守を務めた宣城郡に含まれないことから判斷して、謝朓「靑山」別業なるものの存在は極めて疑わしいことが分かった。

同時に、李白の遺言に見える「志在青山」の「青山」を、當塗縣に位置する山の名稱と見なす通説も再検討が必要とされる。李白詩の用法を見ると、當塗「青山」が一つの山として單獨で登場することはなく、必ず「謝朓」の語に付隨する形で用いられている。そのため、「志在青山」の「青山」を單一的に地名として處理することは不適切であり、謝朓に對する思いを當塗「青山」に託すという、李白による一種の文學的表現技巧として見なさなければならない。當塗縣にある「青山」という山を通じて、李白は謝朓を想起し、隱遁の世界へと思いを馳せ、そしてこの地に埋葬されんと望んだのである。

李白の遺言として傳えられる「志在青山」の「青山」を、固有名詞としての意味に限定して解釋した後人は、敢えて當塗「青山」と謝朓との關連を見出そうとして、謝朓別業なるものの存在を强調することになる。『太平寰宇記』、『方輿勝覽』による恣意的な資料の操作によって、これらの説を引く王琦注や、先行研究のような誤解が生じたものと考えられる。范碑におくれて南宋になって出現する「青山謝朓別業」は、むしろ李白「志在青山」の發言に基づいて想像を膨らませて創りだされた虛構の詩跡であると考えなければならないだろう。

その一方で、「青山謝朓別業」説の出現、そしてそれが宣城太守着任期に建てられたものであるとする言説の流通により、「李白による謝朓の愛好」という典故は、より立體的なものとなって後世に受容されてゆくようになる。第四章で取り上げたように、晩唐の頃には、謝朓と「青山」をあわせ詠む詩が增加し、さらには李白墓を背景として、李白と謝朓を共に詠じる詩も散見する。たとえば晩唐の張祜「和杜使君九華樓見寄」詩（巻五一一）には、

杜陵歸去春應早　　杜陵　歸り去りて　春　應に早なるべし

莫厭青山謝朓家　　厭ふこと莫れ 青山 謝朓の家

とあり、同じく晩唐の趙嘏「寄盧中丞」詩（巻五五〇）には、

獨攜一榼郡齋酒　　獨り攜ふ 一榼 郡齋の酒
吟對青山憶謝公　　吟じて青山に對し 謝公を憶ふ

とあり、同じく晩唐の陸龜蒙「懷宛陵舊遊」詩（巻六二九）には、

陵陽佳地昔年遊　　陵陽の佳地 昔年遊ぶ
謝朓青山李白樓　　謝朓の青山 李白の樓
唯有日斜溪上思　　唯だ有り 日 斜く 溪上の思ひ
酒旗風影落春流　　酒旗 風影 春流に落つ

とある。これらの詩の中で、謝朓と「青山」はもはや何ら疑いなく、一體のものとして結び付けられている。李白が沒してその墳墓が當塗「青山」に遷移されて以降、謝朓には當塗に別業を構えた詩人という新たなる肩書が付與される。こうして謝朓は李白を弔うさまざまな詩文に登場し、ますます李白と手を攜えながら後世に名を廣めてゆくのである。

（1）本論で扱う碑文はすべて、清・王琦注『李太白全集』巻三十一「附録（一）」（中華書局、一九七七年）に據る。南宋・孟點「唐左拾遺翰林學士李公新墓碑立序」に「…李翰林新墓碑、唐宣歙觀察使范傳正之文也。墓之更徙、蓋元和乙酉歲、距今淳祐壬寅凡四百二十六年。碑石斷僕零落、僅存方尺許於榛莽閒。字畫作唐隸、遒勁可愛、惜未能得其全也。惟前人立碑之意、所以表墓。今墓幸可識、而碑不復存。年運而往、吾懼過之者、忘下馬之敬矣。既爲墓而崇其封、又更葺其祠宇。得碑之文於其集中、乃重書刻石、立之墓左、庶來者有考焉。…」とあり、范碑が南宋期に重刻されたことが分かる（金濤聲・朱文彩編『李白資料彙編（唐宋之部）』、中華書局、二〇〇七年）。なお、范碑は『文苑英華』巻九四五に「贈左拾遺翰林供奉李白墓誌」の題で收録されている（中華書局、一九六六年）。

（2）「姑孰」は安徽省馬鞍市當塗縣の古名で、「姑熟」とも表記する。本論では引用文では引用元の用字に從い、本文の中では「姑孰」の表記に統一する。

（3）地方の長官が、現地の著名人の功績を稱えて、記念の樓閣を築いたり文集を編纂したりすることは一般的に行われており、政務の一環でもあったと思われる。加えて、范碑に「傳正共生唐代、甲子相懸、常於先大夫文字中見與公有潯陽夜宴詩、則知與公有通家之舊」とあるように、范傳正の父・范倫は、李白と交遊があったため、范傳正は任地に眠る大詩人・李白の子孫を積極的に探し求めたのであろう。

（4）李昌志「李白藁葬・殯葬・改葬始末新說」は「多故」の内容に關して、安史の亂の餘波があったこと、李白がなお「尚屬刑餘之身」であったこと、李白が晩年好んで龍山を訪れていたこと、そして當時、晉の畢卓の墓が龍山にあったことの四點を擧げて說明している（『中國李白研究』一九九五年—一九九六年集、安徽文藝出版社、一九九七年）。また、鄭立洲「李白殯葬龍山原委淺析」は李白が「志在青山」であったにもかかわらず、死後「殯於龍山」となった理由について、李白が沒するより前に、李陽冰が當塗縣を離れていたため、希望する地に埋葬されることが叶わなかったと解釋している（李昌志・鄭立洲・陶錫良等編著『李白詩魂系青山』所收、中國展望出版社、一九八八年）。

（5）なお、天寶十二載に、當塗「青山」が敕命によって「謝公山」に改められたという記述は、范碑に初めて見えるものであり、その後の文獻に引かれる內容はいずれも范碑の域を出ない。また、關連する內容は正史に一切見られず、一詩人の愛好に合わせて敕命でもって地名を改めるという事例も確認されない。さらに、『明一統志』『大清一統志』は、それぞれ「青山」の語で項目を設けており、「又名謝公山」「一名謝公山」と記しており、「謝公山」が正式な山の名稱として見なされていたわけではないことが分かる。以上の理由から、筆者は、當塗「青山」が敕命によって「謝公山」に名を改められたという范碑の記述は、孫娘による「志在青山」の傳言を受けて、李白改葬が決定してから、當塗「青山」の存在を權威づけようとして唱えられたものであり、歴史的な信憑性に缺けると考える。

（6）范碑の段階では「謝朓別業」と明言していないものの、「謝家青山」という言葉が、「青山」が謝朓ゆかりの地であったことを意味することは疑いない。「謝家青山」という語は、范傳正が孫娘の傳聞に基づき、さらに李白詩中に登場する「青山─謝朓」の組み合わせの用法などから推測して、「青山」と謝朓の關係性を確信して爲された發言と考えられよう。なお、當塗「青山」に關する記述は、李陽冰「草堂集序」、魏顥「李翰林集序」のいずれにも見られない。

（7）李碑僞作説は、主に李從軍「李白卒年辨」によって主張されており、①李碑が『文苑英華』に收錄されていないこと、②新舊『唐書』收李華傳によれば、李華は大暦初に沒しており、青山改葬（元和十二年）に言及する碑文を殘すことはできないこと、③李碑の文體が墓誌の形式に相應しくないことなどを主な根據としている（『吉林大學社會科學學報』、一九八三年第五期）。

（8）『新唐書』卷二〇二・文藝中（中華書局、一九七五年）。

（9）北宋・趙令時撰『侯鯖錄』卷六（中華書局、二〇〇二年）。

（10）南宋・陸游『入蜀記』卷二（景印文淵閣四庫全書所收、臺灣商務印書館、一九八三年）。

（11）北宋・樂史撰、王文楚等點校『太平寰宇記』卷一〇五（中華書局、二〇〇七年）。

（12）清・黃之雋等編纂『江南通志』卷三十五（景印文淵閣四庫全書所收、臺灣商務印書館、一九八三年）。

（13）他に、南宋・王象之撰『輿地紀勝』卷十八「太平府」の「唐李白墓、在縣東一十七里、青山之北。李陽冰爲當塗令、白往依之、悦謝家青山、欲終焉。…」などがある（中華書局、一九九二年）。

（14）前揭『李太白全集』卷三十二。

（15）前揭李昌志「李白藁葬・殯葬・改葬始末新説」。

(16) 茆家培・李子龍主編『謝朓與李白研究』(人民文學出版社、一九九五年)。
(17) 謝宇衡「李白『一生低首謝宣城』衍述」(成都大學學報(社會科學版)、一九九七年第一期)。
(18) 南宋・祝穆撰、祝洙增訂、施和金點校『方輿勝覽』卷十五(中華書局、二〇〇三年)。
(19)『增補六臣註文選』卷二十二(華正書局、一九七四年)。
(20)『南史』卷五・齊本紀下(中華書局、一九七五年)に「先是文惠太子立樓館於鍾山下、號曰『東田』。…帝明審有吏才、…。大存儉約、罷武帝所起新林苑、以地還百姓。廢文惠太子所起東田、斥賣之」とあるように、鐘山「東田」はもともと南齊の文惠太子が樓館を築いた場所であったが、儉約を貴ぶ明帝によって賣卻された。その後、謝朓と同時代の沈約が「東田」に別業を築いたことが、『南史』卷五十七・沈約傳の「約性不飮酒、少嗜慾、雖時遇隆重、而居處儉素。立宅東田、矚望郊阜、常爲郊居賦以序其事」から見て取れる。謝朓が「東田」別業を築いたのも、おそらく同時期ではないか。
(21)『漢書』卷七十一・雋疏于薛平彭傳に「滿三月賜告、廣遂稱篤、上疏乞骸骨。上以其年篤老、皆許之、加賜黄金二十斤、皇太子贈以五十斤」とあるのを踏まえる(中華書局、一九六二年)。
(22)『文選』卷四十の阮籍「詣蔣公」に「方將耕於東皐之陽、輸黍稷之稅、以避當塗者之路」とあるのを踏まえる(上海古籍出版社、一九八六年)。
(23) 他に「後齋迥望」「高齋視事」「落日悵望」などの作品がある。
(24)『南齊書』卷十四(中華書局、一九七二年)。
(25) 唐・李吉甫撰、賀次君點校『元和郡縣圖志』卷第二十八(中華書局、一九八三年)。
(26) 李白「遊謝氏山亭」詩に對し、松浦友久『李白傳記論——客寓の詩想』(十)「李白晩年考(上)—沒年の再檢討を中心に—」は、詩中の「謝公池塘上、春草颯已生」が謝靈運・謝惠連の故事を連想させること、そして「謝氏」という言い回しが、謝朓に對する呼稱ではなく、知人の「謝氏」を指している可能性が大きいことなどを指摘している(研文出版、一九九四年)。また、詩中に明確に當塗「青山」を指し示す語を含まないことから、本論では「遊謝氏山亭」詩を當塗「青山」の作に含めない。

(27) 北宋・蘇軾撰『東坡志林』巻二(景印文淵閣四庫全書所收、臺灣商務印書館、一九八三年)。
(28) 前掲陸游『入蜀記』巻二。
(29) 唐・柳宗元著『柳河東集』巻十七(上海古籍出版社、二〇〇八年)。
(30) 張才良「『姑熟十詠』作者辨證」は、本連作のうち八首が『文苑英華』に收錄されていること、そして郭祥正に「追和李白姑熟十詠」の作品があること等を根據として、從來の僞作說を否定している(前揭『李白詩魂系青山』所收)。しかし、陸游は實際に當塗の地を訪れており、その發言は、當時の文壇の見方を反映するものとして、相應の說得力を持つと考えるべきだろう。
(31) 明・高棅編纂、汪宗尼校訂、葛景春・胡永傑點校『唐詩品彙』(中華書局、二〇一五年)。
(32) 詹瑛主編『李白全集校注彙釋集評』(百花文藝出版社、一九九六年)。
(33) 安旗主編『李白全集編年注釋』は當該詩に對して、以下のように指摘する。「(安旗)按、詩言杜陵、當作於長安。『宅近』二句、非獨借謝朓・陶潛以贊友人、亦自明其志也」(巴蜀書社、一九九〇年)。
(34) 前掲『元和郡縣圖志』巻一。
(35) 南宋・楊齊賢集註、元・蕭士贇補註、芳村弘道解題『分類補註李太白詩』(汲古書院、二〇〇六年)。

第七章　敬亭山の印象
――謝朓から李白へ

一　はじめに

敬亭山は現在の安徽省宣城市の北部に位置し、最高點は海拔三百二十四メートル、大小六十の峰々からなる。もとの名を昭亭山といい、西晉の司馬昭の諱を避けて、敬亭山という名に改められた(1)。この敬亭山について、南齊の詩人・謝朓は六首の詩を殘し、その存在を世に知らしめた。唐代に入り、宣城における謝朓の足跡が注目されたことで、宣城郡に鎭座する敬亭山にもさらなる關心が集まる。さらに盛唐の李白もまた、その詩中で度々敬亭山を取り上げ、「獨坐敬亭山」詩をはじめとする著名な作品を數多く殘した。

後世、敬亭山は謝朓と李白にゆかりの地として多くの作品に詠み込まれてゆき、文學的意味を備えた地理――詩跡となったことは、夙に指摘されているところである(2)。その一方で、敬亭山という山が本來、謝朓の詩の中でどのように描かれ、その後、唐代の詩人にどのように認識されてゆくのか、という問題については、なお檢討の餘地がある。本章では、謝朓から唐代に至るまでの敬亭山の詩を對象として考察し、敬亭山の印象の變遷について論じる。

二　謝朓の敬亭山の詩

謝朓（四六四―四九九）は建武二年（四九五）から一年あまり、太守として宣城に赴任している。宣城へ向かうにあたって作られた「始之宣城郡」詩（巻三）の末尾には、「山林 此に於て始めん（山林於此始）」と見えるが、この宣言にたがわず、謝朓は宣城において山水・隠逸への憧憬を詠じる詩を多く残すことになる。その中でも特に重要な存在となるのが、郡の北部に位置する敬亭山であった。

敬亭山を詠じる謝朓の詩は全六首あり、うち「賽敬亭山廟喜雨」詩、「祀敬亭山廟」詩、「祀敬亭山春雨」詩、「往敬亭路中」詩の四首は、敬亭山廟への參詣を主題とする。「祀敬亭山廟」詩（巻三）には、

翦削兼太華　　翦削《せんさく》なること太華を兼ね
峥嶸跨玄圃　　峥嶸たること玄圃《げんぽ》を跨ゆ　……（中略）
參差時未來　　參差として時は未だ來らず
徘徊望灃浦　　徘徊して灃浦を望む

とあり、敬亭山の荘嚴さを讃え、山廟を祀る儀式の直前の感慨が述べられている。また「賽敬亭山廟喜雨」詩（巻三）には、

夕帳懷椒糈　　夕に帳して椒糈《せうしよ》を懷き

蠲景潔膋薌　景《み》を蠲《きよ》めて膋薌《れうきやう》を潔くす……（中略）
秉玉朝羣帝　玉を秉りて羣帝に朝し
樽桂迎東皇　桂を樽にして東皇を迎ふ

とあり、賽雨の儀式の詳細が記されている。なお、「祀敬亭山春雨」詩（巻五）および「往敬亭路中」詩（巻五）は、いずれも謝朓と宣城の幕僚らとの聯句であり、敬亭山への參拝や、その道中で目にした景色などを描いている。

『太平寰宇記』巻一〇三[3]は敬亭山について、「『郡國志』及び『宋永初山川記』に云ふ、宛陵の北に敬亭山有り。山に神祠有り、卽ち謝朓 賽雨賦詩の所なり。其の神 梓華府君と云ひ、頗る靈驗有りと（郡國志及宋永初山川記云、宛陵北有敬亭山。山有神祠、卽謝朓賽雨賦詩之所。其神云梓華府君、頗有靈驗）」と記している。謝朓は、自身が治める宣城郡に無事に雨が降ったことを御禮申し上げるため、この梓華府君を祀る山廟へ出向くのだが、無論それは太守としての公的な訪問であって、個人的な遊山玩水ではない。詩題に「喜雨」「賽雨」「祀廟」などと述べ、ことさら敬亭山訪問の目的を明記するのも、太守として郡政の内容を記録する意圖が働いていたものと見て取れる[4]。

喜雨や賽雨を詠じる詩は、曹植の「喜雨」詩（『魏詩』巻七）を先驅けとして、豐作を言祝ぐ意圖で早くから作られてきたが、謝朓の敬亭山詩の場合、ある程度まとまった作品數で、かつ特定の山で行われる賽雨や參詣を詠じるという意味で、これまでに例を見ないものであった。謝朓は宣城に着任してから、郡政への抱負を述べた「賦貧民田」詩（巻三）の中で、「本に敦くして工商を抑ふ（敦本抑工商）」と農業を保護する旨を述べており、農作物の收穫に直結する天候への關心から、敬亭山廟への參拝をことさら重要な職務として認識していた可能性が高い。これは例えば、後に宣城郡の太守を四年間務めた江淹（四四四―五〇五）が、敬亭山に關する詩文を一切殘していないこととはきわめて對照的である。

一方、謝朓の敬亭山の詩六首のうち、のこる「遊敬亭山」詩および「遊山」詩の二首には、賽雨や參詣に對する直接的な言及は見られず、敬亭山の景色の描寫および隱逸に對する詩人の憧憬が述べられている。特に「遊敬亭山」詩は、その後『文選』にも收録され、謝朓を代表する作品の一つとして人口に膾炙する。以下、「遊敬亭山」詩（卷三）を三つの部分に分けて見て行きたい。

茲山亘百里　　茲の山は百里に亘り
合沓與雲齊　　合沓《がふたふ》として雲と齊し
隱淪既已託　　隱淪は既已《すで》に託し
靈異居然棲　　靈異は居然として棲む
上干蔽白日　　上は干《をか》して白日を蔽ひ
下屬帶迴谿　　下は屬《つら》なりて迴谿《くわいけい》を帶《めぐ》らす

一句目から六句目までは敬亭山の全景を紹介する。この山は百里にわたって續いており、重なりあって雲と齊しく聳えている。世を隱れ住む人たちがすでに身を寄せ、靈異なるものが安らかに住んでいる。その頂きは太陽を覆い隱し、裾野には曲がりくねった川が流れている――。

四句目に見える「靈異」という語は、謝朓と同時代の范雲「古意贈王中書」詩（『梁詩』卷二）に「岱山　靈異饒《おほ》し、沂水　英奇富む（岱山饒靈異、沂水富英奇）」とあるように、山中に漂う靈妙なる氣配という意味で用いられている。同様の意味を持つ「靈詭」という語が、謝朓「往敬亭路中」詩の「山に隨ひては靈詭を訪ふ（隨山訪靈詭）」にも見られ、敬亭山が神祠を擁する靈山であることを意識した用法と考えられる。

交藤荒且蔓　　交藤は荒れて且つ蔓《はびこ》り
樛枝聳復低　　樛枝《きうし》は聳えて復た低る
獨鶴方朝唳　　獨鶴《どくかく》は方に朝に唳《な》き
飢鼯此夜啼　　飢鼯《きご》は此の夜に啼く
泄雲已漫漫　　泄雲《せつうん》は已に漫漫たり
夕雨亦凄凄　　夕雨は亦た凄凄たり

續けて七句目から十二句目までは、謝朓が實際に山中で目にした景物を描寫する。交わり合った藤は延びるままに絡まり合い、曲がりくねった枝は高く突き出たり、垂れ下がったりしている。連れの無い鶴は朝になると鳴きだし、飢えた鼯はこの夜に啼いている。山より湧き出た雲は漫漫と廣がり、夕暮れ時の雨は凄凄と降りつづく——。

六句からなる敬亭山中の敍景部分は、一首全體の中でも特に修辭が凝らされ、謝朓は目にしたものすべてに修飾の語句を付け加え、獨自の表現に仕上げている。「交藤」「樛枝」の二語は、人の手が入っていない、深山の樹木の形貌を寫實的に描き出しており、それらを形容する「荒」「蔓」「聳」「低」などの語は、多方向へと廣がる植物の動きを通して、自然のもつ底知れない生命力を表現している。また、朝に夜に悲痛な鳴き聲を響かせる「獨鶴」「飢鼯」の存在、そして谷間から湧き出る雲（「泄雲」）と夕暮れ時の降りやまない雨（「夕雨」）によって、敬亭山は人間の住む世界とは完全に隔離された、手つかずの自然が息づく空間であることが強調される。鬱蒼とした深山の姿は讀者を壓倒し、山の持つ神祕的な雰圍氣が増幅される。こうした詳細な敍景描寫によって、四句目の「靈異は居然として棲む」はよりいっそう印象付けられる。

我行雖紆組　　我が行《たび》は組を紆《まと》ふと雖も
兼得尋幽蹊　　兼ねて幽蹊を尋ぬるを得たり
緣源殊未極　　源に緣りて殊に未だ極めざるに
歸徑窅如迷　　歸徑は窅《ふか》くして迷ふが如し
要欲追奇趣　　奇趣を追はんことを要欲《もと》めて
卽此陵丹梯　　此に卽きて丹梯に陵《のぼ》る
皇恩竟已矣　　皇恩は竟に已《や》みぬ
茲理庶無睽　　茲の理に庶《ねが》はくは睽《そむ》く無からん

そして十三句目から結句までは、敬亭山を訪れた目的と感慨を述べて結ぶ。このたび私は太守の任務を帶びてやってきたが、また山中の深き小道を尋ね歩くこともできた。行き着くところまで極めてはいないが、歸り路は深々として迷ってしまいそうだ。私は奇趣を追い求めんと、ここに來て幽邃の峰に登った。天子の恩惠はすでに十分いただいた。山水に身を置く生き方に逆らわないようにしたいものだ――。

直前の山中の敍景から一轉して、この部分では靈異なるものの棲まう敬亭山に、謝朓が足を踏み入れる姿が主觀的に描かれている。冒頭の二句は謝朓「之宣城郡出新林浦向板橋」詩（巻三）の「旣に祿を懷ふの情を歡ばしめ、復た滄洲の趣に協ふ（既歡懷祿情、復協滄洲趣）」と同様、官位にあることと隱逸の樂しみを享受することの兩立を述べる。「我が行は組を紆ふ」とは、狹義にはこの度の敬亭山への訪問、廣義には太守としてここ宣城へ赴任してきたことを言うのだろう。こうして、謝朓は敬亭山への來訪が公務に端を發するものであると表明しつつ、山中を訪ね歩くことで、山水への關心と隱逸への憧憬が芽生えたことを述べて詩を結ぶ。なお、十六句目の「歸徑は窅くして迷ふが如し」は、歸路を見失いそうな深山を思わせる表現であり、謝朓「賽敬亭山廟喜雨」詩に描かれる山中の雰圍氣「…、原雨　晦くして茫茫たり。胡寧ぞ千里の昧きや、…（…、原雨晦茫茫。胡寧昧千里、…）」にも合致する。

「遊敬亭山」詩を通して見ると、敬亭山は色鮮やかな親しみやすい山としてではなく、宣城郡に鎭座する、莊嚴にして薄暗く近寄りがたい存在として表現されていることが分かる。これは謝朓が、敬亭山の自然風景を愛でる以前に、神廟を擁する靈山として山を認識していたことによるものだろう。同様の特徵が、同じく敬亭山を詠じた「遊山」詩にも現れている。「遊山」詩（巻三）は「遊敬亭山」詩と似た構造からなり、敬亭山の姿を描寫した後で、訪問の感慨を述べる。このうち九句目から十八句目までの敍景部分では、雙聲・疊韻、擬音、難字などを驅使して、山中の實景を描く。

堅崿既崚嶒　　堅崿《けんがく》は既に崚嶒《りようそう》たり
廻流復宛澶　　廻流は復た宛澶《あんせん》たり
杳杳雲竇深　　杳杳として雲竇《うんとう》は深く
淵淵石溜淺　　淵淵として石溜《せきりう》は淺し

傍眺鬱篻簩　傍らに鬱たる篻簩《へうらう》を眺め
還望森枏梗　還《ま》た森たる枏梗《だんべん》を望む
荒隩被葴莎　荒れたる隩《きし》は葴莎《かんさ》に被はれ
崩壁帶苔蘚　崩れし壁は苔蘚《たいせん》を帶ぶ
鼯狖叫層嵁　鼯狖《むささび》 層嵁《そうかん》に叫び
鷗鳧戲沙衍　鷗鳧《あうふ》 沙衍《さえん》に戲る

堅い崖は險しく重なりあい、溪流はどこまでも巡り流れている。雲の湧き出る穴は深く杳杳としており、石の多い淺い流れの音が淵淵と聞こえる。鬱蒼と茂る篻簩の竹を傍らに眺め、また森森と生える枏梗の大木を望む。奥まった岸邊は荒れて葴莎に被われ、崩れた崖には苔蘚が付いている。むささびが幾重にも重なった峰々で叫き、水鳥は中州で戲れている——。

「遊敬亭山」詩に比べて、山中の樣子はさらに網羅的に記述され、崖や溪流の形狀のみならず、動植物の具體的な名稱までもが立て續けに竝べられている。ここで描かれるのは、「遊敬亭山」詩と同樣、木々が鬱蒼と生い茂る、氣壓されるような深い山の姿である。詩の後半で、謝朓は敬亭山訪問の感想として「役人で有り續けながらも、隱逸の志を持つことはできる（無言蕙草歇、留垣芳可搴）」と述べるが、これもさきほどの「遊敬亭山」詩と同樣、公務での來訪を契機として、詩人が敬亭山の帶びる超俗的な趣に心惹かれたことをいう。

謝朓の詩は元來、景色に對する自己移入がきわめて強く、自然を心象風景として詩中に描くことが多い。こうした傾向は、特に謝朓の宣城期の作品に顯著に現れており、筆者もこれまでの研究において、謝朓の詩が、場所や時閒などを特定する個別的な情報を排除した「一般化された表現」を用いることにより、敍景を抒情の導入として機能させる特徴があることを指摘してきた（第三章を參照）。これに對して、「遊敬亭山」詩および「遊山」詩の二首では、むしろ對象を客觀的・個別的に描くことに重點が置かれ、敍景と抒情は必ずしも密接に關連しない。その自然の描き方は、謝靈運「登石門最高頂」詩の「連なれる岩は路の塞ぐを覺はせ、密なる竹は徑をして迷はしむ（連岩覺路塞、密竹使徑迷）」や、鮑照「登廬山二首」其一の「洞澗は地脈を窺ひ、聳樹は天經を隱す。松磴は上に迷密として、雲竇は下に縱橫たり（洞澗窺地脈、聳樹隱天經。松磴上迷密、雲竇下縱橫）」などの表現に酷似している。(5)(6)(7)

謝朓が敬亭山を詠じる際に、他の詩とは異なる手法を採用した理由の一つとして、謝靈運に對する意識が擧げられる。宣城期の謝朓の詩作に謝靈運の永嘉赴任前後の姿が強く意識されていることはすでに先行研究が指摘しているが、(8)それは先ほど述べた敍景部分の描寫方法のみならず、具體的な詩語や表現としても確認される。例えば「遊敬亭山」詩の「茲山亘百里、合沓與雲齊」「隱淪既已託、靈異居然棲」は、それぞれ謝靈運「登廬山絕頂望諸嶠」詩の「巒隴有合沓、往來無蹤轍」と「入華子岡是麻源第三谷」詩の「既枉隱淪客、亦棲肥遁賢」を、「遊山」詩の「尙子時未歸、邴生思自免」と「寄言賞心客、得性良爲善」は、それぞれ謝靈運「初去郡」詩の「畢聚類尙子、薄游似邴生」と「遊南亭」詩の「我志誰與亮、賞心惟良知」の表現を踏襲している。敬亭山を詠じる際に、同じく山水を踏破した族兄に對する意識が顯在化し、結果的に謝靈運の山水詩によく似た作品となった可能性は高い。(9)

同時に、前述の通り、謝朓が敬亭山に對して抱いていた印象もまた、二首の表現方法に大きく影響している。「遊敬亭山」詩はその後、一首のみが『文選』卷二十七の行旅詩に分類されるため、またその詩題のイメージからも、獨立した山水遊覽詩として解釋されることが多い。詩題に賽雨や祀廟などの語を含まない「遊山」詩も同様である。しかしながら、謝朓の一連の敬亭山の詩を總合的に見れば、敬亭山が第一義には宣城の街を守護する山、祭祀を行う神聖な空閒として認識されていたことは明らかである。敬亭山は風光明媚で親しみやすい景勝地などではなく、また詩人の情感を託すに相應しい身近な存在でもない。そこは人を寄せ付けない靈山であり、太守として重要な郡政を行う場所であった。そうであればこそ、謝朓は敬亭山の神祕的な姿、畏れ多い山の氣配をことさら強調して描いたのである。

さらに、敬亭山への度重なる訪問は、詩人の山水に對する關心を掻き立て、また隱逸への憧憬を喚起した。「我が行は組を紆ふ」としてみるならば、敬亭山はまぎれもなく官の世界であり、「幽蹊を尋ぬる」場としてみるならば、敬亭山は一轉して隱の世界にもなり得た。敬亭山は、謝朓によってその價値を見いだされたと同時に、謝朓の詩において、對立する二つの身分を繫ぎ合わせる重要な空閒となったのである。

謝朓の後、敬亭山に言及する詩は六朝期には見られず、用例が增加するのは唐代に至ってからである。

三　唐詩における敬亭山

『全唐詩』のうち、敬亭山に直接言及する作品（詩題を含む）は、全部で四十三首を數え、うち十五首は李白の手による。ここではひとまず、李白詩を除く作品の用法を確認し、唐詩における敬亭山の一般的な印象を見て行きたい。

敬亭山に言及する比較的早い時期の作品として、盛唐の王維「送宇文太守赴宣城」詩（卷一二五）がある。

寥落雲外山　寥落たり　雲外の山
迢遞舟中賞　迢遞《てうてい》たり　舟中の賞
鐃吹發西江　鐃吹《だうすい》　西江を發し
秋空多清響　秋空　清響多し
地迥古城蕪　地は迥《はる》かにして　古城蕪《あ》れ
月明寒潮廣　月は明るくして　寒潮廣し
時賽敬亭神　時に敬亭の神に賽し
復解罟師網　復た罟師《こし》の網を解く
何處寄相思　何れの處にか相思を寄せん
南風吹五兩　南風　五兩に吹く

前四句は舟中から次第に遠ざかる兩岸をながめ、王維を送別する「鐃吹（鼓吹樂）」の響きが秋空を突き抜ける様子が描かれる。續けて五句目から八句目までは、船旅の途中で宣城の情景を想像しつつ、これから宣城が迎える宇文太守（不詳）の姿を描き、最後の二句で友人との別れを惜しんで詩を結ぶ。

問題となる七句目・八句目は、これから宣城を統治する宇文太守が「時に應じて敬亭の神に參詣し、漁師が捕らえた魚を一部放つように、仁德を示して宣城を治理する」という意味で、離別詩に多く用いられる形として、送別する相手が向かう先の名勝地に言及しつつ、贊辭を述べている。敬亭賽神といえば、ただちに謝朓の詩作が想起されるが、王維は必ずしも文學的修辭のみを意圖して敬亭山を取り上げたわけではない。『太平廣記』巻第三〇八「崔龜從」（出龜從自敍(10)）には以下のようにある。

敬亭の神 實に州人の嚴奉する所なり。每歲 貴賤と無く、必ず一たび祠《まつ》る。其の他の祈禱報謝は虛日無し。故を以て廉使 輒ち禮を備へて祠謁《しえつ》す。龜從 時に病み、秋に至りて乃ち愈ゆ。因りて廟に謁す。（敬亭神實州人所嚴奉。每歲無貴賤、必一祠焉。其他祈禱報謝無虛日。以故廉使輒備禮祠謁。龜從時病、至秋乃愈。因謁廟）

文中の龜從とは、宣武軍節度觀察等使を務めた崔龜從（元和十二年進士）を指す。『太平廣記』の記録からは、唐代に至ってなお、敬亭山が靈山として息づいており、その神廟が宣州の人民や官吏に大變重視されていたことが讀み取れる。(11)王維の詩に詠まれた「時に敬亭の神に賽し」とは、謝朓の故事を踏まえながら、當時の宣城における實際の慣習として、まちを治める太守のあるべき姿、德治を施す理想的な地方官像を表現したものに他ならない。

王維のように、敬亭山をその神廟と結び付けてとらえ、祈雨や賽雨を詠じる詩の中で取り上げる用例は、他にも多く確認される。例えば中唐の羊士諤「城隍廟賽雨二首」其一（卷三三二）には、

零雨慰斯人　零雨 斯人を慰め
齋心薦綠蘋　齋心 綠蘋を薦む
山風簫鼓響　山風 簫鼓響き
如祭敬亭神　敬亭の神を祭るが如し

とあり、同じく中唐の楊巨源「送絳州盧使君」詩（卷三三三）には、

朱欄迢遞因高勝　　朱欄　迢遞として　高きに因りて勝《まさ》り
粉堞清明欲下遲　　粉堞　清明たりて　下ること遲からんと欲す
他日徵還作霖雨　　他日　徵せられて還り　霖雨を作す
不須求賽敬亭祠　　須ひず　敬亭の祠に求賽するを

とある。中でも、次にあげる中唐の耿湋「賀李觀察禱河神降雨」詩（巻二六九）は、李觀察が河水の神に雨を祈願し、無事に雨が降ったことを祝賀した際の作品であるが、喜雨というテーマから、敬亭山における謝朓の詩作へと連想がなされている。

質明齋祭北風微　　質明　齋祭　北風微かなり
騶馭千羣擁廟扉　　騶馭《すうぎょ》　千羣　廟扉を擁す
玉帛纔敷雲淡淡　　玉帛　纔《わづか》に敷く　雲　淡淡たり
笙鏞未撤雨霏霏　　笙鏞　未だ撤せず　雨　霏霏たり
路邊五稼添膏長　　路邊の五稼　膏を添へて長じ
河上雙旌帶溼歸　　河上の雙旌　溼《うるほ》ひを帶びて歸す
若出敬亭山下作　　若し敬亭山下に出でて作らば
何人敢和謝玄暉　　何人か敢へて謝玄暉に和せん

敬亭山に對するこうした印象は、當時きわめて一般的であったと思われる。盛唐の張九齡に「洪州西山祈雨是日輒應因賦詩言事」（巻四十九）という詩があるが、その冒頭では謝朓の「遊敬亭山」詩を踏まえて、「茲の山は靈異を蘊ふ（茲山蘊靈異）」と詠じ起こす。先ほど見たように、「遊敬亭山」詩は本來、山中の景觀の描寫が中心で、祭祀の場面に觸れていない作品であるにもかかわらず、張九齡が祈雨をテーマとする詩にその表現を踏襲したことは、唐代において、敬亭山という山が、依然として賽雨の場面と固く結びついて認識されていたことを傍證している。(12)

唐詩に詠じられる敬亭山は、他にも、太守謝朓とその詩作を稱えるためのモチーフとしての用法が見受けられる。これは謝朓の敬亭山詩の知名度の高さに由來するものであろう。たとえば盛唐の嚴武「酬別杜二」詩（巻二六一）の「試みに迴らせ　滄海の櫂、妒むこと莫かれ　敬亭の詩（試迴滄海櫂、莫妒敬亭詩）」や、中唐の白居易「宣州崔大夫閣老忽以近詩數十首見示吟諷之下竊有所喜因成長句寄題郡齋」詩（巻四五八）の「再び喜ぶ　宣城　章句動くを、飛觴　遙かに賀す　敬亭山（再喜宣城章句動、飛觴遙賀敬亭山）」、晩唐の鮑溶「宣城北樓昔從順陽宮會於此」詩（巻四八五）の「詩樓　郡城の北、窗牖　敬亭の山（詩樓郡城北、窗牖敬亭山）」などがこれに當たる。特に中唐の韋應物「送宣城路錄事」詩（巻一八九）には、

雲林謝家宅　　雲林には謝家の宅あり
山水敬亭祠　　山水には敬亭の祠あり
綱紀多閒日　　綱紀　閒日多し
觀遊得賦詩　　觀遊　詩を賦するを得たり

とあり、地方の長官が郡事の合間に山水を愛で、詩を賦す樣子を描いている。これは宣城期に詠じられた謝朓

「冬日晩郡事隙」詩（巻三）の「案牘 時に閒暇あり、偶々坐して卉木を觀る（案牘時閒暇、偶坐觀卉木）」の趣にも重なり、また謝朓が敬亭山を訪れた際の所感とも合致する。敬亭山廟への參拜は、良牧としての謝朓の姿を際立たせると同時に、宣城の山水に親しむ詩人としての側面をも唐人に深く印象付けたのである。

このように、敬亭山は唐代に至って、神廟を擁する靈山としての認識に加え、謝朓ゆかりの山としてのイメージを獲得するものの、大多數の作品では、文獻的な知識に基づく典故として用いられたり、また對句の中で名稱のみを取り上げられたりすることが多く、その實景に對する言及はほぼ見受けられない。例外的に、敬亭山の姿について觸れた作品に、中唐の劉禹錫「九華山歌」（巻三五六）がある。しかし、劉禹錫の敬亭山に對する評價は決して高くない。

君不見	君見ずや
敬亭之山黃索漠	敬亭の山　黃《きいろ》く索漠たり
兀如斷岸無稜角	兀として斷岸の如く　稜角《りょうかく》無し
宣城謝守一首詩	宣城の謝守　一首の詩
遂使聲名齊五嶽	遂に聲名をして五嶽に齊しからしむ

敬亭山は黃色くもの寂しい様子、突き出ている所は切り立った岸のようで、稜線部の美しいかどもない。宣城の謝太守の一首の詩によって、五嶽にひとしい名聲を得た――。詩中の「稜角」という語は、山頂と山頂を結ぶ稜線の部分が、遠くからみて美しいかどを爲しているさまを指し、當時、山の美しさ・莊嚴さが現れる部分として認識されていた[13]。敬亭山の姿を描く作品が少ない原因には、こうした山の外觀も少なからず關係していたのだ

ろう。敬亭山は「遂に聲名をして五嶽に齊しからしむ」存在とはなるものの、その景觀に對する人々の關心は依然として低いままであった。

四　李白と敬亭山

李白詩のうち、敬亭山に言及する作品は十五首あり（うち二首は詩題のみ）、謝脁の作品數を大きく上回る（李白詩に見える敬亭山の用例は、次頁の表を參照）。

このうち、「贈宣城宇文太守兼呈崔侍御」詩（卷十二）は、天寶十二載のころの作品で、李白が宣城に滯在していた時期に作られた。全八十六句のうち、前半は古人の故事を引きつつ李白自身の志や失意の胸中を述べ、後半は宣城の宇文太守と崔侍御（崔成甫）に理解を求める。敬亭山に對する言及は、前半部分、才能を發揮できず、宣城に放浪するわが身を詠じた場面に登場する。

無風難破浪　　風無くして 浪 破り難く
失計長江邊　　計を失ふ 長江の邊
危苦惜頽光　　危苦 頽光を惜しみ
金波忽三圓　　金波 忽ち三たび 圓《まどか》となる
時遊敬亭上　　時に遊ぶ 敬亭の上
閒聽松風眠　　閒《しづ》かに松風を聽きて眠る

李白詩における「敬亭山」の用例

	巻數	詩題	詩句
①	十二	贈宣城宇文太守兼呈崔侍御	時遊敬亭上、閒聽松風眠。或弄宛溪月、虛舟信洄沿。
②	十二	自梁園至敬亭山見會公談陵陽山水兼期同遊因有此贈	渡江如昨日、黃葉向人飛。敬亭愜素尚、弭棹流清輝。
③	十二	贈宣州靈源寺仲濬公	敬亭白雲氣、秀色連蒼梧。下映雙溪水、如天落鏡湖。
④	十二	登敬亭山南望懷古贈竇主簿	敬亭一迴首、目盡天南端。仙者五六人、常聞此遊盤。
⑤	十四	寄從弟宣州長史昭	爾佐宣城郡、守官清且閑。常誇雲月好、邀我敬亭山。
⑥	十四	宣城九日聞崔四侍御與宇文太守遊敬亭余時登響山不同此賞醉後寄崔侍御二首（詩題のみ）	
⑦	十四	寄崔侍御	高人屢解陳蕃榻、過客難登謝朓樓。此處別離同落葉、明朝分散敬亭秋。
⑧	十四	遊敬亭寄崔侍御	我家敬亭下、輒繼謝公作。相去數百年、風期宛如昨。
⑨	十五	別韋少府	水國遠行邁、仙經深討論。洗心句溪月、清耳敬亭猿。
⑩	十八	送崔氏昆季之金陵（一作秋夜崔八丈水亭送崔二）	水客弄歸棹、雲帆卷輕霜。扁舟敬亭下、五兩先飄揚。
⑪	二十一	登敬亭北二小山余時客逢崔侍御竝登此地（詩題のみ）	
⑫	二十一	過崔八丈水亭	高閣橫秀氣、清幽併在君。簷飛宛溪水、窗落敬亭雲。
⑬	二十三	獨坐敬亭山	衆鳥高飛盡、孤雲獨去閑。相看兩不厭、只有敬亭山。
⑭	二十五	觀胡人吹笛	胡人吹玉笛、一半是秦聲。十月吳山曉、梅花落敬亭。
⑮	二十五	宣城哭蔣徵君華	敬亭埋玉樹、知是蔣徵君。安得相如草、空餘封禪文。

※巻數は『李太白全集』に據る

或弄宛溪月　或《あるひ》は弄す　宛溪の月
虛舟信洄沿　虛舟　洄沿に信《まか》す
顏公二十萬　顏公　二十萬
盡付酒家錢　盡く付《あた》ふ　酒家の錢
興發每取之　興　發すれば每に之を取り
聊向醉中仙　聊か向《む》かふ　醉中の仙

風がなければ舟が波を破って先へ進めないように、わが身を推擧してくれるものがいないので、計畫を失って長江のあたりを放浪している。苦しみの中に月日の經過を惜しむも、すでに月は三度もまるくなってしまった。その閒、敬亭山に登って遊んだり、しずかに松に吹く風の音を聽いて眠ったりすることもある。また時には宛溪の空にかかる月を眺め、風にまかせて舟をすすめることもある。かつて顏延之が二十萬の大金をすべて酒代として費やしたというが、私も氣が向けば同じように酒を買い、醉仙の氣分を味わっている――。

詩題に見える「宇文太守」という人物について、その經歷は不明であるが、瞿蛻園・朱金城校注『李白集校注』(14)は「卷十四有『宣城九日聞崔四侍御與宇文太守遊敬亭余時登響山不同此賞醉後寄崔侍御二首』、又王維集中有『送宇文太守赴宣城』詩、當卽其人」と指摘する。送別と贈答という主題の違いはあるものの、李白詩と王維詩に詠じられる「宇文太守」が同一人物であるとすれば、兩者の敬亭山に對する見方は明らかに異なっていることが分かるだろう。王維の詩では、宇文太守の執政の一環として、典故を踏まえて敬亭山への參詣が取り上げられた。これに對して、李白の詩では、地方長官の賢政を稱える際の象徵として敬亭山に言及するのではなく、あくまで放浪の身である李白自身が安らぎを見出す癒しの空間として敬亭山を取り上げている。「閒かに松風を聽きて眠る」詩人の姿からは、靈山に對する畏敬の念は見て取れず、敬亭山の自然を心ゆくまで樂しもうとする姿勢がうかがえる。

こうした特徴は、李白の他の敬亭山詩にも共通している。たとえば「自梁園至敬亭山見會公談陵陽山水兼期同遊因有此贈」詩（巻十二）には以下のようにある。

我隨秋風來　我　秋風に隨ひて來たり
瑤草恐衰歇　瑤草　衰歇を恐る
中途寡名山　中途　名山　寡《すくな》く
安得弄雲月　安んぞ雲月を弄するを得ん
渡江如昨日　江を渡ること　昨日の如く
黃葉向人飛　黃葉　人に向かひて飛ぶ
敬亭愜素尙　敬亭　素尙に愜《かな》ひ
弭棹流清輝　棹《さを》を弭《とど》めて　清輝を流す
冰谷明且秀　冰谷　明且つ秀
陵巒抱江城　陵巒　江城を抱く

私は秋風と共にこの地にやって來たが、それは仙草も枯れ衰える季節である。梁園からここまでの途中には名山が少なく、雲や月を鑑賞することができなかった。長江を渡って來たのは昨日のような氣がするが、すでに黃色い木の葉が人に向かって落ちてくる季節となった。敬亭山は以前から私の愛好にかなう山であり、棹をとどめて眺めると、水が淸らかな輝きを發している。その凍った谷閒は鮮明で美しく、めぐる丘陵が水邊の街竝みを抱いている——。

さきほどの詩と同様、李白の詠じる敬亭山からは、かつての象徴的な意味合いは拂拭され、詩人が「雲月を弄する」ことのできる江南の秀麗な山が立ち現れている。特に、李白は敬亭山を宣城の二本の河川——宛溪・句溪と併せて詠むことが多く、宣城という街全體に對する愛着が見て取れる。例えば「贈宣州靈源寺仲濬公」詩（巻十二）には、

敬亭白雲氣　　敬亭　白雲の氣
秀色連蒼梧　　秀色　蒼梧に連なる
下映雙溪水　　下は雙溪の水に映じ
如天落鏡湖　　天の鏡湖に落つるが如し

とあり、「過崔八丈水亭」詩（巻二十一）には、

高閣橫秀氣　　高閣　秀氣を橫たへ
淸幽併在君　　淸幽　併せて君に在り
簷飛宛溪水　　簷に飛ぶ　宛溪の水
窗落敬亭雲　　窗に落つ　敬亭の雲

とある。李白の敬亭山の詩には、謝朓のように山中の風景を事細かに描くものは少ないものの、こうして街の一部として描かれることで、敬亭山は親しみやすい印象を獲得し、鑑賞すべき對象へと變化してゆく。敬亭山を單獨でとらえ、その姿を描寫した劉禹錫との違いがここにある。

無論、李白が敬亭山を好んだ背景には、謝朓ゆかりの場所であったという事實も大きく影響している。「遊敬亭寄崔侍御」詩（巻十四）には、

我家敬亭下　　我は家す　敬亭の下
輒繼謝公作　　輒ち繼ぐ　謝公の作
相去數百年　　相ひ去ること　數百年
風期宛如昨　　風期　宛《さなが》ら昨《きのふ》の如し
登高素秋月　　高きに登る　素秋の月
下望靑山郭　　下に望む　靑山の郭
俯視鴛鷺羣　　俯して視る　鴛鷺の羣
飮啄自鳴躍　　飮啄して自ら鳴躍するを

とあり、李白は敬亭山を擁する宣城に居住した謝朓を思慕し、その詩風を受け繼ぐことを宣言している。しかしながら、敬亭山を詠む李白の詩十五首のうち、ことさら敬亭山を謝朓と結び付けて言及するものは、實際には右のこの一首のみであり、詩中の内容を見ても、李白のまなざしは、必ずしも太守として敬亭山廟に參詣した謝朓の姿には向けられていない。李白を魅了するのは、敬亭山それ自體の美しさ――登高して眺める秋月や、ふもと

に廣がる宣城郡のまちなみであった。「別章少府」詩（巻十五）の「心を洗う 句溪の月、耳を清くす 敬亭の猿（洗心句溪月、清耳敬亭猿）」などの表現は、詩人の個人的な嗜好と感覺に根差したものに他ならず、敬亭山は典故の域をはるかに超えて、李白の內面を描くための文學的素材として吸收されている。現存する李白詩の中に、當時においては常識だったと思しい敬亭山の神廟や參拜・賽雨などをテーマとする詩が見當たらないことから見ても、[15]李白は從來の敬亭山の描かれ方を乘り越えて、新たにその魅力を發見したと言えるだろう。

李白はその「廬山謠寄盧侍御虛舟」詩（巻十四）の中で「一生 好んで名山に入りて遊ぶ（一生好入名山游）」と詠じるように、廬山や泰山をはじめ、中國各地の山々を巡り、多くの詩を殘した。こうした山に對する愛好が、敬亭山の再發見につながったことは想像に難くない。同時に、李白が敬亭山の風景を樂しみ得た原因の一つとして、李白自身の官吏としての經驗の少なさが擧げられよう。王維をはじめ、敬亭山を祈雨救民の靈山として詠じる唐人の多くは、詩人でありながらも、常に官吏としての自覺や視線を持ちあわせ、それがゆえに知識や典故として敬亭山の持つ現實的な機能を思い起こし、地方官の理想像である謝朓の姿に共鳴したものと思われる。詠み手と聞き手の雙方で共通の認識が必要となる送別や贈答の詩では、むしろ敬亭山のもつ固定化されたイメージが好まれた。これに對して、終始放浪の身にあり、一旅人として江南の山々を鑑賞し續けた李白は、[16]自らの目で宣城の街や敬亭山を見つめなおすことで、從來の印象に左右されることなく、その新たな魅力を發見し得たのであろう。

もう一つの注目すべき點は、李白の山に對する描寫の特異性である。敬亭山を詠んだ李白詩の中で最も人口に膾炙する「獨坐敬亭山」詩（巻二十三）には、以下のようにある。

衆鳥高飛盡　　衆鳥　高く飛んで盡き
孤雲獨去閑　　孤雲　獨り去つて閑《しづ》かなり
相看兩不厭　　相ひ看て兩《とも》に厭はざるは
只有敬亭山　　只だ敬亭山有るのみ

數多くいた鳥たちは空高く飛んで消えてゆき、ひとひら浮かんでいた雲もぽつんと流れ去って閑けさが增す。たがいに見つめ合って、たがいに厭きることのないもの、それはただ、この敬亭山があるだけだ――。

鳥も雲も消え去り、殘された敬亭山と詩人とが互いに見つめ合う。かつて謝朓の詩に「歸徑は窅くして迷ふが如し（歸徑窅如迷）」と詠じられた、鬱蒼と茂る神祕的な山はそこにはない。擬人化された敬亭山は、あたかも李白の長年の知己のように描かれ、親しみやすい存在として讀者の眼前に立ち現れる。(17)「獨坐敬亭山」詩は、その後、南宋・李彌遜「夏夜宿廣教寺風月清甚思李白敬亭詩有懷用似表弟韻」詩(18)の「衆鳥　高く飛び　雲　去つて閑かなり、相ひ看れば只だ敬亭山有るのみ（衆鳥高飛雲去閑、相看只有敬亭山）」などのように、後人に好んで援用される。李白の描いた敬亭山の姿、そして詩人と山との交流が、人々に深い印象を殘したことが見て取れよう。(19)

五　結　び

本章では、敬亭山を對象とし、その印象の變遷を明らかにした。謝朓が見出した敬亭山は、唐詩人の受容を經て、李白の文學を構成する重要な要素として吸收される。明の李東陽「送張侍郎大經還宣城」詩(20)には、

敬亭山色古城陰　　敬亭の山色 古城の陰
萬丈丹梯不易尋　　萬丈の丹梯 尋ね易からず
地重謫仙題後價　　地は重し 謫仙 題せし後の價
天留謝朓賞時心　　天は留む 謝朓 賞せし時の心

とあり、敬亭山という文學的素材は、その後、李白と謝朓による合作として世に廣まってゆく。[21]敬亭山の印象の變遷する背景に、謝朓の文學の受容と展開の一端がうかがえるだろう。

（1）馬鞍山李白研究所編『太白仙踪』（黄山書社、二〇一〇年）。
（2）葛景春「李白與謝朓的山水詩」は「宣州的青山秀水、一經謝朓和李白的品題、便凭添了許多詩意、使皖南的山水產生了無窮的魅力」と指摘する（茆家培・李子龍主編『謝朓與李白研究』所收、人民文學出版社、一九九五年）。なお、詩跡としての敬亭山については、植木久行編『中國詩跡事典――漢詩の歌枕』（研文出版、二〇一五年）が詳しい。
（3）北宋・樂史撰、王文楚等點校『太平寰宇記』巻一〇三（中華書局、二〇〇七年）。
（4）植木久行「中國の詩跡研究三話―楓橋・寒山寺、敬亭山、鸛雀樓―」は「謝朓は…どうして敬亭山に魅せられて、初めて詩に詠むことになったのか。…おそらくそれは、敬亭山が宣城郡を守る鎭護の山（鎭めの山）であり、…その山の神『梓華府君』を祀る山廟（神祠）への參詣が、宣城郡太守のなすべき職務の一種であったのではないか」と指摘する（「第二十六回中唐文學會大會」講演資料、亞細亞大學武藏野キャンパス、二〇一五年十月九日開催）。
（5）謝靈運詩の引用は、顧紹柏校注『謝靈運集校注』（中州古籍出版社、一九八七年）に據る。
（6）丁福林・叢玲玲校注『鮑照集校注』巻五（中華書局、二〇一二年）。

（7）周勛初「論謝靈運山水文學的創作經驗」には「謝靈運融合賦體入詩、注意結構的嚴整、文辭的駢儷、應該説是詩歌創作上的一種發展」とあり、謝靈運が山水詩を作る上で賦的描寫手法を導入したことを指摘している（『文學遺産』、一九八九年五期）。清・陳祚明評選、李金松校點『采菽堂古詩選』（上海古籍出版社、二〇〇八年）は、謝朓の「遊山」詩について「此首蕩瀁蒼蔚、有賦家之心」と指摘しており、謝靈運の登山・遊覽の詩との敍景描寫上の類似性がうかがえる。

（8）佐藤正光「宣城時代の謝朓」（『日本中國學會報』第四十一集、一九八九年）。

（9）葛曉音『山水田園詩派研究』第二章「從大謝體到小謝體」は「謝朓有几首登臨遊賞之作、如『游山詩』『游敬亭山詩』等、風格典麗凝重、酷似大謝。…隨登山涉水的游踪詳細敷寫傍眺回望所見之景、大量雙聲疊韻字和難字的組合、…其境與大謝無異。…可見大謝的深秀凝重之體、在當時已成爲表現登山遊賞的一種專用詩體」と指摘する（遼寧大學出版社、一九九三年）。また莫礪鋒「論李杜對二謝山水詩的因革」は「在寫作手法上、大謝注重刻划景物、小謝長于融情入景。…當然也應看到二謝集内都有一些例外、…如小謝的『遊山』、『遊敬亭山』、寫景刻划堆垛、結尾説理、與大謝詩如出一轍」と指摘する（『唐代文學研究』、廣西師範大學出版社、一九九六年）。

（10）北宋・李昉等編『太平廣記』卷第三〇八（人民文學出版社、一九五九年）。

（11）清・董誥等編『全唐文』（中華書局、一九八三年）には、他にも敬亭山廟に關連する記述として、崔龜從の「宣州昭亭山梓華君神祠記」「書敬亭碑陰」「敬亭廟祭文」（いずれも卷七二九）、また宣歙觀察使を務めた鄭薰（生卒年不詳）の「祭梓華府君神文」（卷七九〇）などが收錄されている。

（12）敬亭山廟への參詣は宋代以降にも行われていたと見える。特に、宣城で多くの詩作を殘した北宋の梅堯臣は、敬亭山の舊名である「昭亭」の語を用いて、「將行賽昭亭祠喜雨」「謁昭亭廟」「依韻和僉判都官昭亭謝雨廻廣教見懷」「十一月十二日賽昭亭神」など、同樣のテーマで多くの作品を殘している。

（13）中唐期の「稜角」の用例として、「晴明出稜角、縷脈碎分繡」（韓愈「南山詩」）や、「靈跡露指爪、殺氣見稜角」（劉禹錫「華山歌」）などがある。

（14）瞿蛻園・朱金城校注『李白集校注』卷十二（上海古籍出版社、一九八〇年）。

(15) 南宋・王象之撰『輿地紀勝』巻十九（中華書局、一九九二年）は「題梓府君廟詩」（李太白・司空圖）を記録するが、その本文は現存していない。

(16) 松浦友久は『李白傳記論――客寓の詩想』〔十二〕「李白晩年考（下）―赦免後の歴遊が意味するもの―」の中で、李白の定住經驗の乏しさを指摘して「しかも、その各時期の旅は、…全體的に見ても、おおむねは具體的な目的性の乏しい（むろんゼロではない）、いわば『旅のための旅』といった性格が強い」と指摘する（研文出版、一九九四年）。

(17) 寺尾剛「李白における宣城の意義―『詩的古跡』の定着をめぐって―」は「獨坐敬亭山」詩について「とりわけ衆目を集めるのは、後半二句の、山の擬人表現である。…敬亭山への愛着、一體感が、この詩を親しみの持てる作品にしており、他の、山の擬人表現の作品を壓倒している…。」と指摘する（『中國詩文論叢』第十三集、一九九四年）。

(18) 南宋・李彌遜撰『筠谿集』巻十五（景印文淵閣四庫全書所收、臺灣商務印書館、一九八三年）。

(19) 他にも北宋・郭祥正「憶敬亭山作」詩の「數公逸駕何當還、悵望英風不可攀。信道相看兩不厭、古來只有敬亭山」や、南宋・王十朋「過宛陵陪汪樞密登雙溪閣疊嶂樓遊高齋望敬亭山誦謝玄暉李太白詩用樞公遊齊山韻」詩の「謝客能吟練江句、謫仙不厭敬亭山。雙溪風月壺觴裏、疊嶂烟霞几案閒」などの用例がある。

(20) 安徽省宣城市文化局編『歷代名人吟宣城』所收（宣城市中亞印務公司、二〇〇四年）。

(21) 敬亭山を取り上げる際に、李白と謝朓の雙方に言及する用例として、他に元・吳存「次高彥文韻送王仲儀」詩の「宣城古號山水國、敬亭雲氣雙溪烟。玄暉太白舊吟處、泠泠遺響留風泉」などがある。また、張才良主編『李白安徽詩文校箋』には「『宣城縣志』亦稱、『敬亭（山）自謝（朓）李（白）相繼賦詩、遂有名天下。』此山向有『江南詩山』之稱」とある（安徽文藝出版社、一九九二年）。

終章　謝朓詩の受容と展開

本書では、全七章にわたって、宣城期の謝朓詩の特徴と、その唐代における受容・展開の様相を見てきた。終章では、序章において提示した研究の課題、すなわち「謝宣城」は如何に誕生し、發見され、受容と展開を迎えるのか、という視點から各章を振り返り、最後に唐代における謝朓詩の受容と展開の特徴を結論づけたい。

第一章「詩人『謝宣城』の誕生――謝朓詩における荊州と宣城」では、宣城赴任の前後において、詩人謝朓の詩句にどのような變化が見られたのか、という問題を解決するため、謝朓が赴いた二つの異鄉――荊州と宣城における望鄉の詩句を比較分析した。その結果、謝朓は宣城赴任を契機として、「集團の詩人」から獨立した「個の詩人（謝宣城）」へと成長し、それに伴って望鄉詩の具體的な表現方法にも大きな變化が生じていたことが明らかになった。荊州期の謝朓詩を分析すると、望鄉の思いが率直かつ具體的に述べられており、その背景には、荊州赴任以前に謝朓が所屬していた竟陵王の文學集團に對する懷舊があった。一方、宣城期における望鄉の詩句は、きわめて抽象的な表現をとり、かつ隠逸の願望を伺わせるものが多くみられた。これは、武帝死後の政亂によって、かつて謝朓を支えた權力者や詩友が命を落としたことで、謝朓の所屬する文學集團・政治集團が完全に消滅し、歸還する場所を失ったためであった。何時の旅路にも共通する「望鄉」がテーマであった荊州期とは異なり、宣城においては歸るところそのものを喪失した孤獨な「客の愁い」が謝朓を支配する。かつて所屬していた文學集團・政治集團を離れて孤獨の中に身を置いたことで、謝朓は搖れ動く自身の胸中を表現するべく、その文學に更なる磨きをかける。山水詩人「謝宣城」の文學は、こうした環境において誕生したものであることを結論づけた。

第二章「謝朓詩における『窓』の風景――遠景描寫の一手法」では、宣城期の謝朓詩の表現的特徴を論ずるために、「窓」の語を一例として取り上げ、分析を行った。宣城赴任期の謝朓の作品には、「遊敬亭山」詩や「遊山」詩のように、詩人が實際に自然の中に身を置いて詠じた詩と竝んで、「郡內高齋閑望答呂法曹」詩や「後齋迥望」詩など、建物內部から見える自然の景物を詠じた詩が多數存在している。それらの詩では、「詩人が身を置く室內」と「室外の風景」の閒に「窓」が介在しており、宣城期の謝朓詩において「窓」の語が重要な役割を果たしていることを指摘した。謝朓以前の詩中における「窓」表現には、①〈建築〉建築の一部としての窓を描寫するもの、②〈閨室〉閨室の窓を描寫し、女性を連想させるもの、③〈光・風〉窓から室內に差し込む（吹き込む）光・風を描寫するもの、④〈近景〉窓を通して見える近景・窓邊の景色を描寫するもの、⑤〈遠景〉窓を通して見える中景・遠景を描寫するもの、の五つの用法がある。宣城期の謝朓は、〈遠景〉を描く手法として「窓」表現を集中的に用いており、その用法には從來とは異なる特徵――室外の風景を媒介するという役割の他に、「官舍の中に居る自己」を「外界」へと向かわせ、繫げてゆく機能――が認められた。謝朓は「窓」表現を、宣城期の自己の心情を假託し得る素材として見なしており、その結果、風景の描寫と敍情の導入という二重の役割を持つ「窓」表現が誕生したことを明らかにした。

第三章「『李白と謝朓』再考――『澄江淨如練』句の受容と展開」では、宣城赴任の道中に詠じられた謝朓の代表作「晚登三山還望京邑」詩の「澄江靜如練」句が、從來の用法に逸脱する形で李白の詩に取り込まれ、「李白と謝朓」の合作として後人に受容され、展開していく様子を考察・分析した。謝朓の「晩登三山還望京邑」詩は、建康を離れて宣城へ赴任する詩人の「落日望鄕」の思いを詠じた作品であり、詩中の「餘霞　散じて綺を成し、澄江　靜かなること練の如し（餘霞散成綺、澄江靜如練）」の一聯は、暮景の美しさを形容した對偶表現であった。しかし、「澄江」句は作詩の特定の時と場の情況に制約されない、極度に一般化された表現であったがために、李白「金陵城西樓月下吟」詩に「道ひ解たり　澄江　淨きこと練の如しと（解道澄江淨如練）」の形で單獨で引用されて以後、李白の詩的世界に呑み込まれ、月下の光景としてその印象を上書きされてしまう。同時に、李白詩の影響力によって、「澄江」句は謝朓を代表する名句として認識されるようになり、やがて特に優れた詩句——秀句によって謝朓詩を理解する風潮が高まることとなる。「澄江」句の受容と展開を見ることで、謝朓詩の解釋・評價の歴史において、李白の見方が極めて支配的であったことを明らかにした。

第四章「謝朓像の確立をめぐって——李白から中晩唐へ」では、李白以降、中晩唐の詩に現れた謝朓の像を明らかにするべく、「謝朓を憶う」詩の廣まりと、謝朓に關連する呼稱・地名の多樣化を手掛かりに、その變遷の樣相を考察した。中唐詩人は、李白によって完成された、結句で謝朓の名をあげて思念するという手法を取り入れ、普遍的な旅愁や鄕愁を代辯し、孤獨や悲哀を慰める存在として謝朓の像を昇華させた。同時に、謝朓はその經歷から、山水に遊ぼうとする雅趣と、官吏としての自覺を兼ね備えた「吏隱」として理解され、中唐詩人らの理想を背負い、地方官の悲哀を慰安する存在として見なされた。やがて晩唐になると、謝朓の「吏隱」としてのイメージは薄まり、もっぱら李白との關係を意識する作品の中に多く詠じられるようになる。それは、「李白による謝朓の愛好」という現象そのものが、晩唐に至って、典故として定着しはじめたことを意味している。これ以降、謝朓には、「李白に愛好された詩人」という新たな身分が與えられ、時にはその實際の姿を超えて、後人に理解されてゆくようになる。

第五章「『小謝』の變遷――李白『中閒小謝又清發』をめぐって」では、第四章を踏まえて、謝朓の別稱として知られる「小謝」の語を中心に分析し、本來は謝惠連を指す呼稱であった「小謝」の語が、實際にはいつから謝朓を指すようになったのか、という問題を明らかにした。從來、謝朓を指す「小謝」の用例は、李白の「宣州謝朓樓餞別校書叔雲（一作『陪侍御叔華登樓歌』）」詩の「中閒の小謝 又た清發（中閒小謝又清發）」句から始まるとみなされており、また「中閒小謝又清發」句は、李白が謝朓を愛好したことを示す重要な詩句として解釋されてきた。しかし、「小謝」という語の歴史的な用法や、李白詩における謝惠連・謝朓の描かれ方、また歴代の李白詩注などを調査した結果、李白詩に詠われた「小謝」は謝朓ではなく、謝惠連を指す可能性がきわめて高いことが明らかになった。李白詩の「小謝」を謝朓と見なす誤解が生じたのは、「李白による謝朓の愛好」が擴大解釋されたこと、また謝朓の文學そのものが、從來の謝靈運・謝惠連兄弟の佳話をはるかに超えて唐詩人の尊崇を獲得したことが要因と考えられる。「小謝」が謝朓の別稱となったのは、實際には中唐以降であり、李白の愛好を契機として人々の謝朓に對する思索と理解が深まり、謝朓を彩る多様な言語が生み出された結果と見るべきものと結論付けた。

第六章「李白『志在青山』考――謝朓別業の存在をめぐって」では、「李白による謝朓の愛好」が引き起こした文化現象の一事例として、李白墓のある當塗「青山」に謝朓の別業が存在するという言說の眞否を論じた。李白は死後、宣州當塗縣の「龍山」に埋葬され、その後、同當塗縣内にある「青山」に改葬される。改葬の經緯を記した碑文によれば、李白の孫娘なる人物が宣州の長官に「先祖 志 青山に在り（先祖志在青山）」と傳え、その結果、改葬が行われたという。碑文には「（李白）晩歳…謝家の青山を悅ぶ（晩歳…悅謝家青山）」とも記錄されており、この傳說以降、李白の墳墓が眠る當塗「靑山」には謝朓の別業が存在したと考えられてきた。しかし、謝朓關連資料に對する分析、そして南齊と唐代の行政區畫に對する考證から判斷して、謝朓「靑山」別業の存在は極めて疑わしいことが分かった。また、從來は李白の遺言である「志在靑山」の「靑山」を當塗縣に位置する山の名稱と見なすのが一般的だったが、李白詩の用法や當時の資料などを分析した結果、この「靑山」を單一的に地名として處理することは不適切であり、「志在靑山」の一節は、李白による一種の文學的產物として見なすべきであるという結論に至った。李白の遺言が傳說化したことで、後人は無理に當塗「靑山」と謝朓との關連を見出そうとして、謝朓別業なるものの存在を强調することになる。「靑山謝朓別業」は、李白「志在靑山」の發言に基づいて想像を膨らませて創りだされた虛構の詩跡と考えなければならない。

第七章「敬亭山の印象――謝朓から李白へ」では、謝朓によって見いだされた宣城の敬亭山が、謝朓詩・唐詩・李白詩の中でそれぞれどのように詠じられてゆくのか、という問題について、個別の用法を分析し、その特徵を明らかにした。宣城郡北部に位置する敬亭山について、謝朓は六首の詩（うち二首は聯句）を殘しており、敬亭山の存在を世に知らしめた。その後、宣城を訪れた李白が「獨坐敬亭山」詩をはじめとする敬亭山詩を詠じることで、敬亭山は謝朓と李白に支えられた詩跡としてますます名を轟かせる。しかし、敬亭山を詠じた謝朓と李白の詩を比べると、兩者の創作動機には大きな隔たりが認められる。謝朓が敬亭山を訪れたのは、地方の長官として雨を祈願する儀式を行うためであり、謝朓は敬亭山遊覽を「官」と「隱」の兩立として捉えていた。後の唐詩に描かれる敬亭山の多くは、謝朓の用法を踏襲しており、官吏の目線から宣城太守謝朓を尊崇し、敬亭山に靈山としての神祕性と山水に遊ぶ雅趣とを求めている。その一方で、李白は謝朓ゆかりの山として敬亭山に興味を惹かれながらも、その敬亭山を詠じる詩十五首すべてから敬亭山の神祕的な趣を排除し、山それ自體の持つ自然風景の美を積極的に追い求め、その親しみやすさを描き出している。敬亭山は、謝朓と李白という兩詩人の手を經て、江南の詩山としての地位を確立する。

謝朓の文學は、宣城への赴任を契機として大きく變化し、從來とは異なる詩風が確立された。それまでの、社交的な付き合いが中心だった建康や荊州とは異なり、自らが長官を務める宣城という土地で、謝朓は自己の心境を山水に假託させた詩作を多く殘すことになる。その特徴は、それぞれ望鄕の詩（第一章）、屋外から窓外を眺める詩（第二章）、そして遊山の詩（第七章）に現れており、獨立した山水詩人「謝宣城」の誕生が見て取れる。しかしながら、南齊當時においては、謝朓はあくまで文學集團の一員として理解されており、宣城期に爲された「個」の詩人としての創作に目を向けられることはなかった。

こうした狀況は、盛唐の李白の出現によって大きく轉換する。李白は宣城期の謝朓とその作品を集中的に愛好し、また謝朓ゆかりの地である宣城に度々足を運び、多くの詩作を殘した。その結果、謝朓は「宣城の詩人」として「再發見」され、李白が導く方向に從って理解されるようになる。これにより、いったんは數ある作品の中に埋沒しかけていた宣城期の謝朓詩は、一轉して、謝朓を代表する作品羣として人々の注目を浴びるようになる。李白による謝朓の愛好は、謝朓の詩句の廣まり（第三章）と謝朓の詩人像の確立（第四章）に多大なる影響を及ぼし、同時に、謝朓の呼稱（第五章）と謝朓ゆかりの地理（第六章）に關する後人の誤解をも生み出すこととなった。

さらに、李白は謝朓によって生み出された詩句や文學創作の素材を積極的に自身の文學に取り入れた。謝朓の「澄江靜如練」句（第三章）や、謝朓が見出した宣城の敬亭山（第七章）などは、李白の文學を構成する重要な要素として吸收され、「李白と謝朓による合作」として世に廣まってゆく。李白による謝朓の「再發見」と、これを踏まえた唐詩人による謝朓像の「發展」は、謝朓に關連する文化現象を豐富たらしめ、謝朓が後世までながらく名を轟かせる土壌を用意したと言ってよい。

中國の古典詩は、詩句が生み出されてから、後人の引用・繼承・解釋・評價を經て、古典性と傳統性を獲得してゆく。一つの文學の受容の過程を見ることは、その文學が今日まで保存され、繼承されてきた軌跡を辿ることでもある。南齊の詩人・謝朓の文學は、他ならぬ盛唐の李白によってその魅力を發見され、李白とともに文學史に名を刻むことになった。ここに、中國古典詩の展開の一つの形を見ることができるだろう。

參考文獻一覽

○原典資料は四部分類に従って配列した。
○中文書と中文論文は著者のピンイン順、和書と和文論文は著者の五十音順に配列した。

◆原典資料

經　部

詩類

程俊英・蔣見元著『詩經注析』（中華書局、一九九一年）

小學類

漢・許愼撰・淸・段玉裁注、許惟賢整理『說文解字注』（鳳凰出版社、二〇〇七年）
漢・劉熙撰、任繼昉纂『釋名匯校』（齊魯書社、二〇〇六年）

南宋・周煇撰、劉永翔校注『清波雜志』（中華書局、一九九四年）

史部

正史類

漢・司馬遷『史記』（中華書局、一九五九年）
漢・班固『漢書』（中華書局、一九六二年）
漢・范曄『後漢書』（中華書局、一九六五年）
唐・房玄齢等『晉書』（中華書局、一九七四年）
梁・沈約『宋書』（中華書局、一九七四年）
梁・蕭子顯『南齊書』（中華書局、一九七二年）
唐・姚思廉『梁書』（中華書局、一九七三年）
唐・魏徵等『隋書』（中華書局、一九七三年）
唐・李延壽『南史』（中華書局、一九七五年）
五代・劉昫等『舊唐書』（中華書局、一九七五年）
北宋・歐陽脩等『新唐書』（中華書局、一九七五年）

地理類

唐・李吉甫撰、賀次君點校『元和郡縣圖志』（中華書局、一九八三年）

北宋・樂史撰、王文楚等點校『太平寰宇記』（中華書局、二〇〇七年）
南宋・陸游『入蜀記』（景印文淵閣四庫全書所收、臺灣商務印書館、一九八三年）
南宋・王象之撰『輿地紀勝』（中華書局、一九九二年）
南宋・祝穆撰、祝洙增訂、施和金點校『方輿勝覽』（中華書局、二〇〇三年）
清・黄之雋等編纂『江南通志』（景印文淵閣四庫全書所收、臺灣商務印書館、一九八三年）
清・李應泰等主修、清・章綬纂修『宣城縣志』（黄山書社、二〇〇八年）

子　部

道家類

王叔岷撰『列仙傳校箋』（中華書局、二〇〇七年）

雜家類

北宋・蘇軾『東坡志林』（景印文淵閣四庫全書所收、臺灣商務印書館、一九八三年）
清・王士禛『池北偶談』（中華書局、一九八二年）

小說家類

北宋・李昉等編『太平廣記』（人民文學出版社、一九五九年）
北宋・趙令畤撰『侯鯖錄』（中華書局、二〇〇二年）
北宋・王讜撰、周勛初校證『唐語林校證』（中華書局、一九八七年）

集部

楚辭類

北宋・朱熹撰、蔣立甫校點『楚辭集注』（上海古籍出版社、二〇〇一年）

別集類

東晉・陶淵明、袁行霈撰『陶淵明集箋注』（中華書局、二〇〇三年）
劉宋・謝靈運、顧紹柏校注『謝靈運集校注』（中州古籍出版社、一九八七年）
劉宋・鮑照、丁福林・叢玲玲校注『鮑照集校注』（中華書局、二〇一二年）
南齊・謝朓『謝宣城詩集』（四部叢刊初編所收・上海涵芬樓景印明依宋鈔本、商務印書館、一九一九―一九二三年）
南齊・謝朓、洪順隆校注『謝宣城集校注』（臺灣中華書局、一九六九年）
南齊・謝朓、曹融南校注『謝宣城集校注』（上海古籍出版社、一九九一年）
南齊・謝朓、陳冠球編注『謝宣城全集』（大連出版社、一九九八年）
梁・沈約、陳慶元校箋『沈約集校箋』（浙江古籍出版社、一九九五年）
梁・何遜、李伯齊校注『何遜集校注（修訂本）』（中華書局、二〇一〇年）
唐・李白、清・王琦注『李太白全集』（中華書局、一九七七年）
唐・李白、瞿蛻園・朱金城校注『李白集校注』（上海古籍出版社、一九八〇年）
唐・李白、裴斐主編『李白詩歌賞析集』（巴蜀書社、一九八八年）

唐・李白、安旗主編『李白全集編年注釋』(巴蜀書社、一九九〇年)
唐・李白、詹瑛主編『李白全集校注彙釋集評』(百花文藝出版社、一九九六年)
唐・李白、南宋・楊齊賢集註、元・蕭士贇補註、芳村弘道解題『分類補註李太白詩』(汲古書院、二〇〇六年)
唐・李白、郁賢皓編選『李白集』(鳳凰出版社、二〇〇六年)
唐・李白、米山寅太郎・髙橋智解題『李太白文集』(汲古書院、二〇〇六年)
唐・李白、趙昌平撰『李白詩選評』(上海古籍出版社、二〇一一年)
唐・李白、郁賢皓選注『李白選集』(上海古籍出版社、二〇一三年)
唐・李白、安旗・薛天緯等箋注『李白全集編年箋注』(中華書局、二〇一五年)
唐・柳宗元『柳河東集』(上海古籍出版社、二〇〇八年)
唐・王維、陳鐵民校注『王維集校注』(中華書局、一九九七年)
唐・錢起、王定璋校注『錢起詩集校注』(浙江古籍出版社、一九九二年)
唐・盧綸、劉初棠校注『盧綸詩集校注』(上海古籍出版社、一九八九年)
北宋・張耒、李逸安・孫通海・傅信點校『張耒集』(中華書局、一九九〇年)
北宋・梅堯臣、朱東潤編年校注『梅堯臣集編年校注』(上海古籍出版社、一九八〇年)
北宋・郭祥正『青山集』(景印文淵閣四庫全書所收、臺灣商務印書館、一九八三年)
北宋・黃庭堅、任淵・史容他注、黃寶華點校『山谷詩集注』(上海古籍出版社、二〇〇三年)
北宋・陳淵『默堂先生文集』(四部叢刊三篇所收、商務印書館、一九三五―一九三六年)
北宋・王安中『初寮集』(景印文淵閣四庫全書所收、臺灣商務印書館、一九八三年)

南宋・李彌遜『筠谿集』（景印文淵閣四庫全書所收、臺灣商務印書館、一九八三年）
南宋・陳與義、吳書蔭・金德厚點校『陳與義集』（中華書局、一九八二年）
南宋・陳與義、南宋・胡稚箋注『增廣箋註簡齋詩集』（江蘇古籍出版社、一九八八年）
南宋・王十朋『梅溪集』（景印文淵閣四庫全書所收、臺灣商務印書館、一九八三年）
南宋・楊萬里、薛瑞生校箋『誠齋詩集箋證』（三秦出版社、二〇一一年）
南宋・趙師秀『清苑齋集』（汲古閣景宋鈔南宋羣賢六十家小集所收、上海古書流通處、一九二一年）
明・姚孫棐『亦園全集』（四庫禁燬書叢刊所收、北京出版社、一九九七年）
明・程敏政『篁墩文集』（景印文淵閣四庫全書所收、臺灣商務印書館、一九八三年）
明・謝肇淛『小草齋集』（續修四庫全書所收、上海古籍出版社、二〇〇二年）
明・陳子龍『湘眞閣稿』（續修四庫全書所收、上海古籍出版社、二〇〇二年）
明・徐㶿、陳慶元・陳煒編著『鼇峰集』（廣陵書社、二〇一二年）
清・朱彝尊、清・李富孫注『曝書亭集詞註』（廣文書局、一九七八年）
清・姚瑩『後湘詩集』（『中復堂全集東溟文集外集』、文海出版社、一九七四年）
清・史簡編『鄱陽五家集』（景印文淵閣四庫全書所收、臺灣商務印書館、一九八三年）

總集類

梁・蕭統編、唐・李善注『文選』（上海古籍出版社、一九八六年）
梁・蕭統編、唐・李善等注『增補六臣註文選』（華正書局、一九七四年）

陳・徐陵編、清・吳兆宜注、程琰删補、穆克宏點校『玉臺新詠箋注』（中華書局、一九八五年）
北宋・李昉等編『文苑英華』（中華書局、一九六六年）
明・高棅編纂、汪宗尼校訂、葛景春・胡永傑點校『唐詩品彙』（中華書局、二〇一五年）
明・馮維訥編、興膳宏監修、横山弘・齋藤希史編『嘉靖本古詩紀』（汲古書院、二〇〇六年）
明・曹學佺編『石倉歷代詩選』（景印文淵閣四庫全書所收、臺灣商務印書館、一九八三年）
明・鍾惺・譚元春輯『古詩歸』（續修四庫全書所收、上海古籍出版社、二〇〇二年）
明・張溥輯『漢魏六朝百三名家集』謝宣城集（章氏經濟堂、一八九二年）
清・陳祚明評選、李金松校點『采菽堂古詩選』（上海古籍出版社、二〇〇八年）
清・王士禛選、清・聞人倓箋『古詩箋』（上海古籍出版社、二〇一〇年）
清・彭定求等編纂『全唐詩』（中華書局、一九六〇年）
清・顧嗣立編『元詩選』（景印文淵閣四庫全書所收、臺灣商務印書館、一九八三年）
清・乾隆敕編『御選唐宋詩醇』（浙江書局、一八八一年）
清・董誥等編『全唐文』（中華書局、一九八三年）
清・張玉穀撰『古詩賞析』（『漢文大系』卷十八所收、冨山房、一九一四年）
清・嚴可均校輯『全上古三代秦漢三國六朝文』（中華書局、一九五六年）
清・曾國藩選纂『十八家詩鈔』（世界書局、一九七四年）
清・王堯衢注『古唐詩合解』（德華堂、一八四五年）
逯欽立輯校『先秦漢魏晉南北朝詩』（中華書局、一九八三年）

詩文評類

梁・鍾嶸、曹旭集注『詩品集注』（上海古籍出版社、一九九四年）
北宋・黄轍、湯新祥校註『碧溪詩話』（人民文學出版社、一九八六年）
北宋・陳應行編『吟窗雜錄』（中華書局、一九九七年）
北宋・計有功撰、王仲鏞著『唐詩紀事校箋』（巴蜀書社、一九八九年）
南宋・魏慶之編、王仲聞點校『詩人玉屑』（中華書局、二〇〇七年）
南宋・葛立方撰『韻語陽秋』（『歴代詩話』所收、中華書局、一九八一年）
南宋・嚴羽、張健校箋『滄浪詩話校箋』（上海古籍出版社、二〇一二年）
南宋・何汶撰、常振國・絳雲點校『竹莊詩話』（中華書局、一九八四年）
明・胡應麟撰『詩藪』（上海古籍出版社、一九七九年）
清・翁方綱、陳邇冬校點『石洲詩話』（人民文學出版社、一九八一年）
清・方東樹、汪紹楹校點『昭味詹言』（人民文學出版社、一九六一年）
高麗・李奎報撰『白雲小説』（『原本影印韓國古典叢書』所收、大提閣、一九七五年）
日本平安・空海撰、月本雅幸解題『文鏡祕府論』（六地藏寺善本叢刊所收、汲古書院、一九八四年）
日本江戸・祇園南海『詩訣』（『日本詩話叢書』第一巻所收、鳳出版、一九七二年）

◆單行本

中文書

安徽省宣城市文化局編『歷代名人吟宣城』（宣城市中亞印務公司、二〇〇四年）
曹道衡・沈玉成『中國文學家大辭典（先秦漢魏晉南北朝卷）』（中華書局、一九九六年）
戴偉華『地域文化與唐代詩歌』（中華書局、二〇〇六年）
葛曉音『山水田園詩派研究』（遼寧大學出版社、一九九三年）
洪順隆『由隱逸到宮體』（文史哲出版社、一九八四年）
胡大雷『中古文學集團』（廣西師範大學出版社、一九九六年）
蔣寅『大曆詩風』（上海古籍出版社、一九九二年）
蔣寅『大曆詩人研究』（北京大學出版社、二〇〇七年）
金濤聲・朱文彩編『李白資料彙編（唐宋之部）』（中華書局、二〇〇七年）
鄺健行・陳永明・吳淑鈿選編『韓國詩話中論中國詩資料選粹』（中華書局、二〇〇二年）
李昌志・鄭立洲・陶錫良等編著『李白詩魂系青山』（中國展望出版社、一九八八年）
梁森『謝朓與李白管窺』（人民文學出版社、一九九五年）
林英德『「文選」與唐人詩歌創作』（知識產權出版社、二〇一三年）
劉躍進『門閥士族與永明文學』（三聯書店、一九九六年）

劉躍進・範子燁編『六朝作家年譜』（黑龍江教育出版社、一九九九年）
馬鞍山李白研究所編『太白仙踪』（黃山書社、二〇一〇年）
馬鞍山市當塗縣地方志辨公室編『李白與當塗』（馬鞍山市當塗縣地方志辨公室、一九八七年）
茆家培・李子龍主編『謝朓與李白研究』（人民文學出版社、一九九五年）
孫蘭『謝朓研究』（齊魯書社、二〇一四年）
譚其驤主編『中國歷史地圖集』（地圖出版社、一九八二年）
陶文鵬等『靈境詩心——中國古代山水詩史』（鳳凰出版社、二〇〇四年）
魏耕原『謝朓詩論』（中國社會科學出版社、二〇〇四年）
邢少山編著『敬亭山詩詞賞析』（吉林文史出版社、二〇一二年）
張才良主編『李白安徽詩文校箋』（安徽文藝出版社、一九九二年）
中國社會科學院歷史研究所資料編纂組『中國歷代自然災害及歷代盛世農業政策資料』（農業出版社、一九八八年）
朱雅琪『大小謝詩之比較』（花木蘭文化出版社、二〇〇七年）
『辭源（修訂本）』（商務印書館、一九七九年）

和　書

青木淳建築計畫事務所『青木淳／開口部のディテール』（彰國社、二〇〇七年）
赤井益久『中唐詩壇の研究』（創文社、二〇〇四年）
網祐次『中國中世文學研究——南齊永明時代を中心として』（新樹社、一九六〇年）

植木久行編『中國詩跡事典――漢詩の歌枕』（研文出版、二〇一五年）
小尾郊一『中國文學に現われた自然と自然觀―中世文學を中心として―』（岩波書店、一九六二年）
小尾郊一『謝靈運――孤獨の山水詩人』（汲古書院、一九八三年）
小尾郊一『眞實と虛構――六朝文學』（汲古書院、一九九四年）
興膳宏『六朝詩人傳』（大修館書店、二〇〇〇年）
興膳宏『亂世を生きる詩人たち――六朝詩人論』（研文出版、二〇〇一年）
佐藤正光『南朝の門閥貴族と文學』（汲古書院、一九九七年）
斯波六郎『中國文學における孤獨感』（岩波書店、一九九〇年）
鈴木敏雄『鮑參軍詩集』（白帝社、二〇〇一年）
鈴木虎雄『玉臺新詠集』（岩波書店、一九五三年）
武部利男『李白』（筑摩書房、一九七三年）
田部井文雄『中國自然詩の系譜―詩經から唐詩まで―』（大修館書店、一九九五年）
戶倉英美『詩人たちの時空―漢賦から唐詩へ―』（平凡社、一九八八年）
長谷川滋成『東晉詩譯注』（汲古書院、一九九四年）
林田愼之介『六朝の文學　覺書』（創文社、二〇一〇年）
福井佳夫『六朝の遊戲文學』（汲古書院、二〇〇七年）
松浦友久『李白　詩と心象』（社會思想社・現代教養文庫、一九七〇年）
松浦友久『李白傳記論――客寓の詩想』（研文出版、一九九四年）

松浦友久『李白詩選』（岩波文庫、一九九七年）
松原朗『中國離別詩の成立』（研文出版、二〇〇三年）
森野繁夫『六朝詩の研究――「集團の文學」と「個人の文學」』（第一學習社、一九七六年）
森野繁夫『謝宣城詩集』（白帝社、一九九一年）
森野繁夫『謝康樂詩集』（白帝社、一九九三年）
森野繁夫『謝靈運論集』（白帝社、二〇〇七年）
『文選（詩篇）』（新釋漢文大系、明治書院、一九六四年）

◆論　文

中　文

阿部順子「『謝朓集』版本淵源述」（『古籍整理研究學刊』、二〇〇〇年）
柏俊才「謝朓任隨郡王文學時間考」（『江西師範大學學報（哲學社會科學版）』、二〇〇八年）
曹道衡「梁武帝和『竟陵八友』」（『齊魯學刊』、一九九五年第五期）
查正賢「論謝朓詩的隱逸及其詩體范式意義」（『浙江社會科學』、二〇〇六年第五期）
陳爽「『陳國陽夏謝氏譜』輯補――中古譜牒復原研究」（『田餘慶先生九十華誕頌壽論文集』、中華書局、二〇一四年）
陳慶元「玄暉詩變有唐風」（『南京師大學報（社會科學版）』、一九八三年第四期）

陳慶元「論謝朓詩歌的思想性」（『西南師範學院學報（人文社會科學版）』、一九八四年第四期）
陳慶元「玄暉獨步南齊與太白低首宣城――論謝朓在文學史上的地位和影響」（『福建師範大學學報（哲學社會科學版）』、一九八五年第二期）
陳慶元「李白和謝朓」（『寧德師專學報』、一九九二年）
闞玉林「論謝朓山水詩的藝術成就――兼論謝靈運・謝朓山水詩的繼承關係」（『四川師範大學學報（社會科學版）』、一九九四年第四期）
何兆吉・趙瑞民「『謝宣城詩集』版本源流考」（『西北第二民族學院學報（哲學社會科學版）』、一九九〇年第三期）
景遐東「論中唐時期江南地區的詩酒文會」（『湖北師範學院學報（哲學社會科學版）』、二〇〇五年第四期）
李昌志「李白藁葬・殯葬・改葬始末新説」（『中國李白研究』一九九五年―一九九六年集、安徽文藝出版社、一九九七年）
李從軍「李白卒年辨」（『吉林大學社會科學學報』、一九八三年第五期）
莫砺鋒「論李杜對二謝山水詩的因革」（『唐代文學研究』、廣西師範大學出版社、一九九六年）
聶大受「試論『竟陵八友』文學集團的特點――『竟陵八友』論之二」（『甘肅社會科學』、一九九七年第五期）
宋緒連「李白低首謝宣城」（『遼寧大學學報』第五十九期、一九八三年）
孫蘭「謝朓對山水詩創作題材的拓展」（『雲南大學學報（社會科學版）』、二〇〇七年第五期）
湯華泉「唐代詩人與宣城關係考」（『安徽大學學報（哲學社會科學版）』、二〇〇八年）
王輝斌「謝朓詩歌系年考補」（『寶鷄文理學院學報（社會科學版）』、二〇〇六年）
王運熙「李白爲什麽景仰謝朓」（『中國古代文論管窺』所收、齊魯書社、一九八七年）

魏景波「謝朓詩的特質及其對唐詩的影響」（『陝西師範大學學報（哲學社會科學版）』、二〇〇〇年）
謝宇衡「李白『一生低首謝宣城』衍述」（『成都大學學報（社會科學版）』、一九九七年第一期）
熊清元「『竟陵八友』三考」（『文獻』、一九九六年第二期）
熊偉・李雅琴「沈約『八詠詩』的藝術風格」（『江西廣播電視大學學報』、二〇〇八年第二期）
楊玉山「李白與謝朓」（『安徽工業大學學報（社會科學版）』第二十二卷、二〇〇五年第一期）
詹鍈「李白『宣州謝朓樓餞別校書叔雲』應是『陪侍御叔華登樓歌』」（『文學評論』、一九八三年第二期）
張宗原「謝朓詩歌藝術簡論」（『文學評論』、一九八四年第六期）
鐘翠紅「南朝竟陵八友同題詠物賦研究」（『南京師範大學文學院學報』、二〇〇九年第三期）
鐘仕倫「竟陵『士林』考論——讀『金樓子・說蕃』」（『四川師範大學學報（社會科學版）』、二〇〇九年）
周金權「論北宋文人的倦客情懷」（『鷄西大學學報（總合版）』、二〇〇八年第二期）
周勛初「論謝靈運山水文學的創作經驗」（『文學遺產』、一九八九年五期）
朱起予「論謝朓的山水詩」（『蘇州大學學報（哲學社會科學版）』一九九六年第二期）

和文

赤井益久「中唐における『吏隱』について」（『國學院中國學會報』第三十九輯、一九九三年）
赤井益久「白詩風景小考——『竹窓』と『小池』を中心として——」（『國學院雜誌』九十七卷第一號、一九九六年）
赤井益久「身體・小風景・宇宙——中國文學に見える道教的なものについて」（『筑波中國文化論叢』第二十三集、「道教と中國文學」特集號、二〇〇四年）

稻畑耕一郎「宋玉をめぐって——宋玉文學への一視點」（『古代研究』第三號、一九七二年）
井波律子「謝朓詩論」（『中國文學報』第三十冊、一九七九年）
乾源俊「謝靈運と謝朓」（『集刊東洋學』第五十九集、一九八八年）
小川環樹「中國の詩における風景の意義」（『東洋文化論叢：橋本博士喜壽記念』、一九六七年）
小川環樹「六朝詩人の風景觀」（『集刊東洋學』第五十集、一九八三年）
加藤國安「李白の天臺山・天姥山の詩——自由な魂のありかを求めて（二）」（『愛媛大學教育學部紀要』第Ⅱ部「人文・社會科學」第三十六卷第二號、二〇〇四年）
加藤聰「唐代の齊梁體・齊梁格詩」（『中國研究集刊』第二十八號、二〇〇一年）
川合康三「宦遊と吏隱」（『中國讀書人の政治と文學』、創文社、二〇〇二年）
河田聰美「李賀に於ける窓の描寫—空間的側面からの考察（二）—」（『中國文化：研究と教育：漢文學會會報』第四十五號、一九八七年）
洪順隆「謝朓の作品に現われた『危懼感』」（『日本中國學會報』第二十六集、一九七四年）
洪順隆「謝朓の作品に對する其の先祖の投影」（『東方學』第五十二輯、一九七六年）
興膳宏「謝朓詩の抒情」（『東方學』第三十九輯、一九七〇年）
幸福香織「唐代の鮑謝」（『中國文學報』第八十六冊、二〇一五年）
小松英生「六朝門閥陳郡陽夏謝氏の系譜とその周邊」（『中國中世文學研究』第十五號、一九八一年）
小松英生「謝朓詩における謝靈運の投影」（『中國中世文學研究』第二十五號、一九九四年）
齋藤希史「〈居〉の文學—六朝山水／隱逸文學への一視座—」（『中國文學報』第四十二冊、一九九〇年）

齋藤希史「『風景』――六朝から盛唐まで」（『興膳宏教授退官記念論文集』、汲古書院、二〇〇〇年）
佐伯雅憲「梁代の『行旅詩』―風景描寫を中心に―」（『中國中世文學研究』第四十五・四十六合併號、小尾郊一博士追悼特集、二〇〇四年）
佐藤正光「謝惠連生年考」（『二松學舍大學人文論叢』第三十七輯、一九八七年）
佐藤正光「宣城時代の謝朓」（『日本中國學會報』第四十一集、一九八九年）
佐藤正光「謝混と風流」（『東方學』第八十四輯、一九九二年）
佐藤正光「謝朓の『奉和隨王殿下』詩十六首について―永明文學における新語創出―」（『六朝學術學會報』第三集、二〇〇二年）
鹽見邦彦「大暦十才子と謝朓」（『文化紀要』第十三號、一九七九年）
鈴木修次「齊梁格・齊梁體について」（『加賀博士退官記念中國文史哲學論集』、講談社、一九七九年）
鈴木正弘「安史の亂における士人層の流徙」（『社會文化史學』三十三號、一九九四年）
鄭炳秀・戸髙留美子「謝朓關連著作・論文目錄」（『六朝學術學會報』第三集、二〇〇二年）
寺尾剛「李白における宣城の意義―「詩的古跡」の定着をめぐって―」（『中國詩文論叢』第十三集、一九九四年）
堂薗淑子「何遜詩の風景――謝朓詩との比較」（『中國文學報』第五十七册、一九九八年）
中森健二「謝朓の唱和詩について」（『立命館文學』白川靜博士古稀記念中國文史論叢、一九八一年）
中森健二「謝靈運『池塘生春草』句をめぐって――唐宋文學批評の一側面」（『學林』第三十號、一九九九年）
古田敬一「謝朓の對句表現――その自然描寫における抒情性」（『日本中國學會報』第二十四集、一九七二年）
松浦友久「李白における謝朓の像――白露垂珠滴秋月」（『中國古典研究』第十三號、一九六五年）

向島成美「謝朓の詩について」（『東京教育大學文學部紀要』第一〇七輯、一九七六年）
森野繁夫「謝朓研究――宣城郡における謝朓」（『中國中世文學研究』第二十二號、一九九二年）
森野繁夫「六朝の詩語―謝朓『之宣城郡出新林浦向版橋』詩について―」（『岡村貞雄博士古稀記念中國學論集』、白帝社、一九九九年）
森野繁夫・山田小百合「謝朓詩覺書――『風』と『光』の表現」（『山本昭教授退休記念中國學論集』、二〇〇〇年）
森野繁夫「謝朓と謝靈運――謝朓における謝靈運の存在」（『六朝學術學會報』第二集、二〇〇一年）
森野繁夫「謝朓詩の自然表現」（『安田女子大學大學院文學研究科紀要』第八集、二〇〇二年）
森野繁夫「謝朓『奉和隨王殿下』をめぐって」（『中國中世文學研究』第四十一號、二〇〇二年）
矢嶋美都子「樓上の思婦――閨怨詩のモチーフの展開」（『日本中國學會報』第三十七集、一九八五年）

◆檢索

鹽見邦彥『謝宣城詩一字索引』（釆華書林、一九七〇年）
『中國基本古籍庫』檢索システム（北京愛如生數字化技術研究中心製作）
『文淵閣四庫全書』CD-ROM（迪志文化出版有限公司、上海人民出版社、一九九九年）
『雕龍―古籍全文檢索叢書シリーズ③（先秦漢魏晉南北朝詩／文選）』（凱希メディアサービス、二〇〇四年）
【寒泉】古典文獻全文檢索資料庫「全唐詩」（陳郁夫、二〇〇三年）

初出一覧

本書は、早稲田大學に提出し、二〇一七年二月に學位を授與された博士論文「謝朓詩の研究——唐代における受容とその展開を中心として」（主査　稲畑耕一郎先生、副査　岡崎由美先生、內山精也先生、松原朗先生）を骨格とし、內容に補訂を加えて一書としたものである。各章の初出を以下に示す。

第一章　詩人「謝宣城」の誕生　——謝朓詩における荊州と宣城

初出　早稲田大學『早稲田大學大學院文學研究科紀要』第五十七期、二〇一二年

第二章　謝朓詩における「窓」の風景　——遠景描寫の一手法

初出　早稲田大學中國文學會『中國文學研究』第三十六期、二〇一〇年

第三章　「李白と謝朓」再考　——「澄江淨如練」句の受容と展開

初出　日本中國學會『日本中國學會報』第六十八集、二〇一六年

第四章　謝朓像の確立をめぐって　——李白から中晩唐へ

初出　早稲田大學中國古籍文化研究所『中國古籍文化研究』稲畑耕一郎教授退休記念論集、二〇一八年

第五章　「小謝」の變遷　——李白「中閒小謝又清發」をめぐって

初出　早稲田大學中國文學會『中國文學研究』第四十期、二〇一四年

第六章　李白「志在青山」考　――謝朓別業の存在をめぐって

初出　早稲田大學中國文學會『中國文學研究』第三十九期、二〇一三年

第七章　敬亭山の印象　――謝朓から李白へ

初出　中唐文學會『中唐文學會報』第二十五號、二〇一八年

本書の刊行に當たっては、研文出版社長の山本實氏に特別の便宜とご配慮をたまわった。感謝の意を表したい。さらに令和元年度日本學術振興會科學研究費補助金（研究成果公開促進費、課題番號19HP5052）の交付を受けたことをここに記す。

索　　引

凡　例

1　本索引は本文中に見える人名索引である。

2　本書の本文にあるもののみを採る。

3　配列は第一字の五十音順による。
第一字が同じ場合は第二字の五十音順による。

4　別称はまとめて収録する。

5　諱胱は採集しない。

あ行

か行

た行

は行

ま行

や行

ら行

石　碩（せき　ますみ）
一九八六年生まれ
早稻田大學大學院文學研究科博士課程修了　博士（文學）
法政大學經濟學部准教授
主要な著書・論文として、『生誕千三百年記念杜甫研究論集』（共著、研文出版、二〇一三年）、『朱子絶句全譯注』第五冊（共譯、汲古書院、二〇一五年）、「『李白と謝朓』再考――「澄江淨如練」句の受容と展開」（『日本中國學會報』第六十八集、二〇一六年）、「敬亭山の印象――謝朓から李白へ」（『中唐文學會報』第二十五號、二〇一八年）ほか

謝朓詩の研究
――その受容と展開――

二〇一九年一二月一〇日　第一版第一刷印刷
二〇一九年一二月二五日　第一版第一刷発行

定価［本体五五〇〇円＋税］

著　者　石　　碩
発行者　山　本　實
発行所　研文出版（山本書店出版部）
〒101-0051
東京都千代田区神田神保町二―七
TEL　03（3261）9337
FAX　03（3261）6276
振　替　00100-3-59950
印　刷　富士リプロ㈱
製　本　塙　製　本

ISBN978-4-87636-450-3

乱世を生きる詩人たち　六朝詩人論　興膳　宏著　10000円

越境する庾信　その軌跡と詩的表象　加藤国安著　20000円

陶淵明とその時代〈増補版〉　石川忠久著　9500円

李白伝記論　客寓の詩想　松浦友久著　7282円

中国離別詩の成立　松原　朗著　8000円

終南山の変容　中唐文学論集　川合康三著　10000円

宋詩惑問　宋詩は「近世」を表象するか？　内山精也著　7000円

中国詩跡事典　漢詩の歌枕　植木久行編　8000円

松浦友久著作選　Ⅰ中国詩文の言語学　Ⅱ陶淵明・白居易論　Ⅲ日本上代漢詩文論考　Ⅳ中国古典詩学への道　8500〜12000円

研文出版

表示はすべて本体価格です。